自说自画：

从黑龙江兵团到澳大利亚

沈嘉蔚 著

生活·讀書·新知 三联书店

目录

前　言　IV
历史画与沈嘉蔚

初尝完达雪　001
为我们伟大祖国站岗　014
"三打维支笑语新"　027
白求恩重返人间　037
红星照耀中国　048
宽容　063
槜李之战　070
曹操的帽子　077
辛丑条约　082
中国的莫理循　089
海达的相机　099

106　走近伍连德

119　爱玲世家

132　造像苗子、郁风

148　为军事博物馆作画

155　陈赓的帽子与战士的特权

162　百岁岳父的两枚抗战纪念章

172　满姑

181　双亲

195　我的启蒙老师

205　王兰的天地

212　王兰的世界

233　生死二十载

240　乔其家的下午茶

251　梅柏尔

258　吉利安

262　寻根，在伍龙岗

269　墨尔本市长是个华人

274　结缘澳大利亚国家肖像馆

在澳大利亚的自画像　288
丁丁来自丹麦国　302
大学校长们　310
两位美术馆馆长　322
家庭就是方舟　328
永远的狮抱　340
戏仿埃尔·格列柯　344
俄罗斯的红轮　351
西班牙1937　357
东来贤哲　366
为教皇画像　370
不止七幅自画像　378

附录一　387
沈嘉蔚艺术简历

附录二　392
本书主要画作目录

前言

历史画与沈嘉蔚

陈丹青

在我塞满陈年旧物的抽屉深处,有一大堆友朋的信函,多数得自二十世纪八十年代刚出国那些年,其中夹着嘉蔚写来的一沓。他写了什么呢?三十多年前的纸上长谈,不能记得了,只记得嘉蔚的字迹密密麻麻,正反面写满,没有行距,不留白。多年后看到他许多大型历史画,人物层层叠叠,几乎不留白,正像他的书信。

1974 年,"文革"时期第二届全国美展在京开幕。嘉蔚的大油画《为我们伟大祖国站岗》挂在墙上。我看了很久,不明白他怎能画出雪原晴朗的严寒、厚厚的军大衣,还有,用刮刀反复压实的铁器与钢枪。那年我二十一岁,不知怎样驾驭大画,也正在对长我五岁的绘画大兄最易心生钦佩的年龄。

1998 年,纽约古根海姆现代美术馆举办中国现代艺术展,我又看见了嘉蔚这幅画,还是佩服。又过十年,2008 年,为纪念知青下乡四十周年,上海举办了知青大展,嘉蔚呈送了另一幅更早的反映知青生活的创作,雪地、反光,画得更厚实,简直就是那个年代我们顶顶向往的苏联绘画,其时,嘉蔚不过二十出头儿吧。

现在,雪地在嘉蔚画中永远消失了,就像我到中岁断然不再画西藏。为什么呢?我们在信中谈过这些吗?

从一个知青画家到域外的画家，我与嘉蔚仿佛做了两世人。就我所见，八十年代后，嘉蔚带着他的画，返回历史，至今待在他想象并构建的过去，再不肯出来了。我不敢说嘉蔚是个历史学家——虽然近年听他谈起历史，特别是近代史，无所不知，显然有巨量的阅读——但看他八十年代迄今的所有大型作品，他有历史癖，或者，准确地说，他的难以遏制的快感，是描绘历史人物。

我不确知什么理由使嘉蔚的创作欲被他悉数引向"历史"，但我大抵知道为什么我辈进入壮年，尤其是出国后，有些人（有些性格）格外渴求了解历史。

简单说，我们青春期亲历的一切（如今成为历史），历史常识常常缺席，可是太多超级历史人物（今天，这样的人物消失了）伴随，并塑造了我们的成长史（全部体现为图像），我们反复听说而未弄清的历史事件，也太多了……

到底怎么回事？一群被伟人与事件笼罩的青年，总想知道究竟……然而，知道究竟，与知道后还要不断不断画出来，究竟是两回事。这两回事，在嘉蔚那里合一了。

这才是嘉蔚作品殊可追究之事。

我们的青春期，可能，只有我和嘉蔚这代人的青春期，油画历史画，或者，广义地说，宏大的、群像的、纪念碑式的叙事性绘画，在整个中国的绘画文化中体现为最高的、唯一的，因而是正确的（也因而是无上光荣的）美学。这样一种来自欧洲的历史画美学，此前数十年（自五四到二十世纪四十年代末）尚难在中国确立而展开——除了徐悲鸿的《田横五百士》与《奚我后》——此后（八十年代末及今），却又迅速过时、衰落、边缘化，不再提供兴奋感，更不会使绝大部分画家迷狂了。

由于苏联绘画强大而单一的覆盖性，由于共和国开初三十年文艺创作的英雄式想象——如今我才看清：唯独在我辈的青春期,所有抱着野心的画家都曾梦想画出至少一件大型历史画。七十年代初,上代画家已经画出了头一批苏式历史画(那是与我们紧密衔接的一代,直接刺激了我辈的美学想象)。主题和内容并不重要——那三十年间指定的单一主题、单一模式,不是困扰,而是刺激——重要的是,大幅,塞满人,足够苏联,足够雄强,足够使我们在布面上自以为接近我们所想象的历史画。

我不知道这是否中国绘画史唯一一次单一绘画类型的集体痉挛——肖像画、人体画、静物画、风景画,被排除。遥远的传统记忆(魏晋唐宋的佛教道教大型壁画)对我辈不存在(好像我们不是中国人)。苏联类型之前、之外的欧洲传统(文艺复兴宗教壁画,启示并带动俄罗斯历史画的法国人大维特、德拉克洛瓦……),也不存在。所有青年油画家的唯一话题,便是苏式历史画——没有比我们更无知的一代,也没有比无知更激奋的创作状态。

然而人渴望有知、出于有知的作品,是不一样的。但摆脱无知后,每个画家(每一性格)的选择,也不一样。

大约1984年,嘉蔚描绘了自己"文革"后的第一幅重要作品《白求恩》。这幅画放弃了苏式色调,采用巴洛克式的深棕色,出现艾尔格列柯的拉长造型,并试图进入超现实图式。不久——显然由于《白求恩》一画的自我激发——嘉蔚完成了巨幅长篇历史画《红星照耀中国》。在这幅全景式的大画中,现实(被指定的现实)消失了,但是站满了我辈长期听说而不可议论,结果终于有所知而能有所感的历史人物。就主题而言,《红星照耀中国》仍然是革命历史画,但却是嘉蔚第一次以颂赞式的激情,被容许由他自己诠释我们的共同历史。

我相信嘉蔚的历史画狂热起于那一刻,亦即,他找到了巨大的快感:在历史画面中,他看见了自己的介入。八十年代是历史画开始退潮的年代（1985年的现代艺术运动把绘画挤向边缘），嘉蔚，带着凛然而庄严的气概（既是历史的，也是他自己的），启动了他个人的历史画途程。此后，在移居澳大利亚的岁月中，越来越多的历史人物进入他的画布，中间人物，晚清人物，最后，越出国界，进入世界……

而"世界"所曾有过的历史画（当然，包括历史画的历史），在嘉蔚这里出现陌生的维度。从大维特到梅索尼埃的历史画美学，属广义的歌功颂德，十九世纪的俄罗斯历史画大致是"批判现实主义"，苏维埃的历史画则为政治宣传之一环。它们是欧洲绘画先祖——文艺复兴宗教壁画，或者，远至希腊罗马同类大型壁画——的遥远呼应和近代变种，于十八世纪前后形成了不再附丽于殿堂建筑的独幅画纪念碑美学。

当然，在中国，苏维埃革命历史画的影响最为切近而具体，和我们这代所有油画家一样，嘉蔚的美学脱胎于上代革命历史画文本，但他从开始就（半自觉地）给出了自己的维度，并借此刷新了本土历史画——它的描绘方式大致仍是苏式的，混杂了西欧绘画的若干处理手法；它的大规模构成是纪念碑式的，类乎壁画，但仍是独幅画。最后，历史画的传统功能在嘉蔚手中（同样是半自觉的）发生了一项殊难定义的改革：它不再期待历史画的公共性，因此，它无须公共意识的授意与认同，它的主题，它的叙述的理由和方式，尤其是它的立场，全然出自作者，即嘉蔚本人。

这使嘉蔚的宏大历史画犹如超级论文，宣称着他自己的历史观，主要是历史想象，这种想象（以绘画的方式）甚至近乎历史裁判（至少，在视觉上）——所有正反人物的历史位置均被嘉蔚重新安排，对立阵营与不同期人物，全被他以历史的（也就是他自己的）名义重新整合，或者拆散了。嘉蔚可能是以历史画编织个人发言的极个别画家（他不属于绘画中的政治讽刺与政治波普），嘉蔚要用他的发言颠覆被曲解的历史，至少，与历史辩论。

但这辩论更像是一场漫长的自我清洗，意即，嘉蔚是在用他的画面对他这代人的历史记忆做出校正。当他越画越多，如所有沉溺于同一系列并不断纵深的画家那样，他渐渐被自己的历史想象带走（接近超现实绘画所做的事情），他自己的历史拼图、历史版本，依次出现了。但凡了解世界近代史（包括近代史图像），我们会一个接一个认出其中的人物——大部分已被长期遗忘，嘉蔚从历史角落把他们找了回来——但每个人物原本附带的历史标签、历史代码，在嘉蔚笔下悉数显得陌生，他（她）们似乎离开了各自的历史，被嘉蔚的画笔一一驯服了。

我相信，当嘉蔚大量阅读历史与传记（他终于知道了年轻时不知道的历史），他会在心中、在画布上，不断不断寻找一种幻象（他因此能以自己的方式看见他们）。他描绘这幻象，并非意在回向并证实史书中的历史，而是，替逾百年前的历史绘制了未来的图景，没有一个他所描绘的历史人物曾经设想由他们造成的历史（以理想、文字、战争、血污、阴谋、牺牲……）在未来（亦即现在）会构成这样一种庞大的想象。

我不能说，这仅仅是嘉蔚的想象（他的素材全部来自历史图像）。但他画得越多，他的历史画面与历史人物越是归结为他个人给出的想象。历史画莫不来自想象，但嘉蔚的历史画主角真的是他孜孜描绘的逾百上千位历史人物吗？我与嘉蔚是同代人，每当我观看他的历史画，我都在画幅背后看见"我们"：对历史无知的一代。换句话说，嘉蔚试图忠实于历史的方式，是对那段历史的不可磨灭的记忆。犹如对这记忆施行补课——近乎狂欢——他选择了历史画，同时，远离我们所知道的传统历史画。

我不曾见过这样的历史画。大维特或梅索尼埃的画，献给拿破仑；苏里科夫或列宾的画，献给俄罗斯人民；特加切夫或莫伊申柯的画，毫无疑问，献给斯大林；而嘉蔚的历史画，无意献给历史，也无意提呈历史观（各种史书并非交付嘉蔚这样的史观）。但它确乎来自一个庞杂的、在近代史进程中被不断形变的历史画传统。当这种传统于二十世纪后半几乎在世界范围消歇之际，有如堂吉诃德，沈嘉蔚，一个"文革"年代的红卫兵与老知青，以历史画的名义创作一幅又一幅大画，掷还他所亲历的历史。

嘉蔚知道，并同意我以上的意思吗？哪天找出他的旧信，也许，那时他已写出了自己的历史画妄想。而历史与历史画，不知道遇上了这位难缠的画家，一个极端耿介的人。他以近乎使徒的信念顽强工作，现在，他已实现的妄想全都收在这本书里。

初尝完达雪

2007年9月，我与兵团画友李斌夫妇、澳大利亚电影制片人爱司本·史东等一行重返黑龙江生产建设兵团四师四十二团时，已经几乎找不回旧日的记忆了。阔别整整三十年，四十二团已恢复原名八五七农场。昔日一望无际的田野，已被长成参天大树的林荫大道切割与遮蔽。所有的麦地与大豆、玉米地，都改成了高产的水稻田。团部朝阳成为现代化市镇。十字路口的红绿灯有切换秒数屏示，这在今天的悉尼大都市尚不可见。爱司本说："这哪里是农场？"人呢？我的昔日伙伴，早在二三十年前已重返各自的城市。而1958年的转业官兵，退休返乡或永别人世。田野里的劳动者，或者是他们的后代，或者是新近迁来的移民。接待我们的干部，是当年的中学生甚至小学生。使我感动的是，走在街上，还是有些人走过来招呼，说当年被我画过写生。

刘谦，牡丹江农垦分局广电局副局长，1958年转业军人的女儿，

《习作》
1973
油画 42cm × 29cm
画家自藏

刘谦
1973
油画 | 纸本 42cm×29cm
画家自藏

刘谦
2007
碳铅 | 纸本 42cm×29cm
中国私人收藏

十岁时当过我的模特儿。当她的部下电告她我回来的消息时，立即驱车赶来相见。美丽而英姿勃发，真正的北大荒人。当我们这些把"扎根边疆"口号喊得震天响的伪君子们纷纷卷铺盖撤退时，她悄然长大，并且在面临去北京发展，还是留在需要她发挥才能的故乡时的人生关头，选择了后者。她并未因此而鄙视我这个逃兵，反而宽宏大量地发出由衷的感激："你们知青带来了外面的世界，教给我们很多东西。"这是实话。我画她时，她的老师便是上海知青周锐。我忽然想到，北大荒因知青而发生了一些永远的变化，知青们则因为北大荒而大大地改变了自己的人生。

让我庆幸的是，三座与我的兵团生涯休戚相关的建筑物：四十二团团部办公大平房、俱乐部大楼以及兵团佳木斯俱乐部大楼，

◁ 在四十二团团部 1971年

▷ 年初伐木完达山 1971年

《白桦》
1971
水粉丨纸本 17.7cm×12cm
画家自藏

在相邻建筑彻底消失时，竟还奇迹般地耸立在原址。尤其是佳木斯的大楼，在那个年代，这儿曾是我，我们——所有兵团美术学习班成员的天堂。据说，人类幸福感并非与物质生活程度相关，而纯粹是一种感觉。我颇赞同。就"幸福指数"而言，在这座建筑物里的日子，是我一生中最感幸福的时期。

当年美术学习班的"班主任"郝伯义先生，全程陪同我和李斌夫妇的这次重访之旅。就在这座俱乐部里，美术班占据了数个大房间，

▷ 老郝陪我和李斌重返佳木斯原兵团俱乐部
2007年9月

先后还用上了舞台两侧楼上的耳房以及正面二楼大厅。老郝这位当时才刚三十岁出头的老转业兵，亲手为我们建造了大木板通铺与所有的画桌画柜。今天这一切都不复存在。这里变成了一座巨型的饭店。观众席成了宴会厅。我与刘宇廉合用画出《乌苏里渔歌》和《为我们伟大祖国站岗》的小房间变成了厨房的一部分。自然，当年值夜看门的老大爷早已不在人世。他是吴佩孚的骑兵。

美术班自1970年开始，每年有数个月，从各团借调擅画的青年来从事业余创作。兵团时期，先后有几十位初学绘画的年轻人从这里开始了画家生涯。我在这里交到了许多终生好友。也遇见了未来的妻子王兰。

《初尝完达雪》，是我在兵团美术班完成的第一件作品。

1971年初，四十二团宣传股芦林股长刻意安排我去伐木体验生活。芦股长是现役军人，伪满高中的文化底子，通情达理，爱好文艺。我的六年兵团生涯中，他是我的保护人。然而那个时候我不谙世事，并不太明白这一点。我于1970年6月坐支边列车抵达四十二团二十连，两周后，他便看上了我，但没有急于调我去团部，只是经常借去工作，目的是让我有一年的农业连队生活经历，伐木是最后一环。一年期满后，我便成了宣传股的美术员。后来数年里，凡是师部或兵团借调我去画画，即便一去数月不归，他都放行。

1971年冬季，我与四十一团李斌等去佳木斯参加草图观摩会，回来后便到四十一团团部金沙李斌处，与他合作油画《龙口夺粮》。这是我们团在几个月前的一次抗洪经历实录。李斌小我一岁，六六届初中，却是老资格的兵团战士——1968年兵团组建时他已在北大荒了。在旁人看来，我俩的外貌如漫画般截然相反。我尖嘴猴腮，他宽脸大颧；我矮小，属鼠；他高大，属牛；走路我昂首挺胸，他一颠一颠。只有一点相同，便是一样地瘦。朋友们说他没屁股，而我的军裤里也没内容。李斌在上海长大，因此比我幸运，自幼便在少年宫学画。他是戴了红袖章作为"红卫战报"记者来到北大荒的，一

左起：陈宜明、李斌、沈嘉蔚、刘宇廉 1977年3月在哈尔滨

来便赖着不回上海了。这一年的夏天，我们俩和四十团的周六炎、殷放，三十七团的李可克，师机械厂的孙达明等被借调在师部画连环画，一道生活了三个月，所以早已成了好朋友。

李斌那时还未调去师宣传科当专职美术员，在团部当学校教师。我挤在李斌所在单位的一铺土炕上，大约有十个小伙子合用此炕。隆冬，炕烧得热。一只小猫每天晚上来拱我被子，企图分享温暖。我们都长了虱子，内衣衣缝处是白色虫卵。后来在学习班时又长了一次，李斌因此得雅号"李花边"。花边指内衣缝成了白边。

天下了大雪。金沙在山边。四十一团出了与熊瞎子搏斗的英雄。我在那里时有人打死了一头老虎。我们闻讯赶去，在吉普车里看见了那只倒霉的老虎。好像很年轻，个头不大，不知是倒数第几只东北虎。死虎立即进贡到师部首长那里去了。

我在雪地里行走时，仿佛又回到年初时在完达山伐木的现场，当时我每日劳作时以吞吃积雪解渴。忽然想到，"吃雪"是一个可以切入的点。一个简单、直接、可视的形象与场景。而"志愿军一口炒面一口雪"是我们这一代从小所受革命传统教育中重要的一环。所以，这一个构思是非常直观的，不需要一点注释。

我当时兴奋极了。画面是立即便"看见"的。我马上借来相机，找好服装，请四十一团宣传队一个小伙子扮"我"，请李斌（他的表演能力超过宣传队演员）扮教我伐木的老转业兵"老赵"，在阳光下雪地上拍了几张照片。然后便开始画与未来油画等大的素描稿。那时，我在初学阶段，素描稿是认真工作的第一阶段。

◁ 41团宣传队的一位知青扮"我"

▷ 李斌扮"老赵"

《初尝完达雪》
1972
油画 130cm×160cm
画家自藏

我的创作欲如此之强,以至把《龙口夺粮》完全扔给李斌去画,一头扎进这一幅《初尝完达雪》。素描完成后,我俩移师密山北大营,那里在伪满时代是关东军兵营,四师师部原驻此地,不久前刚搬去了裴德农大校址,留下了空房子。杨涤江、孔凡瑞等加入进来,每人守着一块画布,终日高高兴兴地画自己的作品。

北大营紧挨着师机械厂和四十二团锯木厂。爱画画的朋友们,孙达明、章柏年等几乎天天来串门。他俩跟杨涤江都与我同乡。杨涤江在画《锤炼》,一个师傅带一个知青徒弟打铁。

孔凡瑞是北京中央美院附中六九届志愿支边的二十几位学生之一。他画一幅红小兵学解放军拉练的油画。美院附中毕业生本不必支边,而可去部队农场锻炼后分配工作,但这一批同学却一心要来北大荒。他们分布在不同师团,遭际也很不同。有的再无机会画画,有一位甚至成了兵团级劳模,当了营长,但大部分都成了美术创作骨干。他们中最年长的是六五届毕业生周六炎和张朝阳,六七届有李可克等,其余都是六九届的。当时我刚认识了本师的周六炎、李可克和殷放等。在我们这些来自南方的普通中学生眼里,他们个个见过大世面,已然都是画家了。我从他们那里学来不少东西。

李斌有了新构思,画知青们在晒麦子,大半块画布上涂满了金黄。听孔凡瑞介绍说美院先生在油色里掺锯末画地毯,他也去锯木厂弄来一大桶锯末,掺进黄色还真像麦粒儿,可那色层真比地毯还厚,老也不见干。

《初尝完达雪》只用了两周便完成了。当然,画面上两位主人公,老的不是教我伐木的老职工老赵,小的也不是我。虽然他俩的确就是我俩真实生活的写照。这在当时叫作"源于生活,高于生活",是毛主席《在延安文艺座谈会上的讲话》规定的一条创作原则。它背后的理论依据是,生活本身不完美,而作为党的宣传教育工具的艺术担当的任务是创造"高、大、全"工农兵英雄形象去鼓舞斗志。不完美的生活便指老赵这样的身经百战的老战士,同时又有过"严

▷ 密山北大营与杨涤江在各自的作品前合影 1972年2月

重生活作风"问题，还有"历史问题"。但就凭老赵在有生命危险那一刻自己上前把我换下来，就证明了他是一个多么货真价实的共产党员。不完美的生活也指我这样需要接受工农兵再教育的知识青年——小资产阶级知识分子。因此，在"文革"中是不允许有"自画像"的。甚至不允许有"准自画像"。这是我杜撰的词。指的是1971年兵团政治部委托美术班学员、美院附中同学李建国创作的两幅宣传画。画完成后通过了审查，上机开印，印数上万。此时，有好事人密报说李建国在画中画的是自己的未婚妻。其实，李建国只是请女友当了一下模特，画得并不太像她。而且她本来也是一名兵团战士。然而就因这么一条指控，上万张画成了废品，给我们当了草稿纸。上级指定美术班开会批判李建国（结果全体沉默，只有一个人发了言，那个人后来一定会受到良心谴责）。李建国被罚停画两年。

虽然没有照老赵与我的模样去画脸，但这幅画实实在在记录了我的一段生活。是我生平第一幅自画像。在此之前，从1968年开始大画毛主席肖像以来，我在自学与实践中一年年提升了自己的绘画技巧与创作能力，画了不少展览用的英雄宣传画，然而真正意义上作为一幅构思独特、画品成熟的创作，它可以称为我画家生涯中的处女作。

但现在幸存下来的这一幅《初尝完达雪》，并不是第一幅，而是一个月后重画的第二幅，可称为变体。第二幅与第一幅几乎一模一样，但在雪地上多了一件棉衣。

第一幅完成后，马上与李斌创作的《晒粮》一同装上一辆半吨小卡车从密山运往师部宣传科。时在冬夜，寒风刺骨。我们把一幅画朝天放在车斗里，一幅画立在驾驶室后背。我与李斌把自己用大衣皮帽裹严实了，坐在车斗前部各把一角，一左一右用手扶住。路程三十公里，半小时可到。

不料车至半道一个颠簸，立着的画从两人手中挣脱，扑到了躺着的画上，来了一个亲密接吻，并且相拥不起。

这下我俩都吓得透心凉，连叫"完了！完了！"。为什么呢？

因为我的画上有半厘米厚的白颜料，他的画上有更厚的黄颜料，都是新上的，连皮都没结。这一吻，两张画同时报销了。

到了师部，两人沉默着看也不看就把画抬进大楼门厅里。到了灯光下才细细一看，同时大叫道："不可能！"原来，什么也没有发生！白还是白，黄还是黄。再去摸摸颜料，手上也干干净净。这才恍然大悟：零下三十摄氏度的严寒把从不冻结的油画颜料也冻住了！

十分钟后，颜料又恢复了黏性。这种经验为我此生所仅见。

1月底，我们带着自己的新作去佳木斯兵团俱乐部。那里真热闹！五师的刘宇廉、三师的陈宜明、二师的赵晓沫、独立团的赵雁潮以及两赵的附中同学施晓滨、陈新民、赵沛等等，足足二三十人。还有几位美术精英都早已被召到沈阳军区，在那里创作或修改。

老郝对我说，已完成的一幅送省里，再画一幅送军区。再画的一幅，他要求对人物加工得更好，雪地上加棉衣好像也是他提议的。他让杨涤江来完成《龙口夺粮》。

但是政治部的领导与省里的干部来看画时，问题提出来了。出乎我的意料。"雪"在我创意里代表一种不怕艰苦、克服困难的精神，

《龙口夺粮》色彩稿
1971
油画 30.5cm×78cm
画家自藏

但是在别人的理解里,它是所谓小资产阶级情调代表词"风花雪月"里四分之一,是一个严重问题。当然,画摆在那里,画的就是吃雪,没得改了,那么改改题目也好。于是,他们要求改题为"完达山上"。

回忆在那段岁月,人们似乎永远分为两个阵营。一个阵营的人是干事情的。干事情不按客观规律去做干不成,所以他们凡事从实际出发。但在那个年代这就意味着"保守"甚至"右倾";另一个阵营天生的"极左",这部分人是靠写报告、磨嘴皮过日子希图向上爬的,所以深知"凡事左三分"不会有错。我天然地属于前者。因为我什么都可以退缩与放弃,只有艺术的追求不能动摇。而艺术的灵魂我认为就是一个"真"字。

老郝自己是艺术家,很理解我的心情,但他又要平衡与上边的关系。他试探地征求我的意见是否改题。我不客气地顶回去了。他也就决定保持原标题。当时沈阳军区文化部王科长来看画,他比较开通,对"风花雪月"不忌讳,等于为我开了绿灯。但他又认为我的画太像"苏修"的风格。我的另一件创作《接班》,人物穿了高腰雨靴上班去。每个在连队里蹚泥水的农工人人都要穿雨靴,完全是来自生活的细节,他却说这是苏联人的皮靴。而《初尝完达雪》背景上的白桦树丛,他也认为是太苏联了,要求改为杨树什么的。其实,黑龙江森林里除了松、椴、柞便是桦。我的背景完全依据速写画出来的。好在他没有太坚持,所以我也顶住没有改。

第二幅《初尝完达雪》虽然也只画了两周,从2月9日开始,2月22日结束,但在第一幅基础上开始,各方面都画得更好一些。

《接班》
(局部)
1971
油画(佚失)

▷ 兵团画友佳木斯合影,前左起:杨涤江、沈嘉蔚、陈宜明、赵雁潮,后左起:刘宇廉、孔凡瑞、李斌、李建国 1972年

《北大荒人》素描稿
1972
碳条｜纸本 110cm×230cm
画家自藏

《北大荒人》色彩小稿
1973
油画｜纸本 24cm×28cm
画家自藏

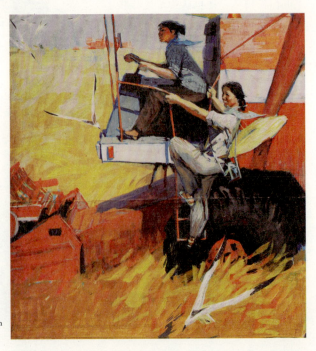

《浪遏飞舟》
（小稿）
1975
水粉｜纸本 26cm×24cm
画家自藏

棉衣使构图更有变化与严整。但这一幅在材料上先天不足，由于画布库存空了，临时去弄来了一块更生布，粗极，无弹性。我花了加倍努力打底，但画时还是难以应付粗纹。而且当近三十年后，此画回到我手里时，除了把它裱到板上，已无别的办法保护它了。开裂非常严重。

1972年5月24日是毛主席《在延安文艺座谈会上的讲话》发表三十周年，为了纪念，决定举办"文革"以来第一次全国美展。同时各省、各大军区也举办相应低一个层级的美展。我们美术班在此前一年多来的努力，都是为这个展览做准备。

我的两幅作品送到军区后，全都没有入选全国美展。而且军区表扬的作品里边没有它们的名字。显然还是"苏联影响"与"风花雪月"在作祟。第一幅《初尝完达雪》送黑龙江省展后命运较好，被挑选印在省出版社的1973年挂历上。这两幅《初尝完达雪》后来均退回到佳木斯。第一幅带回到团里，在我离开兵团后永远丢失了；第二幅在佳木斯仓库里一躺二十八年，老郝退休那年从仓库中偶然发现，抢救出来送还给我。

在兵团时期全部创作中，由我保存至今的只有这一幅和死而复生的《为我们伟大祖国站岗》。后者有它另一个更曲折的故事，我曾不止一次讲过。而关于《初尝完达雪》的故事是首次公之于众。

今日回看《初尝完达雪》，忽然悟到它似乎隐喻了兵团美术学习班的全部含义。如果说"吃雪"的青年代表了全体学员，而老战士就代表了老郝和他的助教老廖、老杨、老孔、老张、老方等人。至于"雪"，不妨理解为我们如饥似渴吞吃的所有艺术营养，其中也包括了偷偷临摹的一切"封、资、修"货色。

荒唐的岁月，并不意味着一切都是荒唐的；虚伪的年代，依然有着执着的真诚。

为我们伟大祖国站岗

我于1974年创作的油画《为我们伟大祖国站岗》，历经奇特的命运，成为一件叙述"文化大革命"故事的文物。

1966年"文革"开始，既粉碎了我进美术学院深造的梦想，也让我成了一个画家，而且还早早地出了名。我在那一年从嘉兴一中高中毕业，留在原校参加运动。我属于"红旗下长大"的一代，坚信共产主义。在中苏决裂之前，已经读了许多苏俄文学书籍，受苏俄艺术的影响很深。"文革"开始后，受到一些迫害。随后成为自称为"造反派"的红卫兵第三司令部成员。我们的组织加入了浙江省联总。省联总的总部就在省会杭州市的浙江美术学院里。当时，浙江省是中国唯一的"文革"领导核心几乎全由美术学院的学生与青年教师构成的省。因此，在1968年"文革"由武力冲突转变为文化宣传时，浙江美院成为一个艺术中心。有一幅油画《毛主席视察大江南北》当时很有影响，便是由浙江美院的青年画家郑胜天画的。《工

《毛主席在南湖》
1968
油画（佚失）

农兵画报》由美院师生编印，成为全国瞩目的刊物。我的初学作品就发表在这刊物上。在 1968 年的"红海洋"中，全民画毛主席像。我创作了一幅《毛主席在南湖出席中共"一大"》在家乡嘉兴展出。当时"省革委会"的张永生是"浙美"毕业生，他看见了，点名让我去浙江美院帮助一位农民创作同题材油画。这样，1969 年我有三个多月在浙江美院里画画。此时我享有特权，可以进入被封闭的图书馆，翻阅任何外国画册，并可以借回来临摹学习。我仍痴迷于苏联的历史画与书籍插图。在创作时，张永生派一位老师来指导，他叫汪诚仪，是 1957 年苏联专家马克西莫夫油画训练班的毕业生，是很受爱戴的画家。回到嘉兴后，又有一位"浙美"毕业的画家胡日龙被派来工作，也给了我不少指点。当时，到处需要会画画的人才，我被空军的一个基地请去画英雄事迹，工作了大半年，积累了不少创作经验。

我在小城市长大，没有机会受到美术基础训练。只受到一个学过美术的舅舅影响。在我成为画家之前，从未写生过石膏模型与静物。很多与我年龄相仿的同行，都是经历了"文革"才成为油画家。因为在 1966 年以前，绝大部分中国家庭是买不起油画颜料供子女学

△ 南湖的"文革"展览会
1968 年
在浙江美术学院（今中国美术学院）
1969 年

画的，多数人的月工资只够买几十支颜料。但"运动"中所有单位都需要人画毛主席像。画完后剩下的颜料足以供我们画自己的习作。因此，油画在中国的大普及，成为"运动"的一个副产品。

从1968年开始，绝大部分中学毕业生都被送到农村当农民，"接受贫下中农再教育"。作为一种不同选择，可以到远离家乡的边疆农场工作，由国家发给工资。1970年6月，我自愿报名去黑龙江生产建设兵团的四师四十二团。那儿离我家乡四千公里，离苏联边境几十公里。

黑龙江兵团位于"北大荒"。北大荒指地处乌苏里江、松花江、嫩江与黑龙江四江流域的大片黑土带。伪满时日本人便移民开垦。1957年大批铁道兵、1958年大批从朝鲜回来的志愿军转业来到这里组成农垦兵团，开荒建农场。有的农场成为劳改农场，大批犯人与"右派分子"，还有山东失地的农民被送来此地。1963年后苏联成为新的敌人，劳改农场中的犯人被转移了。1968年6月，中央命令由解放军沈阳军区接管农垦局，改组为黑龙江生产建设兵团。至1970年6月我抵达时，已有大约四十万中学毕业生（即"知识青年"）加入到原有的十几万转业军人和几十万农场职工行列之中。全兵团由六十多个团组成。每个团即原来的一个农场，有两三万人。团部各部门正职均为现役军人。营、连各职是转业军人。每团有武装连队准备与苏联交战。但大部分成员都没有武器，实际上就是农场工人。北大荒被视为国家的粮仓。种植的大豆与水稻多用以出口换外汇。所以，农业生产的任务是主要的。

文化宣传是解放军的长期传统。团一级政治处设宣传股。股里设美工一名。我在连队劳动一年后便担任这一美工职务。任务主要是绘制劳模英雄故事的幻灯片供电影队放映，绘制墙报和指导连队的黑板报等，还有是随时应召到师部与兵团总部参加美术创作学习班。

兵团总部在佳木斯市。它的政治部设文化处，有专职美术干部叫老郝——郝伯义。他当时三十出头,是1958年的海军转业干部,也是二十世纪六十年代形成的"北大荒版画"群体的最年轻成员。该群体的主要成员都已调到省会哈尔滨,成为省美协领导与专职画家。由于这一传统,老郝在兵团俱乐部组织了一个设备专业的版画工作室。从1970年开始,每年通过草图观摩会,从各师、各团发现并借调青年创作人才到兵团参加"美术创作学习班"。冬季三四个月,这被借调的二三十人吃、住、工作都在一起。当时的作品不署名(1972年后开始署名),没有额外报酬。大家都是一个月三十二元工资。作品可以互相修改。所以非常像一个免费的美术学校。虽然创作的题材是有框框的,但毕竟是画自己熟悉的生活,此外,晚上也关起门来偷偷临摹被视为"封、资、修"的印刷品。所以,我们都把到兵团美术学习班画画视为最幸福的享受。我在那儿交上了许多朋友,友谊持续终生。

为空军创作的
《英雄王庆云》
1970
油画(佚失)

老郝成功地一直把美术班办了许多年,培养了不少画家,现在有的是大学教授,有的是美协干部,更多的是专业画家。

我在兵团每日画速写。到1973年时已画了二十几本速写与许多油画习作,主要画人物。所以到创作《为我们伟大祖国站岗》时,已经有很强的写生与绘画能力。老郝让大部分人专画版画,只允许我与少数几位能力强的画油画。

1972年5月是"文革"六年来第一次全国规模的美术展览。我的作品进入了省与军区两级美展。接着,上级宣布在1974年10月要举办同样规模的全国美展。

我与五师的同龄画家刘宇廉在1973年冬"草图会"上提出合作油画《乌苏里渔歌》被批准。会后,我俩到虎林县乌苏里江畔写生。江边沿国界,中苏双方都建了约二十米高的瞭望塔互相监视。我们

《为我们伟大祖国站岗》
1974
油画 189cm×158cm
上海龙美术馆藏

被允许登塔参观。当时流行一首爱国歌曲,是歌颂边防军人的自豪心境。我登塔时想到这首歌所唱的"为我们伟大祖国站岗",便想到可以用这个题目来画一幅画。这个想法在1974年2月的兵团学习班上被批准,创作就此开始。兵团俱乐部的一间小房间借给我与刘宇廉。他画《乌苏里渔歌》,我画《为我们伟大祖国站岗》。老郝非常支持我们。

按照当时的模式,我与刘宇廉再度被派去边境写生。这次去与虎林县相邻的饶河县。那里的珍宝岛是中苏冲突的热点、五年前的战场。我再度登塔。驻军是解放军一个连队。连指导员年长我两岁,工人出身,瘦削干练,待战士如兄长。我为他画了头像。他成为我画中指导员的原型。后来几年我们还一直通信。一位班长小王为我当模特。他成为画中战士的原型。我在写生中非常注意观察与记录一切细节:从枪支型号到铁塔结构。在零下三十摄氏度严寒中我站在铁塔梯上画了一小时速写,记录细节。刘宇廉同时用望远镜来观察苏方,告诉我苏联哨兵对于我的举动密切关注,显然弄不懂我在那儿干什么。

我们还写生了饶河城江边景色,后来成为画中背景的主要部分。但受到当地干部的阻挠,怀疑我们是苏联间谍(那些年里我有多次

《乌苏里江畔》
1974
油画 | 纸本 17cm×39cm
上海龙美术馆藏

▷ 到乌苏里江写生 1974年2月

《班长王树甲》
1974
碳铅 | 纸本 39cm × 27cm
上海龙美术馆藏

《瞭望塔写生》
1974
油画 | 纸本 28cm×23.5cm
上海龙美术馆藏

《指导员王德忠》
1974
碳铅 | 纸本 32cm×22cm
上海龙美术馆藏

因为写生风景而被当作间谍带去审查)。我们连夜逃回佳木斯。

我用了一个月尝试各种构图。因构图中,瞭望塔的角度是不可能写生或拍摄的,于是我运用透视学原理推算出来。我于1969年用一周时间读完一本透视学后便掌握了这一门知识。这本《透视学》是我舅舅送给我的,由商务印书馆1917年出版。

我当时一直试图在所谓的"样板戏"、"三突出"原则及"革命现实主义与革命浪漫主义相结合"的艺术框架与个人艺术追求(暗自把俄苏艺术作为追随对象)之间寻找一个平衡点、一个交叉点。

当时的美学要点在于要以"革命浪漫主义"来颠覆苏联模式的

《航标和白桦》
1974
油画 | 纸本 23cm×39cm
上海龙美术馆藏

《饶河码头》
1974
油画 | 纸本 13cm×39cm
上海龙美术馆藏

《江畔小船》
1974
油画 | 纸本 14.5cm×26.5cm
上海龙美术馆藏

"社会主义现实主义"。后者在技术层面上继承了库尔贝到列宾的写实主义体系,而前者的具体特征便是所谓的"红、光、亮"。那时,浙江美院的老师已接受这种影响,教我用朱红、中铬黄去画脸部。我一直不能接受。在1972年全国美展上看见陈逸飞、魏景山等人的画保留了传统写实主义的灰色系统,非常喜欢。所以,当时的创作主要受到上海画家群的影响。同时遵循苏联画派的原则,直接观察大自然,外光写生。我无数次在清晨爬到屋顶上写生,捕捉阳光在人脸与雪地上的色彩变化。从构图上讲,由于铁架把主人公托举在天空背景,已自然符合"三突出"原则。清晨阳光又让他们罩在暖色调里。所以我以为不会与当时的美学原则冲突。但根据当时的"潜规则",苏方必须罩在乌云之下。

完成《为我们伟大祖国站岗》后与刘宇廉合影
1974年7月在佳木斯

而且按地图方位须在画面右面。这些做不到的话,随时会犯政治大错。我于1974年7月初结束工作。按当时风尚,没在画面上签名,只在背后画布上写上姓名与所属单位。

9月,我被告知作品入选全国美展。10月利用探亲假自费去北京看展。火车上我在剪贴素材的本子上写或抄上创作时的笔记。这些文字半真半假。因为当时任何形成文字的东西都必须准备公之于众,包括日记。任何犯忌的文字都会带来灾难。我必须让我的创作笔记符合当时的政治标准。

走进中国美术馆看见我的画挂在圆厅中间偏左的重要位置。但走近细看时大吃一惊:发现两位军人的脸部均已被改动。很显然我贴近生活真实的追求不被认可。两张脸均被加宽加胖,表情夸张做愤怒状,色彩变成粉红色。后来听说,江青任命的"全国美展总监"组织了一个改画组,命令小组成员改动所有不达"标"的展品。

《为我们伟大祖国站岗》原作战士局部

篡改后的战士

《为我们伟大祖国站岗》原作指挥员局部

篡改后的指挥员

我回上海后,韩尚义先生看了我的创作笔记,写了一篇画评发表在《文汇报》上。我在上海又认识了陈逸飞等同行,在上海油画雕塑工作室学到不少东西。

1974年11月,我回兵团后听到传达说,江青观看了全国美展,在大约十几件作品前驻足评说。美术干部占布拉做了笔记。在我的《为我们伟大祖国站岗》画前,江青听了兵团如何组织知青搞创作的汇报后说:"他们有志气,不怕条件差,不怕艰苦,能画得这样,很不容易了。"1974年,中国老百姓已非常讨厌江青,私下传递各

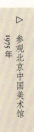

▷ 参观北京中国美术馆 1975年

种关于她的坏消息。我对她也没有好感,所以,对她的称赞并不领情。两年后"四人帮"被捕,我兴奋得画出一批漫画庆祝。其中一幅关于江青的漫画还得了一个奖。在那同时,我听到另一个让我高兴的消息。那是军博老画家何孔德先生向人称赞我的画画得认真,画得好。何先生从"反右"以后长期受压,那时刚刚可以发表作品,但不许署名。他深受同行尊敬。

此后,《为我们伟大祖国站岗》一画在全国所有报纸、刊物上发表。它被印成半开、四开与六开大小的单张宣传画,总印数二十万以上。1976年,我经过黑龙江畔嘉荫县城,发现面向苏联的十米高塔上临摹了这幅画。《为我们伟大祖国站岗》原作立即由中国美术馆收藏。无论出版还是收藏,我作为作者没有得到一分钱报酬。当时认为一切都是为革命工作,不计任何个人得失。团部为我记三等功以资鼓励。此外,我本人未沾任何光。第二年大学来招生,也未被推荐去深造。到1976年兵团与沈阳军区脱钩时,前进歌剧团需要增补一名舞美设计,我便参军到了沈阳军区。此后一直在沈阳工作。

1981年,哈尔滨黑龙江省美协的朋友告诉我,《为我们伟大祖国站岗》已被中国美术馆退回,现在黑龙江省美协仓库,让我去取回。第二年,我去取时发现画的外框、内框均已不知去向。画布以错误方式(画面朝里)卷成一卷扔在地下室垃圾堆里。稍微打开便见剥落的色片。取回沈阳后不敢打开,在床底下一放十几年。

我于1989年移居澳大利亚。1997年古根海姆美术馆邀请我送此画参加《中华文明五千年》大展。我托人从中国带此画卷到悉尼,在美术馆修复部第一次彻底打开。所有在现场的人都震惊了。此画曾积满煤灰又遭水浸,三分之二面积剥落。在专家指导下我将它逐渐修复。有两处剥落使我庆幸,即1974年"全国美展总监"那下令改动的两个脸部均彻底剥落。根据原稿照片与素材我恢复了本来面目。

如今,江青等人都已退出历史舞台。《为我们伟大祖国站岗》成了我最有价值的收藏。

篡改后的战士形象家喻户晓

▷《为我们伟大祖国站岗》于1998年和2008年分别应邀在纽约的古根海姆美术馆和亚洲协会博物馆展出

△ 因受严重损坏在1997年修复并恢复原貌的双主角形象

"三打维支笑语新"

1976年"五一"节前夕,我被沈阳军区前进歌剧团从黑龙江兵团借调去当舞美设计。到了1977年特批入伍。那一年入伍的还有小丫头董文华,后来她成了歌后。而那年她才十五岁,比兵役法规定的小了三岁。我则比义务兵大了十岁,二十八岁了。从学员开始。每个月拿六元钱津贴。第二年七元。那一年出版外国文学名著开禁,我无钱买书,只得去向在辽宁美协工作的兵团画友冯远借钱。他画连环画有一些外快。从此,我也开始画插图挣买书钱。

刚到歌剧团那年的10月7日或8日,编剧万方从北京探望父亲曹禺回沈阳,悄悄告诉我:"'四人帮'被抓起来了!"我真是高兴!不久街上锣鼓喧天。我一口气画了许多漫画。军区美术组临摹了其中一张《贴金》,居然拿回了一个全国美展漫画奖!

老百姓在"文革"中憋下的那口气充分释放出来,自由表达对年初去世的周恩来的崇敬之情。郭兰英唱《绣金匾》唱到第三绣时

《爬雪山》
1977
油画 148cm×120cm
美国奥勃伦学院阿伦纪念美术馆藏

便放慢了节奏,"三绣周总理",唱出了人们的心声。我自己下了班便开始构思周恩来题材的创作,读了跟随周恩来长征的卫士魏国禄的回忆录后,便画出了油画《曙光在前》。歌剧团近水楼台,请演员摆姿势、画速写,画得很顺利。那幅画在二十多年后被美国奥伯伦学院阿伦纪念美术馆收藏了,我将相关素材也送给了该馆。画名那时已经改为《爬雪山》。2008 年,此画及素材在纽约的亚洲博物馆与《为我们伟大祖国站岗》一同展出。

接着,歌剧团严团长创作了以周恩来在抗战临时首都重庆时的活动为题材的歌剧《报童》,我跟了舞美设计师老苑远赴重庆写生,为该剧舞美设计搜集素材。

重庆临江门一带层层叠叠的吊脚楼甚是壮观!着实令我震撼。我情不自禁地在画夹上一张纸接上一张纸,画下那重重屋顶的素描写生。

《自传》
(局部)
2002
油画 101cm×61cm
澳大利亚白兔艺术基金会藏

《重庆临江门民居》
1977
碳铅｜纸本 55cm×48cm
画家自藏

《董文华》
1977
碳铅｜纸本 43cm×36cm
画家自藏

身历其境，便仿佛看得见二十世纪四十年代战时陪都的场景。查阅此前从未见过的《良友》画报，走进复原的新华日报化龙桥宿舍，尤其是沿江岸而建的曾家岩五号"周公馆"。由于它的楼上楼下均被国民党方面人员占住，中间一层由八路军办事处租用，所以有董必武的名句"三打维支笑语新"传世。三打维支，英文"三明治"的旧译，夹肉面包之谓也。

红岩村是饶国模农场的一部分，地处郊区。山背后有一条小路可以抄近路进城。国民党派特务监视此道。虽是国共合作，但时有摩擦。

离开重庆搭江轮沿长江东下。船过三峡时忽然来了灵感，以"三打维支笑语新"为题，立即构出后来定名为《红岩》油画的构图小稿。画周恩来、董必武一行沿着红岩小道下山。前有卫士一名，旁有特务一名。

真正着手创作这件作品是在1978年。军区美术组给了我画布，我征得舞美队长批准，利用所有舞美本职工作以外的时间在工作室里画这幅画。先画了等大的素描稿。为了《报童》一剧，我们翻印了1941年1月初刊有周恩来手书"江南一叶"那份《新华日报》，四个版面一面不少，可以乱真。我请炊事班的好友吕品来充任"特务"的模特。吕品手持《新华日报》口叼香烟一站，还挺像回事的，可是我一瞧不禁大乐：他装作用心阅读的报纸是倒拿的。他的疏忽给我一个启示：这个"倒拿"是生活中真可能发生过的：小特务见周恩来一行下山走近，临时用报纸遮脸，装作读报的样子，不料拿倒了，再改正已经来不及。于是油画上面便如此处理了。

画面上董必武正在吟诗，应该正是那一名句，因此周恩来被逗得大乐。后而依次是叶剑英、邓颖超和吴玉章，渐次被浓雾笼罩。左面的红梅是受了《红梅赞》的影响，现在

◁ 在沈阳军区前进歌剧团创作红岩 1978年

▷ 在前进歌剧团，身后是《爬雪山》 1978年

《红岩》
1979
油画 208cm×200cm
获1979年全国美展二等奖
中国美术馆藏

来看有一点生硬。

此画在1979年完成后入选庆祝建国三十周年全国美展，获二等奖，作品由中国美术馆收藏。当时给画家的收藏费是三百五十元人民币，相当于我在这一年提干后六个月的工资。我立即用来购置了人生第一架照相机，是理光135单反相机。

那几年里我常常要随团下部队演出，因此很难持续地画一幅油画大创作。我想到如果画连环画，那么下部队时随时可以画稿子。于是到辽宁美术出版社要了一部连环画脚本，是《西安事变》。当时话剧《西安事变》正在全国热演，脚本据此改编。我认为连环画不必受舞台场次所限，更接近于电影，因此自己动手重写了脚本。我在军队不可能请假去西安搜集环境素材，于是请女朋友王兰利用1979年暑假去西安一趟。她便成为这部作品的合作者。她当时正在沈阳鲁迅美术

《周恩来和邓颖超》
1978
碳铅 | 纸本 54cm×39cm
画家自藏

《卫士习作》
1978
油画 54cm×38cm
画家自藏

草图
1977
碳铅 | 纸本 22cm×18cm
画家自藏

素材
1977
碳铅｜纸本 22cm×11cm
画家自藏

素材
1978
碳铅｜纸本 26cm×25cm
画家自藏

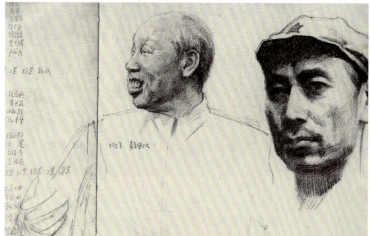

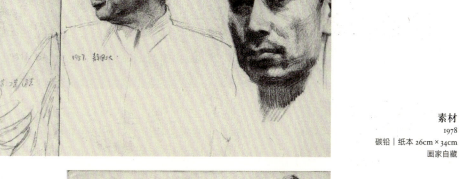

素材
1978
碳铅｜纸本 26cm×34cm
画家自藏

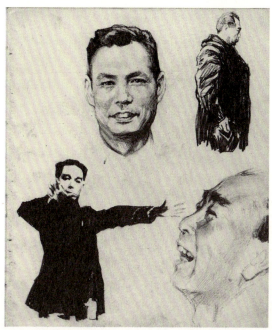

素材
1977
碳铅｜纸本 22cm×18cm
画家自藏

《先驱》
1981
油画 170cm × 340cm
中国国家博物馆藏

学院版画系读二年级。我在上海出差时特地去拜访了西安事变要角之一孙铭久先生。他当时刚从"文革"困境里走出来,担任上海参事室参事。他详细回忆了1936年那个寒冷冬日的清晨,如何将蒋介石从山上背下来,又陪他上了小汽车。蒋介石在汽车里运气平复心境的细节,我还从未听说过。孙铭久当年是二十七岁。我们会面时他七十岁。四年后我俩在北京又见了一面,那时连环画《西安事变》已经在全国连环画评奖中得了封面设计与绘画两个奖。在1984年第六届全国美展上,它又获得了一个铜牌。这是我得奖最多的一件作品。

在二十世纪末的商业化大潮里,全国各出版社保存的连环画手

△《西安事变》50开本连环画册,1982年辽宁美术出版社出版。1984年第六届全国美展获铜奖后,中国美术馆收藏了数幅原稿

稿被有心人席卷一空。《西安事变》手稿自不能免。2007年回沈阳时，有当地连环画研究会负责人小魏来问我，是否同意由他去组织重印三千册《西安事变》。我自然同意，但是我知道手稿早已不知去向。小魏自信地笑笑，说没有问题。他们圈内人都知道稿子在谁手里。我也不再追问。隔了一年，新版的《西安事变》果然面世。

我在歌剧团最后一年里创作了油画三联画《先驱》。中间是孙中山、李大钊等在卫队护卫下从国民党第一次全国代表大会会场步出。左联是叶挺与北伐，右联是周恩来与东征。国民党第一次全国代表大会有短纪录片，一秒十八格，卫队肩扛汤姆式冲锋枪，后面是孙中山和李大钊等。我当时迷恋苏联画家莫依谢延科的风格，加上汉砖拓片的启示，将画中人物的脚部和路面夸张描绘，传达历史的脚步声。

此画在建党六十周年全国美展展示后，又入选了1982年巴黎的春季沙龙。

当时宋庆龄去世不久，她的秘书时任宋庆龄故居负责人，给我来信，请求复制中间一幅供故居陈列，我用丙烯重画中间一幅，自以为比油画还好。很多年后，我发现一套法国Larousse出版社2001年原版，商务印书馆2006年中文版的图书《他们创造了历史》里孙中山一栏使用了这一幅图像，作者姓名由法文译回来，变成了"沈大伟"。我还在1995年为孙中山纪念馆重画了这一幅画，改名为"革命尚未成功"，此画2011年入选中国美术馆"纪念辛亥革命100周年美术作品展"，被《中国美术》杂志选作了封面。而最早的三联

刊发《革命尚未成功》的《中国美术》封面 2011年

画原作,已于1986年由革命历史博物馆即如今的国家博物馆收藏。

1982年,我考入中央美术学院油画系研修班,就此结束了凭自学进行业余创作的阶段,也在同一年加入了中国美术家协会。入会条件是参加过全国美展。我已经数倍地合格了。

《革命》
(局部)
2012

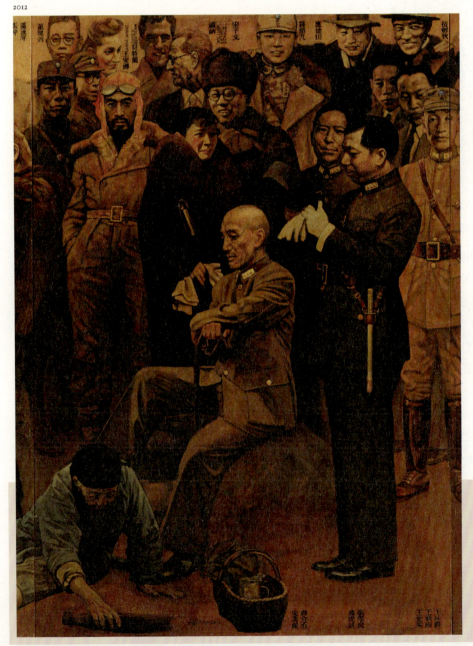

◁ 继连环画出版三十年后,我在油画史诗里再一次描绘了西安事变

白求恩重返人间

1968年初夏时分,我的故乡浙江省嘉兴县经历了两年来的"文革"骚乱后,挂出了"革命委员会"招牌,我们"红卫兵"已无事可做。我早已向在"红代会"主事的同班同学申请了一点材料费,到上海买了画布与颜料,在学校里占了一间办公室,开始创作油画《毛主席在南湖"一大"》。

南湖在嘉兴城南,湖中心有小岛,岛上筑有烟雨楼,为江南名胜之一。1921年7月中共第一次全国代表大会,从上海移师南湖一只游船上开完。1949年中华人民共和国成立后,南湖成为革命圣地。"文革"甫始,上海来的红卫兵要将嘉兴改名为"七一县",未遂。

南湖西接大运河。大运河从苏州流过来,环绕嘉兴城由东向北又向西南半个圈,在城西不远处拐了一个弯。面向这个河湾,从唐代迄今,屹立着并排三座宝塔。一千多年来,纤夫拉船从塔下绕行。"三塔"成为与烟雨楼齐名的嘉兴胜景。从嘉兴城里中山路西行,跨过环城路边的运河桥,便是嘉北公社的农田,走不远便到了三塔。从1958年人民公社化以来,这里的农村划为嘉北公社三塔大队。

"文革"开始以来,一切正常生活都让位于政治运动。但是让我这个头脑简单的红卫兵目瞪口呆的怪事却在眼皮底下发生了。突然之间,三塔一带的农田变成了人山人海。一个流言被农民与市民们广为传播,说是"白求恩大仙"降临三塔,任何人要治愈自己的疾病,只需到三塔旁边,用红纸写上一段毛主席在《纪念白求恩》里的语录,再点火燃着纸片,纸片飘落在何处,即在何处掘地,将任何可挖到的植物根茎带回家熬汤喝下,疾病即愈。

流言传布很广。四方邻县的农民也都听说了。他们摇船赶来。有不少群众甚至是由当地党支部书记带领来的。

我不知道新成立的"革命委员会"如何应付这等罕见的民间迷信结合"文革"迷信的滑稽剧。但等个把月这个浪潮退去时,三塔大队的农田已全毁,远甚于蝗虫肆虐。

第二年,三塔大队出了一个农民画家名叫徐峰。徐峰也画了一幅《毛主席在南湖"一大"》,敲锣打鼓向"浙江省革委会"报喜。当时"省革委会"的张永生是浙江美术学院的青年教师。他召集我和徐峰,加上一位军医小王作为组长,成立一个"三结合"创作组,到杭州的浙江美院再画一幅《毛主席在南湖》。我们在浙江美院画了三个月,关闭的图书馆专对我们开放,好不开心!

有一天,我问起徐峰,关于去年三塔闹"白求恩大仙"的事。徐峰愤怒至极地说:"都是三塔招引来的,我非拆了这三塔不可!"我听得心寒。

两年后,三塔果然被拆掉了,与徐峰有无关系我不清楚。倒是三十年后我见到那里又建起三座钢筋水泥的宝塔,据说与原塔大小一样。塔基上注明是"徐峰父子造塔公司"承建的。但时过境迁,三塔大队早已成为居民小区,为高楼大厦所包围。对比之下,这假三塔便真的更假了。

▷ 徐峰1969年在杭州浙江美术学院,右一是

《西班牙1937》
(局部) ▷
2012

就在三塔大队闹"白求恩大仙"的同时，我则津津有味地在读一本书。当时全中国的图书馆都被关闭了。我们一帮书虫无奈之下从学校图书馆里盗出不少书来传阅。如今传到我手中的书，名叫《外科解剖刀就是剑》（The Scalpel, The Sword），作者是加拿大的泰德·阿兰（Ted Allan）和塞德奈·戈登（Sydney Gordon），译者是巫宁坤。据巫宁坤后来在 1979 年重版后记中说，采用这个书名的版本是 1954 年上海平明出版社初版。

这是一本真正的白求恩传记！

在我读到这本书之前，白求恩大夫（Dr. Norman Bethune）已经成为一个完全中国化的人物，也已完全被偶像化。而在这本由他的同胞与同志，而且还是朋友撰写的传记里，白求恩洗尽所有被"文革"涂上的铅华，回复为一个真正的人。近日，我在几十年后重新找出 1979 年再版的那本白求恩传记（书名改为《手术刀就是武器》，念起来没有了原名的铿锵节奏感），重读了一遍，竟与青年时代初读时同样感动，而且它还唤起了我的记忆。事实上，从我在二十岁读到这本白求恩传记开始，他一直是我人生的榜样。我庆幸那么早便读到了这本书，使得我心目中的白求恩，是那个有血有肉的真实的医生，而不是三塔的"白求恩大仙"。后来我在黑龙江兵团工作时，还不止一次听曾见过白求恩大夫的老战士说起这位大夫著名的急性子，不过他只对护士和干部发脾气，对伤员则像个老妈妈。白求恩于 1935 年加入了共产党，四年以后牺牲在反法西斯最前线。在四十五岁以前，他埋头于医学领域，成为世界上最出色的胸外科专家。他完整地保存了他的独立人格和人道主义精神。加入共产党对于他意味着两点：与反人类的法西斯及制造战争创伤的军火商资本家大财团斗争，为需要救治而无钱求医的穷人服务。

从白求恩我想到澳大利亚已故眼科大夫弗赖德·郝劳斯（Dr. Fred Hollows），这位为第三世界穷人送去光明的新西兰人，也是一位共产党人——二十世纪后半叶的白求恩。他们属于同一个谱系。

而我在二十岁以后，实际上认的便是这个谱系。

白求恩吸引我的特别之处，在于他还有第二个身份：艺术家。这极大地拉近了我与他心灵的距离。其艺术成就伴随着他的一段传奇经历。他在三十七岁时被肺结核带至死亡边缘，在等死的疗养院病房的墙上，他绘制了一套超现实的自传壁画，高五英尺，长六十英尺，从自己在母亲的子宫里开始一直画到死后回归天使怀抱。画完后他创造了一个奇迹：用自己发明的人工气胸外科手术治愈了自己的绝症。

1979年是中国经历"文革"的漫漫冬夜后迎来的解冻之春，恰逢白求恩去世四十周年。他的战友聂荣臻元帅和宋庆龄等都还健在。除了那本新版传记之外，人民出版社以当时最好的设计出版了一部图文并茂的纪念册，与白求恩相关的图文尽收其内。对我个人而言，最珍贵的是包括那套自传壁画的他的主要绘画作品（尽管是黑白图片，也弥足珍贵）以及他的书信札记，尤其是文学作品，包括一首著名的小诗《血红的月亮》和一篇三千字的散文《创伤》。这首诗与这篇散文，均已有机地组合进那本传记之内，但独立地欣赏，尤知其精美，特别是《创伤》。

《创伤》是我读过的短小散文里最精彩的一篇。从形式上我甚至感到它与一个偏竖方形的构图相吻合——这纯粹是出于画家的直觉。

短短三千字，没有一个字是空洞的饰物。这样的文字，只能出自一个极度专业的外科手术大夫，又必须有一颗艺术的心灵，最后，还必须是一个反法西斯斗士、一个共产党人。与此同时，它渗透现代主义的黑色美感，一如奥托·迪克斯（Otto Dix）、乔治·格罗斯（George Grosz）们描绘残废军人的恐怖绘画——这并不奇怪，白求恩本人便是历经欧战全程的担架队员与随军医生。与他相比，我们画家的解剖课只看见人体的皮毛而已。

记得初读时，这一段给我的印象极深：

《创伤》
1984
油画 198cm×186cm
中国国家博物馆藏

还有伤员吗？四个日本战俘。把他们抬进来。在受伤痛折磨的人中，没有什么敌人。把血污的军服剪开，把血止住。让他们躺在其他伤员旁边。哦，他们就像兄弟一样！他们是职业的刽子手吗？不，他们是业余的士兵、劳动者的手。他们是穿了军服的劳动者。

这是我所受到的铭心刻骨的国际主义基本训练。在我步入老年的时候，看见某些年轻一代的中国人充满对日本人不分青红皂白的憎恨，除了感叹，无话可说。

回到1968年的夏天。我完全被这本白求恩传记征服了。我甚至开始构图，想画白求恩，画他西班牙共和军式的敬礼。我找了一位同学来为我摆姿势。但那时我还只是个初学者，无力胜任，只有把这个愿望收藏起来。

到了1975年，我那时已画出了《为我们伟大祖国站岗》，手艺长进很快，突然沉迷于历史画的构思。作为建设兵团的业余画家，我没有可能创作历史画。但我还是在四开大小的画纸上用水粉画出了精细的画稿。当时画成的有两幅，一幅是斯诺遇见四个正在吹军号的红军士兵，另一幅便是白求恩。一位伤愈归队的八路军战士骑上战马，向白求恩行军礼告别，白求恩以西班牙式敬礼，举右拳齐眉，向战士道别。背后是峻岭与长城。很多年后我果然画出了斯诺与白求恩，虽然构图已大相径庭。

《白求恩》小稿
1973年8月
水粉｜纸本 14.5cm×25.5cm
画家自藏

小稿
1975
铅笔｜纸本 21cm×21cm
画家自藏

《白求恩》创作稿
1975
水粉｜纸本 39cm×56cm
画家自藏

1984年上半年是我在中央美术学院油画系进修第二年的最后一个学期，这半年用于完成一幅毕业创作。我便决定画白求恩。

这时我的视野大为拓宽，创作思路也信马由缰。我为了容纳白求恩给我的丰富复杂的感受，必须脱出以往的写实"三一律"即时空一致，但是又要回避罗列的拼凑。我找到了比西班牙敬礼更能表达白求恩精神的形体动作：伸出左臂要求献血。白求恩在抗日战场上第一个献血，以打破中国农民士兵的恐惧感。他是O型血，天生的贡献者。他也是西班牙战场上倡导火线输血的先驱。

围绕白求恩的是伤员：重伤但仍在摸枪的战士、垂死老人、在昏迷母亲胸口寻找乳汁的婴儿以及受伤的日本士兵。

这是白求恩那篇《创伤》的视觉变体。正是偏竖立的方形。在左上角是《创伤》开篇第一句描述的"不断发出嗡嗡声音"的"头顶上的煤油灯"。

在右上角从抗日的中国士兵延后，是西班牙共和军在同一条战壕里。罗伯特·卡帕（Robert Capa）用相机捕捉的那位被枪弹击中正在倒下的共和军战士身影背后，是"血红的月亮"：

    昨夜，你苍凉而血红，
    低垂在支离破碎的西班牙山巅；
    你的银盘上映出，
    战死者血肉模糊的容颜。

月亮与煤油灯之间，楔入了一个武士屠龙的身影。飞龙也是蝙蝠，正从暗夜里源源飞来。这一场景搬自白求恩自传壁画第三幅。原图喻希克爵士杀死"白喉"飞龙。在我的画中自然引申为人类与法西斯恶魔的搏斗。

▷ 在中央美院油研班毕业创作（《创伤》在正中位置）1984年

最后一个关键处，是白求恩的头部，我是结合了他的一幅自画像与他的照片再创作出来的。

在中央美院学习期间，我的航标一直在转换。此时正好转到埃尔·格列柯（El Greco）的方向上。他的作品里有一种精神，与我在《创伤》创作中要寻求的东西暗合。那是一种骚动与不安、一种紧张的旋律。

我花了很长时间画与油画等大的素描稿。我请进修班同学为我做义务模特。武汉人李全武身高1.9米，有中国人少有的长指手掌和漂亮的脚掌。这对我极有助益。又请了附中小女生陈淑霞扮死难老人的孤女。多年后陈淑霞成了很出色的画家。

《创伤》等大素描稿
1984
198cm×186cm
画家自藏

油画快完成时，来了一位访华的罗马尼亚画家。他一进教室便被我的《创伤》所吸引，激动得滔滔不绝地边说边用手在画上绕来绕去比画。也奇怪，明明语言不通，我居然完全明白了他在说什么，他是在说我们中国画论中常说的"气韵生动"。用当时我的亦师亦友的孙景波老师爱说的词，叫作"贯气"，便是指构图里那种抽象的运动，各种线条、各种人体运动趋向互相作用的结果。不懂艺术的现代艺术阐释者把抽象绘画绝对化，不明白具象绘画里的抽象因素正是历代画家苦苦追求的东西。

我从美术学院道具服装库里找到真的日本军帽、钢盔与军大衣。

那件军大衣我用得恰到好处，变成了十字状铺开的四个人体之间的造型枢纽。那四个人，我也画得很得手，包括那个日本伤兵。他的形体原本是来自埃尔·格列柯名作《拉奥孔》(*Laocoon*)里垂死的拉奥孔之子，但同学为我躺下来摆出的动作更自然，我便采用了真实的模特。

模特小赵为我摆出理想的伤妇形象，但那个婴儿却难杀了我。记得是找校院里的家属求助的。

通常中央美院毕业创作都会出现一些好作品。我的这幅也不例外。身处中国第一流的画家群体之间，我被激发出所有的潜力。

记得一天如神助般一气画出前景（画面最下端）的持红缨大刀伤员的衣纹，景波老师跑来看见了赞不绝口，我大受鼓舞。

这幅画用了大量的普蓝。这一招学自同班的四川同学程丛林。在见他作品之前我从不知道如何用普蓝。此画色调之冷，以至其中的红色，只是赭石加一点土红而已。

这件作品完成时正赶上向第六届全国美展选送展品。我们虽然是在北京的中央美院完成了作品，但送画要到自己工作单位所在省份去评选。所以这幅画运回了沈阳，由辽宁画院送交辽宁省美协评审。当时我自己尚在北京未回沈阳。一审下来，我的画竟然落选。原因据说是"宣扬战争恐怖"！这种"文革"式责难出现在1984年真是匪夷所思。现在再想想倒也不意外了。当时"美术新潮"尚未席卷而来，我的探索虽只局限于表达手法，但在地方一级保守的美术官僚眼里被视同前卫，岂有不打"杀威棒"之理。但到底时代不一样了。消息传到在鲁迅美术学院任教的王兰耳里，她竟然一反往常地超脱，挺身而出，跑到辽宁省美协为我这幅画辩护。说到激动时竟致泪下。我的画落选这事也激怒了鲁迅美术学院许多教师，不少重量级画家为我向辽宁省美协抗议，以至于辽宁省美协不得不改变决定，把这幅画送到了全国美协。

后来这件作品入选第六届全国美展。先在油画展区沈阳展出，

《红星照耀中国》
1987
油画 198cm×1098cm
获 1987 年全国美展优秀作品奖
中国美术馆藏

再作为优秀作品选到北京展出。

两年以后，当时的中国革命博物馆，即现在的中国国家博物馆把这幅画以及我在1981年创作的《先驱》一并收藏了。

作为毕业创作，我在完成作品之后，便写了一篇创作谈，题为"历史画创作的实践与思考——〈创伤〉创作札记"，刊登于中央美院院刊《美术研究》上。文中详尽记述了我对于艺术处理的实验过程。

评论家邓平祥后来评述道：

> "《创伤》的出现标志着中国历史画创作出现新的领域。虽然它并非尽善尽美，但却是开拓性的，它在一定程度上更新了我国历史画创作的观念。""在画面结构上它突破了传统的'真实性'这一束缚，而把不同空间、时间的人物根据另外一种组合原理安排在一起，甚至画面上还包含了一部分幻觉的空间，这是另外一种审美层次的画面构成。""它植根于真实的情感，突破表面真实的外壳而深入事物的核心。它启示人们进入深层进行哲理思考。"

《创伤》画于1984年，就是乔治·奥威尔（George Orwell）曾虚构的那个1984年。乔治·奥威尔与白求恩一样是西班牙共和国的志愿兵。在同一年里，他们战斗在西班牙不同的战场。奥威尔比白求恩小十三岁，却少活两年，死于肺结核。我忽想若白求恩不是牺牲于战场抢救中的，到了1950年没准可以救奥威尔一命呢！

《革命》
（局部）
2012

重返中央美术学院帅府园校址
1995年

在中央美院进修班宿舍与同学和朋友合影，中为孙景波老师
1985年

红星照耀中国

> 后代的青年将会
> 以感激的心情
> 诵读他的经典作品——
> 《红星照耀中国》，
> 它永远是他的星星，
> 象征着他对于未来
> 更健康、更干净的
> 世界的坚信。
>
> ——路易·艾黎

1987年8月1日，庆祝建军六十周年全国美展在中国美术馆开幕。人们步入正中圆厅，立即被迎面一幅大画所吸引。画有两米高、十一米长，一百多位头戴红星帽的人物，在向着观众微笑。细细分辨，个个都是名留中国革命青史的红色战士。在他们中间，斯诺——一个美国青年也在快活地微笑。当然，他的朋友艾格妮丝、他的妻子

红星照耀中国　051

052　自说自画：
从黑龙江兵团到澳大利亚

◁ 中国美术馅圆厅展出《红星照耀中国》1987年

▷ 靳尚谊老师和尚丁等来观展 1987年

◁ 在中国美术馆 2009年

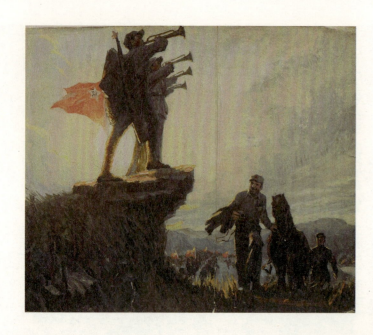

《中国的希望》
中国人民的朋友斯诺在红军中
1975
水粉｜纸本 39cm×55cm
画家自藏

海伦也都在人群中笑。他们不能不笑，凡读过他们的书的人都会理解画家为什么要画他们的笑。

这幅画，自然叫作"红星照耀中国"。作者便是我。

1967年，我十九岁，是江南一座小城的红卫兵。城南的湖中停着一条船，中国共产党便诞生在这条船上。小城也因此而闻名全国。在南湖东边，有一座浙北最大的造纸厂。一年多来，纸厂不再把稻草制成记载文明的纸张，而是把记载文明的纸张还原为纸浆。除了"红宝书"以外，几乎所有的书籍都不能免遭扔进纸浆池的厄运。

这一年冬天，我开始厌倦无休止的内战，躲到家中练习作画。"文革"结束了我进入美术学院学习的梦想。有一天，一个在造纸厂工作的画友来看我，带给我一本书，是他从纸浆池边偷偷捡来的。

这是一本没有封面封底、纸页发黄、年龄比我大得多的书。"它就是《西行漫记》。"朋友说道。我知道这本书，我也知道斯诺这个名字，但是从来没有读过它。北京的红卫兵们把书中毛泽东的自传部分摘出来，油印成小册子，广为流传。但是《西行漫记》却见不到，因为它是事实上的禁书。所以现在传到我手中的这一本，或许还是复社的初版本呢。

"雪夜闭门读禁书"——我几乎一口气读完全书。激动的心情无法形容。向往、开朗与热血沸腾的心情——这是书带给我的；痛苦、矛盾与迷茫——这是因与书的比照而尖锐地暴露在眼前的现实带给我的。书中出现的那些名字，有的罩上了光环，有的已被打入地狱"永世不得翻身"。而在这本书里，神和牛鬼统统被还原成活生生的人。他们年轻、热情，充满理想和信念，头戴着红星帽，为了一个新中国而不顾一切地奋斗。我被斯诺的文笔所震慑，这支笔是由心灵所驱动的。这是一颗真挚透明的心，我感到它与我年轻的心跳动频率是一样的，因此我完全相信他的叙述。

他说："切莫以为毛泽东可以做中国的'救星'。""虽然每个人都知道他而且尊重他，但没有——至少现在还没有——在他身上搞英雄崇拜的一套。我从来没有碰到过一个中国共产党人，口中老是叨念着：'我们的伟大领袖。'"

我惊奇斯诺的预感，竟在三十年之前便写下了这段警语。他对于毛主席的评价很高，即使在头脑发热的红卫兵读来，也觉得无可挑剔。可是他同时写下了这些话。它们意味着什么？我开始了"文革"中最初的反省。

三十年前，斯诺写这本书，是为了向全世界同时也向全中国人民公开被严密封锁的秘密——中国红军的真相。三十年前的国统区青年，通过这本书才认识另一个世界，一个光明的世界，并且一直朝她奔去，不再回头。

可是斯诺做梦也想不到，三十年后，与新中国同龄的一代青年，竟会同他们的父辈一样，通过这本书来认识那个光明的世界，看清了被扭曲得变了形的"革命"。于是，依然作为禁书的《西行漫记》再一次担当起启蒙的角色。

《红星照耀中国》之一

C小稿1
1987年
钢笔 墨水 纸本 130cm×47cm
中国私人收藏

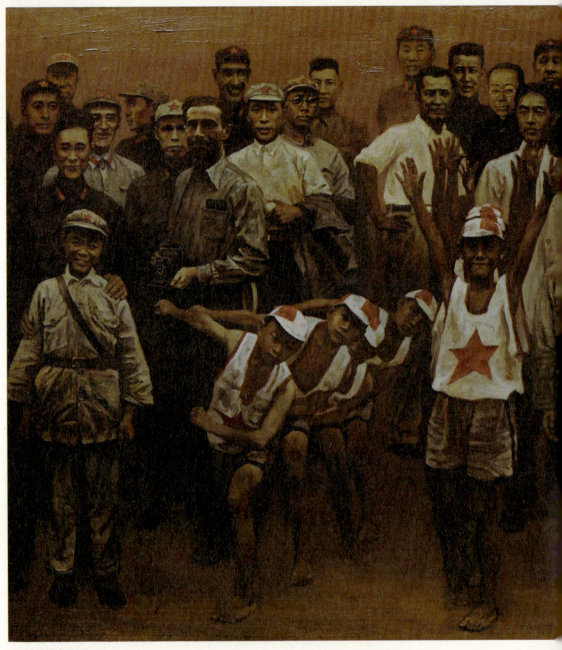

《红星照耀中国》之二

A 小稿 1
1987 年
钢笔墨水 纸本 13cm×71.7cm
中国私人收藏

《红星照耀中国》之三

◁ 陈宜明和我……二老动作素材 1987年

A 小稿2

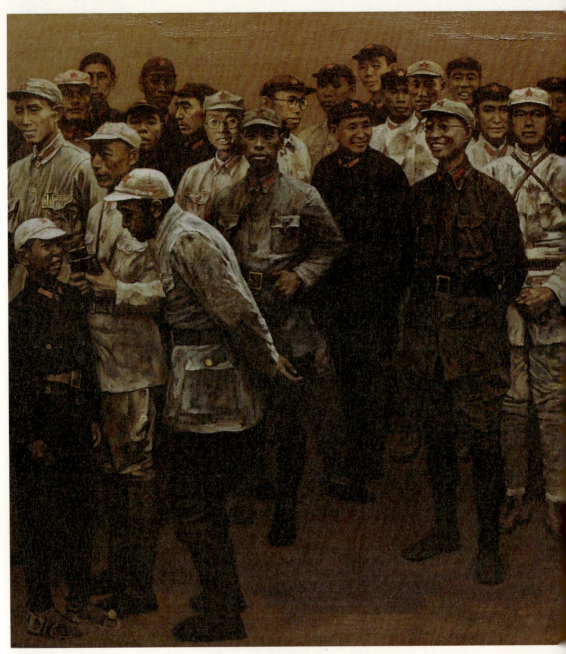

《红星照耀中国》之四

B 小稿1
1987年
钢笔 纸本 33cm×55cm
中国私人收藏

《红星照耀中国》之五

《红星照耀中国》之六

六年后,我已是遥远北国的一名兵团战士,在小兴凯湖北岸屯垦。我的绘画才能得到人们的承认,于是有了很多时间画画而不必忙于农活。冬天,我到乌苏里江畔的一个连队去写生。在一位上海青年那里,重逢到久违的《西行漫记》。书的主人答应借给我,直到第二年探亲时,替他将书带到上海。

为什么我要长期借它?因为我要摘抄它。

六年来,我有着一个梦想,便是用斯诺式的忠实,来描绘中国革命史。初读《西行漫记》之后,我开始深恶痛绝一切歪曲、粉饰、伪造的"历史画"。同时,我想我总有一天会自己来画真正的历史画。于是我尽一切可能来积聚文字的、照片的历史资料。在这六年中,新华社报道着斯诺的访华,斯诺与毛主席的会见……直到斯诺辞世,然而我看不出有任何再版《西行漫记》的希望。我必须得到这本书。它不仅曾是我的启蒙书,它还将成为我的工具书。得不到,只有用手抄。

A 小稿3

B 小稿2

我利用探亲假的空闲,抄下了几万字的材料。这为我很多年以后完成的巨画迈出了第一步。但在当时,这几乎是毫无意义的行为。因为根本看不到被允许创作这件作品的任何希望。我没有穿透未来迷雾的慧眼,可以预先看见历史的转折。我只凭了对斯诺的热情而做了一件使自己心安的事。

时光流逝,这一切都成为遥远的过去。噩梦结束了。中国已经正视自己的历史。《西行漫记》的新版本已经被我翻旧,正放在我的书架上。我成为历史画家的梦已经变成现实。我的巨幅油画《红星照耀中国》获得了全国美展最高奖,并由中国美术馆收藏。

我站在我的作品前面,被我自己所创造的人物形象所激动。我想,但愿斯诺先生地下有知,听得见他的不朽著作五十年后在一个中国后生身上激起的回声。*

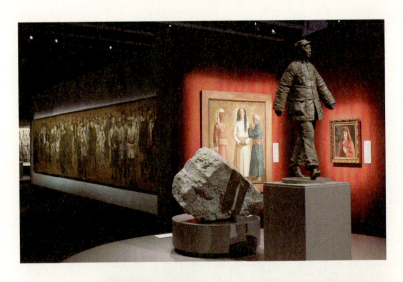

△ 澳大利亚国家博物馆展厅展出《红星照耀中国》2011年

▷ 在画室 1987年

* 本文于1989年荣获中国三S研究会纪念《西行漫记》出版五十周年优秀散文奖,并刊发于《解放军报》。原篇名为"五十年后的回声"。

宽容

《宽容》是我1989年初移居澳大利亚之前的最后一件作品，完成于1988年12月。我在1987年创作十一米长《红星照耀中国》前后，已在构想以人物长廊的方式来描绘中国近现代史。但出国的机会突然到来，阻止了我的实验。《宽容》是唯一的完成部分，也成为一件独立的作品。

这件作品只局限于蔡元培在"五四"前后出任校长时期的北大文科精英群像。1987年开始准备时，想到还有两年是五四运动七十周年，就决定从这一个局部入手。中国思想界自1979年党中央提出"思想解放"开始，从"文革"时代的禁锢局面逐渐复苏过来。二十世纪八十年代知识分子对历史的反思日趋深入。在这种讨论中，蔡元培在五四时期的作用凸显出来。蔡元培在当时同时具有三种资历：他是革命家，领导一个主要革命团体参与了推翻清朝皇帝的辛亥革命；他是民国政府的官员，从一开始创建民国便出任教育部部长；

他是知识分子，游学欧洲，提倡"以美育代宗教"。他以这三重资格出任北京大学校长，乃一时之选。而最难得的是他深得自由主义的精髓，把北京大学办成一个真正的学术探讨基地。他不拘一格广揽人才出任教授，其中既有留洋博士，如胡适，也有饱读经书的国学大师，如黄侃。甚至如二十六岁的梁漱溟连大学学历也没有，却因其对东西文化及其哲学有精深造诣而被特意聘任为讲师。这些人才的政治理念更是五花八门。如留辫不剪的辜鸿铭是保皇派；文科学长陈独秀与另一位法学家李大钊是后来中国共产党的创始人；整理国故的刘师培曾是同盟会的叛徒，革命党原要处死他，被蔡元培专门发文保护并延聘出任教授。

蔡元培将他这种办学理念概括为四个字：兼容并包。它的含义与英文tolerance即"宽容"相近。唯一区别是"兼容并包"是对他以校长身份来容纳各派学说、各方人士的一种描述。而"宽容"既表达他作为一个校长的大度，也同时指自由社会里处理不同人群相互关系的包容精神。我在构思阶段采用"兼容并包"为画题，后在北京与一位评论家，好像是翟墨聊起，他建议再想想更具文学性的标题，我便决定用"宽容"。

我的青春是在"文化大革命"中度过的，因此充满矛盾和疑虑。1979年开始的"思想解放"，我真是全心投入。虽然还算不上是知识分子，但是一直在阅读与思考。"宽容"这个词汇是我在读了房龙（Hendrik Willem van Loon）的《宽容》一书后才进入我心，觉得它表达了我的一个基本人生态度，一种符合我天性的价值观。

蔡元培和他的北大精英的故事让我找到了一个表达思想收获的出口。当时还读了毛姆（Maugham, W. Somenset）以辜鸿铭为原型的一个短篇，林语堂的长篇小说《京华烟云》里对辜鸿铭也有精彩的描述。我还发现蔡先生的同乡与朋友、作家鲁迅除了出任北大讲师外，还设计了一个"北大"的LOGO（以前一直说成"校徽"，看来"LOGO"更贴切,中文或可译为"图标")。随着阅读量的增长,我对这一群人的兴趣越来越大。他们同时代人的回忆录,提供了更加鲜明的个性形象。例如辜鸿铭马褂上的油污及对妻妾制度的形象化比喻;蔡元培提倡私德,还成立了"进德会"组织,然而他的主要助手陈独秀却曾出入过八大胡同;马叙伦还回忆五四运动高潮时,陈独秀"两个西装口袋里塞满了传单"跑到马路旁边楼上去散发,于是被捕的细节。

我在确定这个题材之后开始搜集人物图像资料。这是非常艰难的工作,因为在二十世纪八十年代还没有谷歌之类的图库。此前十年我还在军队文工团工作时,在一堆旧杂志中见到一本1927年的刊物,封面是辜鸿铭去朝鲜讲学时的新闻照。我将它翻拍下来备用,如今成为我构图最前景的人物依据。一幅画的构成里往往有一至数个造型具有决定性因素,这个人物造型便是此画母题的关键部分。

我对北京大学及其图书馆怀抱希望,前去搜索。不料经过"文革"的洗劫,这所大学完全没有蔡元培时代的档案照片。至少在当时连一个校史陈列都没有。

我在梁栋写的一本北大校史著作中发现一张1919年文科毕业合影,前排陈独秀的形象非常好。承他告知原照是冯友兰先生提供的,于是上门去冒昧要求翻拍。冯先生的女儿、作家宗璞立即将照片取出供我翻拍。我在搜寻素材的最后阶段联络上了马幼渔的后代,承他们寄来了别处无法找到的珍贵照片。胡适的照片是从南京第二国家档案馆一本 Who's who 上找到的,正是1918年左右拍的。

我在当时已从出版物里找到了合适的蔡元培照片,所以没有与他家属联系。很多年以后,我从澳大利亚回上海探亲,路过华山路时突然发现蔡元培故居已被辟为博物馆,即入内参观。展厅在楼下,馆员听说我是《宽容》一画的作者,立即告诉住在楼上的蔡先生的女儿蔡睟盎,老太太即请我上楼小坐,给我放映了一部纪录片,并赠我一本蔡先生纪念画册。老太太年逾古稀,脊柱已弯成九十度,

马幼渔家人寄赠的旧照

十分热情。房里陈设间似透出蔡先生的身影,墙上挂着蔡夫人的油画作品。纪念馆陈列有李金发做的蔡先生胸像。说实在的,做得并不好,但那是一件珍贵的文物,李金发也是中国近代史上一位才子型文人。

我在《红星照耀中国》的画作里不大重视手的描绘。我试图让《宽容》这幅新作带有一点西方文艺复兴名作,比如《雅典学园》的气息,因此特意请一些朋友为我做模特,拍下不同的手势作参考。例如陈独秀,是请画家韦尔申为我摆的动作;鲁迅,是画家王伟摆的,他很瘦,所以鲁迅夹烟的左手很传神。

有一篇回忆录记述蔡元培对人十分有礼貌,不仅"礼贤下士",而且礼贤"下人"——对校工也脱帽致意。我特意抓住这个"脱帽"的瞬间。

其他一些人物设计与他们的主张或事迹相关:

辜鸿铭在北大教英诗,因此让他手持《莎士比亚十四行诗选》的洋装书,与他的古董形象对比强烈。

梁漱溟(前右)手持《东西文化及其哲学》,刘师培(最左侧,背影)手持他主编的《国故》,陈独秀(白西服)手持他创办的《新青年》杂志,胡适右手指向左手持的刊有他的著名檄文《文学改良刍议》的《新青年》,李大钊(蔡右后侧)手持他编的《每周评论》,鲁迅手持他设计的"北大"LOGO。

构图右前侧,梁漱溟后面正在互相争论的两人,左是钱玄同,右是刘半农。这两人本是一同支持胡适的白话文运动的,但在《新青年》杂志上,故意扮成一对敌人,互相攻击,以引起人们的讨论兴趣。

构图后面最左侧是黄侃,他最反对胡适的"文学革命",因此每每给学生上课,五十分钟里有四十分钟骂胡适。画中他的左手直指胡适的后脑勺。

▷ 韦尔申扮陈独秀,王岩扮辜鸿铭

鲁迅后面，右侧是后来与他失和的弟弟周作人，左侧是马幼渔。蔡元培头后面左侧是马叙伦，马叙伦的左后是朱希祖，朱希祖的左后是沈尹默。

《兼容并包》（宽容）
1988
油画 198cm×179cm
中国国家博物馆藏

《宽容》
（小稿）
1987
丙烯 | 纸本 46cm×35cm
画家自藏

《辜鸿铭习作》
1987
油画 61cm×25cm
画家自藏

辜鸿铭1927年访朝新闻照

《宽容》这件作品画了很久。我在1988年10月拿到了到澳大利亚学习英语的签证，但是直至三个月后签证失效的前一日才抵达悉尼。我在此前一直在画这件作品。当时中国画家出国都事先画一批易卖的小画随带，以便找画廊。我却因此两手空空地到了澳大利亚，这也是逼我上街头画像的主因。

这幅画，原计划参加1989年6月开幕的第七届全国美展。我离开中国之后，辽宁省美协因我人不在而没有将这幅画送展。从此这幅画一直丢在仓库里无人照管。我在出国途经北京时拜访中国革命

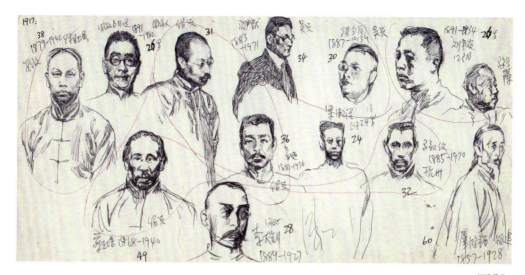

《习作》
（小稿）
1988
圆珠笔｜纸本 13cm×28cm
画家自藏

历史博物馆（今为国家博物馆）美工部主任李仁才时给他几张这幅画的照片。过了三年，1991年是中国共产党成立七十周年，该馆重设陈列，需要一幅关于五四运动的绘画。李仁才建议采用我的这一幅，被有关部门批准，于是将此画收藏并长期陈列。当时画面已有所毁损，是请老友孙景波教授修复的。刚开始是恢复最早曾拟用的标题"兼容并包"，后来馆方曾将之改名为"北大钟声"。这个名字比较诗意，也有隐喻，所以也不错。此画在中国美术馆的中国共产党建党九十周年美展中位列首幅，标题已改回为"兼容并包"。

《启蒙》
2014
油画 198cm×1096cm
画家自藏

△《启蒙》接续了我由于出国而中断的实验，连同《兄弟阋于墙》的另两部分，完成了我的早年构想

槜李之战

2003年4月6日,我乘坐从悉尼起飞的中国国航班机回国。此时伊拉克战火正炽,而我此行则与发生在两千五百年之前的另一场战争有关。

大半年之前,接到故乡画友陈家树来电,问是否愿为嘉兴市新建的博物馆画一幅大型历史画《槜李之战》。虽然一口应承下来,心中却惴惴不安。我是少有的专业历史画家不假,但我的专业研究范围限定在有照片开始的近现代,而且除了三年前为中国革命军事博物馆创作的《百团大战》之外,几乎不画处于剧烈动势的战争厮杀场景,更遑论远古时代的战争。做出承诺之后,着实有几夜睡不安稳。用一句常言形容:我又一次面临人生挑战。

按习惯,也出于总是伴随择定画题出现的冲动,我立即在自己的藏书中找到嘉兴市志查阅相关记载。所幸藏书中有《左传》,而且是附有白话全译的版本。"槜李之战"发生在公元前496年,吴王阖闾伐越，越王勾践领兵在槜李（嘉兴的古代地名）迎战。两军对阵，越死士两次攻不动吴阵。勾践出一怪招：派罪人三列持剑到吴军阵前自刎。吴兵看得发愣，越军乘机攻入，大败吴军。越将灵姑浮以戈击吴王，伤其将指（大脚趾），夺一屦。阖闾逃出七里，在一个叫泾的地方伤重死去。其孙夫差即位，三年后击败越国，遂有勾践卧薪尝胆的故事发生。这段记载中最令我印象深刻而且也是闻所未闻的细节，是罪人阵前以自杀为本国军队开道。后世《东周列国志》将罪人数目定为三百，当是可信之数。因数少不足以惊世骇俗也。

嘉兴市文化局给出的画题是"槜李之战"。局长深知艺术创作规律，因此一开始便言明一切由我构思，不做任何限制。这种理解、信任使我很受鼓舞。画题是有了，我也可以画出一幅说明性的陈列配图。但是把一幅委托性作品提升到艺术品的高度，核心是要赋予一个灵魂，这个灵魂便是艺术家作为创作主体的思想阐述。对于一幅颇费心血的大型作品，我必须把它转化为自己的创作性作品，既然有了甲方的理解与支持，我便把这件作品的内核定为两个字：反战。

步入中年以来，我是一个坚定的反战主义者。国与国之间、民族与民族之间、人群与人群之间，能不打便不打，一切和为贵。当然有时实在避不过，如反法西斯战争可看作例外。

春秋无义战，已是史家定论。吴越争霸，利在两国国君（若以双方各自经历，其利有多少亦大可存疑），吃苦的是老百姓。战争之需固然促进了相关技术（如铸造术）的迅速进步，但同时也毁坏了文明发展。春秋尚在人类幼年阶段，火气旺盛，以开仗为乐事。但时至今日，把"春秋无义战"中发生在嘉兴市境内这一"槜李之战"制成大画，陈列于博物馆大堂，每每学童成群来观看，教师除将乡土历史娓娓道来，西施范蠡、夫差勾践一番之后，面对这群雄厮杀的场景，总不可能将之称为什么"民族脊梁"，而应以孔子的"和为贵"，墨子的"非战"训诫我们的后代，让我们中华民族以一个

◁ 回嘉兴时为老朋友们写生 1998年

◁ 嘉兴文化局局长张扣林决定请我创作这幅画

《槜李之战》
2003
油画 250cm×700cm
嘉兴市博物馆藏
钱晓峰拍摄画照

爱好和平的民族永远为人类大家庭所尊重。

技术上，我是以尽可能再现厮杀场景，以生灵涂炭的震动来引导观众自己得出反战的结论。"槜李之战"的独特之处是越军以本国同胞（罪人）的苦肉计（自杀）来赢得胜利。以今人的观点来看，这是一种残暴的行为，是不能接受的。在讨论用毒针处死死囚是否比枪弹处死更人道，甚至废除死刑的今日，即便用死囚去作新式武器或新型药物的试验，也是断不可行的。我将自杀后尚在挣扎的罪人置于画面正中，从前方一直向后延伸，而灵姑浮的战车正无情地从罪人身体上一路碾压过来，直观地展示这种残暴。

整个画面都处于一个瞬间。下一个瞬间观众可以想象到：从画

▷ 为故乡画《槜李之战》

面最左端开始，倒栽葱从车上摔下来的吴兵会头破血流；倒插的铍（后世叫"枪"）会扎进翻滚着的辕马的肚子；仓促中骑上一匹马逃命的吴王可能会被箭射中；抱成一团的吴越士兵将在血泊中倒下；徒劳地伸臂企图让战车停下的罪人将与所有士兵都被马蹄踩扁，被车轮碾碎；而战车本身也可能因障碍太多而与左边已毁的车马一样被掀翻。

所有这一切人仰马翻、车毁命丧都只为了吴王与越王的争霸。单独地看，这是越国的反侵略之战，然而整体地看，此战只是一系列互为因果的战争之链中的一环。在它的终点是吴为越亡，越为楚亡，楚为秦亡，秦再为自身的残暴付出覆灭的代价。世代王朝更替，

画家小高当模特

袁谷人老师后来指出画里倒栽葱的士兵的箭在箭袋里插反了，我一直没有机会更正过来

构成三千年中国历史的主要情节。

教化固然是此画作为博物馆重要陈列品的目的之一,但更重要的目的应是为后人对前人生活历史提供直观的可视形象。为此我不敢掉以轻心。作为初涉先秦历史,而且是从视觉形象切入的新手,我尽可能为画中出现的一切人、马、车、衣、冠、鞋、箭、弓、戈、剑……找到考古学依据。尽管如此,能够有确切样式的材料还是有限的,我不得不运用一点想象的权利。不过遵循这样一个原则:如果没有先秦出土文物为依据,那么宁肯借用秦汉时代出土文物样式,也尽量不凭空编造。当然有时连这原则也不得不让步,例如此画中的旗帜、越人刺青的花纹等等,都是我的胡编。

西人将文学作品分为虚构(fiction)与非虚构(non fiction)两大类。像这幅历史画看起来是严格遵循了《左传》的记述,当它是一篇小说时可列为"非虚构"的纪实作品,但以视觉形态出现时,它可真是百分之百的"虚构"作品。难道阖闾真是穿这么一袭皮制甲胄(虽然它是参照出土文物绘制的)?难道他真是伏在一匹马的背上(而非载在车上)逃命的?再推远一点说,"槜李之战"时车战的规模有多大?我在创作此画的自始至终,一直没有去现存的吴越"国界桥"看一眼,因为我不相信现在的国界桥与两千五百年前的那场战争有任何关系。不过据博物馆庞艺影先生的一篇文章中所记,1959年在那一带挖掘的大量兵器与马骨,倒是为我画中主体之一——马与马车提供了依据。

秦始皇墓兵马俑坑里出土的一种双刃弯形兵器被专家认定为史书中记载、因吴人喜用而得名的"吴钩",也即是后人名句"眼底吴钩看不休"里"吴钩"的真身。我用在画中适得其所。墨子是春秋战国之交时的人,他曾记述:"昔者越王勾践剪发文身以治其国,其国治。"我以此为依据,让画中越人断发缚巾,身上脸上有刺青,以与吴人相区分。

此画的酝酿长达大半年。其间积聚起所需资料,其中不仅会让

绘制

《槜李之战》
(局部)

大家意外，连我自己也是在初始时所未料的，是后来我发现澳大利亚橄榄球比赛的快照将厮打场景定格，为我画中人物动态提供了极佳出发点。从在空白画布上用木炭起稿，至完成交稿，共历时两个月。"非典"时期的准隔离状态，加速了制作过程。

如果人们问我自己对此画最满意之处，答案当是构图。我成功地找到了一种正面冲击的力度感。从画面右上角勾践所在白马战车，到灵姑浮所在正从右向左（见旗的飘动方向）转向正面偏右前方，再到扑进吴军阵列的越军死士的冲击方向，构成一个横躺的 S 状运动。正面冲出画面的吴王与坐骑，与侧面直立惊吓的辕马形成对比，而非常态倒栽的吴兵，下泻的箭矢与四蹄朝天的辕马，也形成另一个强烈对比。所有这一切都为一种反常的乌云与不祥的夕阳红光所笼罩，构成冷兵器时代的热战场景。

有西洋画史知识的观众也不难看出我没有放过长长的戈杆、戟杆、枪杆的视觉功能。作为乌切罗与委拉斯开兹们的传人，这些长直线撑开了构图，增强了画面张力。相对于古典的全景式构图，此画的构成是一个虚构大场景中的局部，它向四周扩展，被四边边框所切断，造成一种现代感。

但在根本上这幅画还是一件传统主义作品，基本上遵守了"三一律"，虽然是把可能发生在长达半小时内的情节压缩到了一秒钟之内。这也是我近二十年创作的一个例外。当我终于完成这件巨幅油画之后，真是难以置信，我已经成功地应对了又一次人生的挑战。

▷ 嘉兴的著名摄影家黄才祥为我拍摄的工作照

曹操的帽子

壁画《曹氏父子与建安文学》的创作构想

虽然是画三国名人,却与厮杀征战无关,而是展现文学成就。文学者,借助于语言和文字表达以传世。语言无从望见,文字却一目了然。中国的文字,又是如此的独特、美丽、苍劲,望文生义,古色古香。呈示于岩石碑刻拓片,两千年前的墨迹,竟然以黑白翻转的形式,令今人目不暇给,望之竟觉神魂颠倒。因此,与建安文人相关的碑刻拓片,构成了这幅壁画的基本背景。其中所临摹的碑帖断片,出自《曹操衮雪刻石》《张迁碑》《熹平石经》《上尊号碑》《受禅表碑》《钟繇荐季直表》《曹植庙碑》《王献之洛神赋十三行》等近十种。

在传世碑帖文字的背景上,描摹了由当代书法家章柏年书写的文抄,计有:曹操的《龟虽寿》、曹植的《七步诗》、曹丕的《文论》片断,以及(传为)蔡文姬的《胡笳十八拍》片段。这些文抄崛起在碑文的和声之上,琅琅入耳。

沈嘉蔚 王兰
《曹氏父子与建安文学》
2016
油画 508cm×381cm
中国国家博物馆藏

文学还借助于相关的绘画或者插图来传播它创造的虚构图景与人物形象。中国最古老的卷轴绘画名作，由顾恺之创作的《洛神赋图》，竟然就是建安文学的衍生艺术奇迹。凭借了大师的神来之笔，曹植的神思，化作美妙的图景，捉牢了飘忽无踪的神女，让几十代的读者，观赏了她一千六百多年！而今，毫无疑问，壁画的顶端，就是她永远的神坛。

在文字与插图的背景前，是创造了这一切的文学家、诗人。

曹操，建安文学的祖师，白了胡须，褪去盔甲，不再是叱咤一世的枭雄，而是低头深思生命意义的哲人。他不知道一千七百年以后有一个名叫鲁迅的人为他说话："其实，曹操是一个很有本事的人，至少是一个英雄，我虽不是曹操一党，但无论如何，总是非常佩服他。"

蔡文姬，苦命的女人，肝肠寸断的母亲，在塞外思故乡，在故乡思骨肉，没完没了受尽折磨。磨难出诗人，而且是中国文学史上屈指可数的杰出女诗人。建安七子没有你的位子，只因为你比他们高出一筹。

曹丕，能够为《七步诗》面红耳赤，"皇帝乃回思"，也不失为知耻的人。明白"文章事可以留名声于千载"，甚至早早宣扬了"为艺术而艺术"的道理。呜呼，你真是文学批评家的老祖宗！

曹植，天下才华一石，唯你独占八斗！建安，建安，没有了你子建，哪里还有一个建安！甄妃做你的嫂子一世，洛神却因此而翱翔了千年，并且还会翱翔至永恒。因了你独占八斗才华，这幅画里你的洛

章书

当代著名书法家、兵团老友章柏年（前右）应邀提供书法稿

"历史画工程"中的
"三曹"草图
2014
油画 60cm×45cm
画家自藏

神也就独占鳌头。

建安七子，为何画了八个人？皆因阮瑀的膝下小儿阮籍成年之后成了竹林七贤之一。竹林七贤以轻裘缓带、宽衣乃至赤膊著称于世，成为高士的标准形象，那么何以建安七子却是衣冠齐全正襟危坐呢？全因了在两代人之间出了一个叫何晏的人开了"吃散"之风。鲁迅在《魏晋风度及文章与药及酒之关系》里解释得一清二楚。

鲁迅还特地指出孔融是"被拉进建安七子"的，因为他专喜和曹操捣乱。所以在壁画里的他独立于一隅，似乎已经听见死神的召唤。

神龟，老骥，曹操的自许。挺立在他身后的千里马，则是他的魂魄。相依为命的马母子，则是蔡文姬永远的梦境。

白帢

在《曹氏父子与建安文学》一画中，曹操头戴的是他发明的以古皮弁为本的白帢。他的发明开历代君王冠戴风气之先，直至三百年后的南朝帝王，仍以白冠代冕，此风由初唐阎立本《历代帝王图》可以证实。虽然曹操首创的白帢没有图像传世，但是其上游的古皮弁，其下游的白高帽（唐刘肃直称其为白帢帽）均有图像传世，则曹操创白帢之造型就在二者之间了。笔者不明何故此前所有的绘画乃至影视作品里的曹操就是不以头顶白帢面世。作者就白捡了这个专利权了。今人有论以为南朝君主文人化，以头戴文人爱戴的白纱帽为时髦，实乃本末倒置耳。曹氏父子身兼帝王与一流文人，白帢同时在帝王与民间迅速风靡，当可推想也。

今人熟悉的曹操形象，均始自明清时代绘制的绣像，服饰与明人相去不远，并非真正的汉服。至于现代影视话剧，曹操头顶的冠戴毫无个性，也缺乏依据，作为大众娱乐，可以不计。这幅画是国家组织的"历史画工程"严肃创作，将在国家博物馆流传后世，因此笔者严格依据文献资料，力求还曹操以尽量真实的历史面目。到目前为止，看起来似乎故意颠覆曹操约定俗成的形象，其实再过几十年，等头戴白帢的曹操在影视作品里出现多了，就有新的约定俗成了。君不见1959年郭沫若创作《蔡文姬》一剧之前，曹操的舞台形象一直是约定俗成的奸人吗？自从郭沫若为他翻案以来，几十年里曹操已经被大众公认为英雄了。

画中白帢给人以"像教皇的帽子"的第一印象，其实这是可以原谅的一种本末倒置。中国古代武将头顶的皮弁，的确很像几百年后才出现的罗马教皇的帽子，但是史实如此，除了普及历史知识，没有他法。而国家博物馆不正是普及历史知识的大众课堂吗？观众看到曹操头戴的白帢，进而认知到祖先有从古皮弁到白帢到白高帽这么一个消逝了的冠戴传统，不是国家博物馆应有的功能吗？为什么非要向人云亦云的伪造历史的影视剧制造的所谓的约定俗成屈服呢？

白帢依据：唐 阎立本《历代帝王图》局部

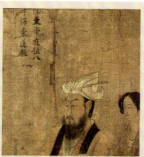

白帢依据：宋 聂崇义纂辑《新定三礼图》，清华大学出版社2004年版，第80页

辛丑条约

1996年8月17日清晨，我躺在画室的床上还没有完全清醒时，想到了清帝国代表与十一个列强的公使围桌签署了《辛丑条约》的那张照片，忽然想到把曼坦尼亚名作《哀悼基督》的基督遗体放到那张大桌子上去。我意识到这是一个绝妙的构思。我立即起来，勾勒下草图。在找到那两幅图片后又画了一幅正式草图。

当时，我正向澳大利亚理事会申请资助我的组画创作《与莫理循对话》，《辛丑条约》成为组画的核心作品。但申请没有成功。那些年里我还在为生存而努力工作，大型历史画创作不得不暂且搁置。

直到2005年我才动笔开始绘制这件1.83米高，4.59米宽的作品。刚完成就入选第二届北京国际双年展，当即被中国美术馆收藏。回到悉尼画室，我把拆下画布的内框重新绷上空白画布，想要用一种褪色照片的色调重新绘制一遍。前一幅用的是较自然主义的色彩，我不大满意。当时，我在悉尼男子文法学校担任驻校画家，这幅画边

《辛丑条约二号》
2006
油画 183cm×459cm
获澳大利亚 2006 年
约翰·舍尔曼爵士大奖
画家自藏

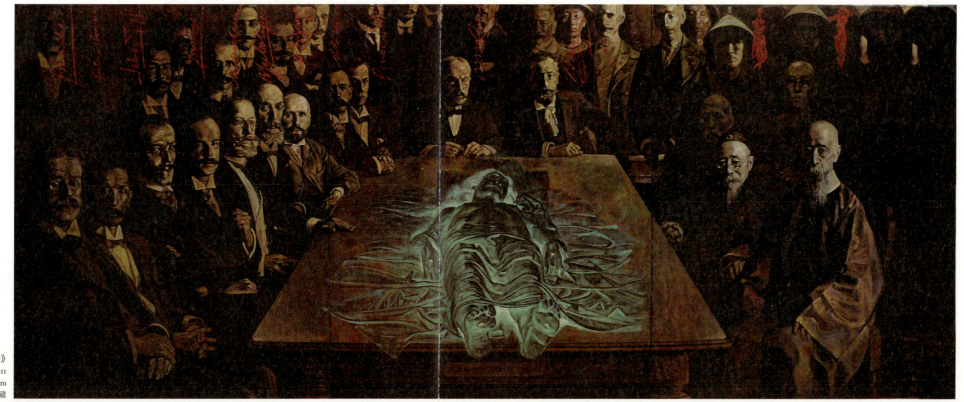

《辛丑条约三号》
2011
油画 167cm×411cm
中国美术馆藏

灵感图
1996
碳铅 | 纸本 30cm×42cm
画家自藏

《辛丑条约》素描稿
2004
碳铅 | 纸本 30cm×76cm
澳大利亚私人收藏

《辛丑条约一号》
2005
油画 183cm×459cm
中国美术馆藏

画边给学生做示范。

《辛丑条约二号》在2006年新南威尔士美术馆一年一度的三奖大赛上荣获专门奖给主题绘画的约翰·舍尔曼爵士奖。评判是澳大利亚著名当代艺术家杰内特·劳伦斯。她并不十分清楚中国历史，但就被画面上的耶稣以及围坐绅士的漠然无视所震撼，认定这是一件触及人类文明冲突的深层精神内核的好作品。

我事后才告诉她：中国的义和团烧教堂、杀神甫、杀教民，后来八国联军攻入北京抢掠三天，双方在坐下来谈和之前，耶稣已经被杀害了两次了。

中西两大文明的冲突、交流和融合是我长期关注的创作主题。早在1996年我已经构思并创作了一系列小型画作。那一年展出了这些作品，其中如《两位老太太》（慈禧与维多利亚女王）、《紫禁城1922》（婉容在宫中学骑自行车）、《溥仪拳戏图》等，均立即被收藏家买走。2000年，我开始构思《轮上的世纪》，从慈禧太后坐在一辆1907年奈皮埃车里开始，到2009年，已画出及开始画共十几幅。其中已完成的《1908年福特T型车》和《1911年福特T型车》在中国美术馆参加中央美术学院油画系首届研修班回顾展，目前已由中国美术馆收藏。前者画了慈禧与光绪在1908年福特车里；后者画了黄兴驾驶的1911年福特车内，孙中山正在挥舞军帽。这种处理历史题材的手法是十分当代的，因为无疑黄兴不会驾车，慈禧更不会。但在这里车已经转换为一种符号，象征了西学为用或者共和政体。

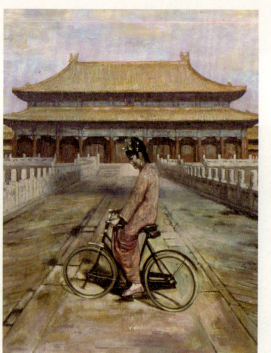

《紫禁城1922》
（局部）
1996
油画 71cm×274cm
香港私人收藏

这当然是历史画家的虚构,但构思越是主观与超现实,在画面人物服饰、车辆、用具等方面就越是要考据到位,准确逼真。例如描绘 1908 年慈禧与光绪先后去世,那辆车就必须是 1908 年型号的。描绘辛亥革命的这辆车,当然也须是 1911 年福特:事实上孙中山当时留下的照片上,正是以有斜拉杆为特征的 1911 年福特 T 型车。

《溥仪拳戏图》
1996
油画 112cm×305cm
澳大利亚私人收藏

《两位老太太》
1996
油画 122cm×142cm
澳大利亚私人收藏

◁ 在画室 1996 年

《1908年福特T型车》
2009
油画 183cm×411cm
中国美术馆藏

《1911年福特T型车》
2009
油画 183cm×411cm
中国美术馆藏

  我在2011年第三次画《辛丑条约》，这一次采用深沉的暖色调，而桌面上的基督用照相负片的颠倒黑白处理，更具魔幻感。我还将《辛丑条约》上每个当事人的签名拷贝在每个人的头顶上，用的是鲜血的颜色。

  这幅《辛丑条约三号》也已经进入中国美术馆收藏。

中国的莫理循

1915年，对于澳大利亚人具有特殊的意义。这是欧陆大战的第二年。以澳新军团为主体的协约国军队于该年4月25日登陆土耳其的加里波利半岛，拉开一场苦战的序幕。到次年初，战败的协约国军撤出半岛时，双方死伤三十三万人，其中双方各有五万六千多名士兵战死，包括澳大利亚的八千七百男儿。从此以后，登陆日4月25日被定名为"澳新军团日"（Anzac Day），成为澳大利亚的准国庆日。一场战役，胜方虽胜终败，它的守军统帅战后成为新生的土耳其共和国国父，就是凯末尔将军；败方虽败终胜，澳新军团士兵前仆后继英勇献身的奋斗精神，成为立国不久的澳大利亚联邦的"国魂"。

大部分澳大利亚人并不清楚与此同时，有两位他们的同胞：乔治·欧内斯特·莫理循（George Ernest Morrison, 1862–1920）与威廉·亨利·端纳（William Henry Donald, 1875–1946）却在帮助遥远的中国对抗其野心勃勃的东邻，同时也是英澳盟国的日本的无耻讹诈。这场讹诈围绕一份被后人称作"二十一条"的外交文件。四年以后四亿中国人发出忍无可忍的呼声,要求废除强加给中国的这个耻辱。这场被史家定名为"五四运动"的民族奋起,也就此铸造出了"中国魂"。

当1914年欧战初起时,作为协约国之一的日本,立即利用此大好时机,出兵进攻青岛的德国守军,并取而代之将山东纳入其势力范围。英法俄等国陷于欧洲战场与德奥的苦斗,一时顾不上日本小兄弟对"利益均沾"原则的肆意破坏。日本政府得寸进尺,乃于1915年1月18日令驻华公使日置益越过所有外交惯例,面见袁世凯总统,递交一份标有"最高机密"的文件,内分五个部分共二十一

《孙文见袁世凯》
1995
油画 170cm × 170cm
广州孙中山纪念馆藏

条，以"维持东亚和平、巩固日中友好"的名义，列出只有战胜国对战败国才会寻求的一系列索取在华主权的条款。如果中国接受之，无疑成为日本的殖民地。日置益用手杖敲击桌子，要求袁世凯保证不对他国泄密，并且威胁说如果拒绝接受日本的要求就意味着战争。

袁世凯的愤怒可想而知。但是慑于日本的淫威，只敢用非正式的渠道向外界透露日本的讹诈。至于文件本身，就连身为中华民国总统政治顾问的莫理循也无从得见。直至2月4日袁世凯才下决心命人将"二十一条"内容口头告知莫理循，并于次日召见了他，表达自己的忧虑。莫理循认为中国政府唯一的对策就是立即向全世界公布真相，由各列强来遏止日本的侵略野心。莫理循立即行动起来。

莫理循曾长年担任《泰晤士报》驻华首席记者，但此时他的身份是中华民国政府的雇员。他只能利用在新闻界的关系网扩散"二十一条"的内容。其中他最倚重的，是比他年轻十三岁的同胞端纳。端纳时任《泰晤士报》驻京记者。据端纳于1946年口述的回忆录，对证莫理循在此时期的日记与通信以及《泰晤士报》的报道，可以肯定当时发生了戏剧性的一幕。这便是，中国政府只能口头告诉莫理循文件内容，莫再写成"备忘录"，但又不便直接交给端纳去发表。因此他要请端纳上门拜访，见面后用手按着一沓文件，意味深长地看看端纳，然后说他要去他的图书馆一会儿。端纳深明其意，在他回来之前一把将文件塞进大衣口袋告辞了。端纳立即发稿给《泰晤士报》。不料《泰晤士报》去向日本驻英使馆求证此消息，被日方一口否认，结果报纸于次日刊出时删去了最要害的第五部分中的七条内容。而面对列强舆论的质疑，日本政府炮制了一个只有十一条的文件，回避所有要害情节，对外公布说这便是它向中国提出的要求。

在这种情况下，莫理循亲自写信给泰晤士报的编辑，坦言端纳

端纳
(《革命》局部)

的文件副本是他给端纳的。此后,"二十一条"的全部内容才被西方列强采信。在另一方面,袁世凯政府终于于2月15日将"二十一条"全文的英文译本交给了莫理循。莫理循立即致信英国公使朱尔典说:"我特密送上日本照会全文的审慎译本。"端纳也从莫理循处得到这个译本,并交由美国《芝加哥日报》(Chicago Daily News),于2月19日首次披露了"二十一条"的全文。

由于列强的不满与施压,日本不得不放弃涉及侵犯其他列强在华利益的第五部分等条款,最终迫使中国政府签署的文件并非原有的"二十一条",而只有十二项条款,史称《中日民四条约》。尽管如此,它已经在中国民众的心里埋下了反抗的种子。

莫理循是如何具有这种影响国际舆论的个人声望的呢?

这要从头说起。莫理循出身于澳大利亚的一个苏格兰精英家庭。十九世纪中叶,他的大伯父先来澳大利亚出任墨尔本苏格兰学院的院长。不久其弟弟,即莫理循的父亲来澳定居维多利亚的季隆,创办了季隆文法学院(Geelong Grammar College)。莫理循与他的兄弟姐妹均是季隆学院的子弟与毕业生。他本人后来就读墨尔本大学学医,并在英国爱丁堡大学拿到医学博士学位并一度行医。

但是莫理循是一个天生的旅行家。早在十八岁时便驾独木舟沿墨累河南行探险,行程一千五百五十英里;二十一岁时徒步从北澳纵穿澳大利亚腹地直至墨尔本,行程二千零四十三英里;1884年二十二岁的他在新几内亚探险时遭土著攻击,一根矛枪刺入他的鼻窦,另一根矛枪刺入他的腹部。多年后,折断的矛头才在英国爱丁堡大学医院被取出来。

1893年,他第一次到中国旅行。之后去了日本。次年2月他再回中国,抵达上海,得到母亲汇给他的四十英镑,就此开始后来改变他一生轨迹的长途旅行。他雇船沿扬子江溯江而上,直达重庆,在那里弃船登岸,雇了挑夫与向导,沿着自古以来的西南丝绸之路穿越了中国的大西南,一直抵达缅甸。回到澳大利亚后,他写出了一本著作《一个澳大利亚人在中国》。此书在伦敦出版后大受好评。《泰晤士报》慧眼识人，聘他为驻华记者。他欣然接受，并于1897年3月抵达北京。他在日记里写道："我的新生活现在开始了。"

此后的二十年，他一直以北京为家。作为一名记者，他不仅目击而且身历了二十世纪之初发生在中国的一系列大事件，包括1898年的百日维新与戊戌政变、1900年的庚子事变即义和团战争、1901年的《辛丑条约》、1902年开始的清末新政。而1904年的日俄战争，由于他在幕后的活动，被舆论称作"莫理循的战争"。1906年，清政府颁旨"预备立宪"，莫理循热情报道。1910年，与他在十六年前的西南丝绸之路旅行相互辉映，他又穿越西北丝绸之路，历经河南、陕西、宁夏、甘肃、青海、新疆，直至中亚地区，一路报道与拍摄照片。次年由西伯利亚大铁路进入中国东北时，及时报道了伍连德扑灭鼠疫的壮举。1911年辛亥革命，莫理循力主袁世凯执政。

在这十五年的记者生涯里，莫理循遇到过的最大危险是"义和团事变"中被围困在北京使馆区里。莫理循是义和团的死敌。为救教民，他亲手杀死了义和团民；他又是华人基督徒的救星，帮助数以千计的教民进入使馆区，逃过杀身之祸。在这场战乱中他受了重伤，以致《泰晤士报》误以为他已被杀，发表了悼词。他对"八国联军"侵华后德国军队在华行径的批评，导致德国使馆长期与他不和。

莫理循从"义和团事变"开始就声名远扬。英国政府任命驻华公使时会事先征求他的意见。人力车夫在北京火车站拉到新来的洋人旅客，常常就拉到王府井，以为他们就是来拜访莫理循的。他在位于王府井大街的家中建造了一个图书馆，收藏的图书均涉东亚研究，在当时是远东地区最有名的专门图书馆。他于1917年想把图书馆出售给中国的机构，但无人响应，不得已便卖给了日本的岩崎家族，现在是东亚文库的组成部分。

"义和团事变"后，俄国军队控制了整个东北地区，英日结成同盟以抗衡之。莫理循作为英国人，在日俄战争前后支持日本。但是

《中国的莫理循与我》
1995
油画 167cm×305cm
澳大利亚阿瑟罗宾森和海德威克艺术收藏
此画由比尔·佛列斯特买下后捐赠给他父亲创办的阿瑟罗宾森律师行

从那以后，他日益看清日本的野心，成为最早向英国警示日本的人士之一。

1912年中华民国诞生，首任正式大总统袁世凯邀莫理循出任政治顾问。莫理循以为借此可以实现他帮助中国走向繁荣昌盛的政治抱负，欣然应聘。为此，他辞去了《泰晤士报》的记者职务。不过一年以后他就后悔了。

端纳给朋友写信说莫理循："他的感受是，提建议容易，可中国人听了你的建议后，仍然自行其是……作为一名《泰晤士报》记者时，他的声誉是现在的两倍，影响力是现在的三倍。"

▷ 在马列克维尔画室
1995年

《云南 1894》
2006
（局部）▷

虽然如此,莫理循尽力帮助民国政府。他站在中国的立场上,坚决反对英国要控制西藏的野心。在"二十一条"风波刚刚过去后,袁世凯策动帝制,建立袁氏王朝。莫理循是顾问中对此持强烈批评的一位。他写道:"端纳认为中国将爆发另一场革命,因为人民已忍无可忍。我倾向于他的观点。我们的许多做法已倒退到旧的清廷时期。"

他建议中国摆脱当时困境的主要策略是加入协约国,成为第一次世界大战的参战国。作为英国人,这个建议自然也符合英国利益,但是对中国的利益更是显而易见。他于1915年11月给袁世凯的备忘录中一口气列举了十二项参战的理由,其中包括可以把《辛丑条约》里已成为敌国的德、奥两国的庚子赔款永远停付,并且收回这两国的租界;作为盟国的后方军火生产基地摆脱财政困难;最终在战后和会上取得席位来为自己争取权益等。中国政府预备听取他的建议,但受到日本的阻挠。在袁世凯称帝失败并去世后,莫理循继续向新总统呼吁。他说:"中国能够收复它的大部分损失,并能够为将来树立自己地位的时机已经到来了。"

值得注意的是,虽然孙中山等人反对参战的主张,但是支持参战的一方包括了梁启超、蔡元培、陈独秀、李大钊等著名人士。他们主张举国一致对外,反对利用外交问题攻击政府。陈独秀认为这是中国"奋发有为""千载难逢"的机会,"即使失败,也表明中国人不服强权的精神,而这正是中国的成功之处"。

中国终于在1917年8月对德奥同盟国宣战。1919年,中国代表团以战胜国资格出席了巴黎和会。

莫理循此时得了胰腺炎,且已病入膏肓,正在英国养病。作为中国出席巴黎和会代表团的顾问,他抱病赶到巴黎,为代表团修改并重写文案。他写道:"中国的提案撇开所有枝节问题,集中于维护中国的独立和领土完整这样的大是大非问题。"

但是英国为了让日本同意中国参战,与日本在1917年秘密签订

▷ 骆惠敏先生(左三)是莫理循研究的权威。他的夫人海伦(右一)与窦坤合作编辑了大型图册《1910,莫理循中国西北行》

了出卖中国权益的协议，而反对这一协议的美国总统威尔逊又为了组成"国联"而向日本屈服。在巴黎和会上，当中国被出卖的消息传遍世界时，莫理循与中国人民一样感到痛苦和绝望。1919年5月4日，中国民众走上街头表达抗议的这一天，成为中国历史的转折点。此后中国发生了巨大的改变。但是莫理循来不及看到这一切了，1920年5月30日，他在英国的西德茅斯去世。他的墓地由中国汉白玉雕栏围绕。

他居住了近二十年的那条大街——北京王府井大街，曾以英文命名为莫理循大街。

莫理循直到五十岁才结婚，生有三子。长子伊恩继承父业，成为《泰晤士报》的远东记者，他与后来成为作家的韩素音相爱，但不幸于1950年在朝鲜战场殉职。1940年次子阿拉斯戴尔在北平遇见并爱上长居北平的德国女摄影家海达。海达拍摄了两万多张老北平照片，并曾为斯诺夫妇洗印了采访红军的照片，包括那幅毛泽东头戴八角帽的照片。

但是在此后几十年的政治风云变幻中，莫理循的名字被捆绑在帝国主义的耻辱柱上，从而在中国几乎被人遗忘。直到中国改革开放后的1986年，通过由骆惠敏教授编注的《清末民初政情内幕——〈泰晤士报〉驻北京记者、袁世凯政治顾问乔·厄·莫理循书信集》中文版，中国的文化圈开始重新知道莫理循的事迹。又过了十六年，一个不怎么出名的地方出版社福建教育出版社，由于它的一位编辑林冠珍的不懈努力，开始组织出版一系列关于莫理循的著作，包括早年由西里尔·珀尔撰写的莫理循研究的开山之作《北京的莫理循》，以及二十一世纪初由汤普森和麦克林撰写的第二本莫理循的传记《中国的莫理循》。其中最有分量的作品是中国新一代历史学家窦坤的博士论文《莫理循与清末民初的中国》以及她翻译的《一个澳大利亚人在中国》。通过与收藏莫理循文件的悉尼

莫理循墓在英国西德茅斯

林冠珍（左一）、窦坤（右一）、沈嘉蔚和莫理循的家族后人。窦坤是国内莫理循研究专家

《比尔·佛列斯特》
1998
油画 153cm × 167cm
澳大利亚私人收藏
比尔是莫理循的侄孙,他在1994年沿莫理循足迹重走上海到缅甸的旧路并著书

米切尔图书馆的合作,由笔者与窦坤等编撰的两部大型图册《莫理循眼里的近代中国》《1910,莫理循中国西北行》也先后面世。这套书系激发了一位年轻导演李燕的兴趣,她为中央电视台制作了长达五集的纪录片《复活的档案——莫理循与清末民初的中国》,在中国广为传播,并被译成多个语种,多次播出。在最近的十年里,莫理循的名字出现在大量的媒体报道中。莫理循在一百年以后,重新回到了中国,而且不会再被人忘却。

《莫理循眼里的近代中国》,福建教育出版社2005年初版

我编撰的《莫理循眼里的近代中国》刊有阿拉斯戴尔写的前言手迹复制图,阿拉斯戴尔见了很高兴

海达的相机

海达·哈默（1908—1991）是一位专业的德国摄影师。她从1933年直至1946年一直居住工作在北平。她用一万多张胶片记录了这座昔日帝国古都及其百姓的美好。后来她嫁给了"北京的莫理循"的二子阿拉斯戴尔，退休后定居堪培拉多年。罗清奇（Claire Rsobert，克莱尔·罗伯茨）曾在北京的中央美术学院学习，与我是校友。1993年我们在悉尼相遇时，她任职动力博物馆的亚洲部主任，正在策展海达的老北京照片。

油画《海达的相机》是我为参加1994年阿基鲍尔奖展准备的作品。作为同样热爱老北京和中国文化的两代人，我原计划将海达和罗清奇画在一起。但是阿拉斯戴尔不同意，他不相信我能画好海达。于是我通过海达的相机来表达我的意思。画里罗清奇的双手倒映在玻璃桌面上，似乎是海达伸手要重新捧起相机。

在罗清奇的作家丈夫周思（Nicholas Jose）的建议下，我在相

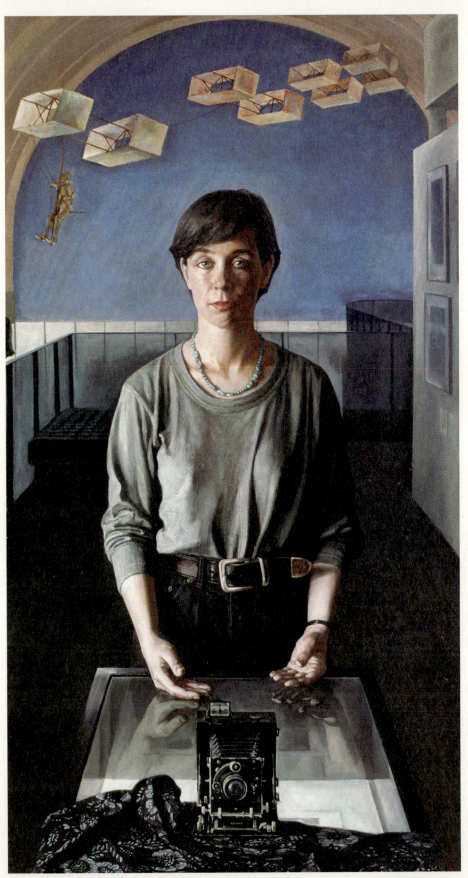

《海达的相机》
1993
油画 167cm×91cm
澳大利亚私人收藏

机镜头上画上了前门的景象，成为画眼。

两年后，阿拉斯戴尔见到这幅画的图片，爱不释手。他成了我的忘年交，并帮助我编撰了三卷本图册《莫理循眼里的近代中国》(2005年初版)。罗清奇后来拿到了中国艺术史的博士学位。她是世界上权威的海达相片的研究学者。

海达的老北京照片

1936年12月25日，美国记者埃德加·斯诺风尘仆仆、满脸胡须，背着大包小包回到了位于盔甲厂十三号的北平家中。背包中最珍贵的物品是三十个拍满的胶卷，以及毛泽东亲手交给他的一些仅存的红军照片，都拍摄于长征开始之前。而这个背包也曾是失而复得的。斯诺后来在《西行漫记》里记述过这段惊险插曲。

仅仅十分钟之后，他的同行、妻子海伦·斯诺已经捧着这堆珍品坐上了人力车，因为她认为"要在任何人了解情况之前，把埃德带回的胶卷冲洗出来"，那些旧照片也需翻拍复制。

海伦·斯诺毫不犹豫地要人力车夫把她拉到东交民巷三号的阿东照相馆（Hartung's photo shop）。四十多年后，海伦·斯诺在回忆录中写道："阿东照相馆是德国人开的——我推算也许是纳粹分子——在照片里，红军的每顶破旧帽子上都有一颗明显的可见的红星。我们每天都提心吊胆，唯恐胶卷在阿东照相馆'丢失'，并希望冲洗这些照片的中国人不了解照片的价值。""还令人感到幸运的是，当我后来去阿东照相馆取回照片时，看见照片冲洗得很好，也无人过问。""当我从阿东照相馆取回他拍摄的照片时，是多么兴奋激动啊。在半个小时之内，我认识了所有的人，名字和相貌都对上了号，然后坐下来，利用埃德零乱的笔记，给照片写出长长的传记说明……"（《旅华岁月》，华谊译，世界知识出版社1985年版）

海达
2014
(《启蒙》局部)

斯诺
2012
(《革命》局部)

海伦·斯诺
2012
(《革命》局部)

海伦这段回忆最令人感兴趣的一点是:既然她推测照相馆"也许是纳粹分子开的",并为此"每天都提心吊胆",却又为什么偏要送到这家照相馆去呢?

据中国摄影出版社出版的《中国摄影史》所载,早在此前十多年的五四时期,北京的照相馆"已发展到八十余家之多"。其中由外资拥有的也不少,有记载的如俄人谢·瓦尔加索夫经营的一家与日人S.Yamamofo经营的一家。

唯一的答案是,阿东照相馆显然是这一行业中专业水准最有定评的一家,才吸引了斯诺夫妇不惜冒险也要"找它没商量"。

很明显,斯诺夫妇不认识阿东照相馆的德国女经理海达·哈默(Hedda Hammer)。其实他们不仅仅在同一年成为北平的外籍居民，而且海达与海伦还出生在同一年：1908年。海达虽然不是一个积极的反纳粹斗士，但与大部分同胞相反，她因厌恶纳粹上台才设法离开德国故乡。起初计划去南斯拉夫，但随即看到一则广告，是远在中国北平的一家德资照相馆正招聘一位女性摄影师出任经理，条件是：德人，懂英、法语之外，还要会讲一种德国方言斯瓦比亚语。这几乎是专为海达准备的职位，因此她立即应聘，于1933年8月抵达北平上任。开初她对中国只有一点儿了解，但很快地适应并喜爱上这块土地上的一切。阿东照相馆是一个商业性质的摄影工作室，有一位德国老板与十七名中国雇员，分任从暗房、外勤到店堂各项工作。据海达回忆，当著名探险家斯文·赫定（Sven Hedin）来京要去明陵时，请海达带了阿东照相馆的卢姓电影摄影师跟随拍摄。斯诺在阿东冲洗的胶卷里，也有一部分是电影。

　　阿东的业务之一，还包括生产手工上色的明信片，明信片上都是北京的风景照片，这类风土人情照片被制成相册出售。明信片与相册都极受西方游客的欢迎。

　　虽然，海达胜任阿东的经理兼艺术指导一角，但是她的潜质还远未发挥出来。事实上早在来华之前，海达已经开始了她的职业摄影家的生涯。作为德国（也许也是世界上）最早的老牌摄影学院——慕尼黑国立摄影学院毕业生，她具有优秀的专业技能背景。既出于个性的自然选择，又受到时风的影响，她把相机焦点对准了民俗这个题材领域。例如，1931年她为故乡的斯图加特的民间狂欢节拍摄了一组相片，就风格而言，与她后来的老北京相片一脉相承。此外，在二十世纪二十年代末与三十年代初，一些主流德国摄影家喜欢选择欧洲以外的或亚洲的题材。这种时尚风气无疑也促成了她的中国之旅。虽然她一定没有预料到自己将永远离开德国与欧洲。海达在离开德国之前曾有一段时间为故乡的摄影家阿道尔夫·拉兹（Aclolph Lazi）当助手。这位摄影家为她拍下了两张头像。相片展示出她极为独特的个性。

这样，当 1938 年 6 月与阿东照相馆合同期满时，海达拒绝再回到德国，而选择了留在北平当一个自由摄影师，继续发展她的专业，以记录中国尤其是北京的风土人情为自己的人生最大乐事。在她的遗物中，至今保存着她离开阿东照相馆时所得到的工作鉴定书，从证书抬头上，我们可以看到这家照相馆的中英文对照地址与店名，近年一些国内书籍均将馆名译为"哈同"。根据这一文件，应该正名为"阿东"。

后来的几年里，海达通过一些兼职获得主要生活费来源，同时大量地拍摄民俗照片。她也利用在阿东照相馆工作的经验，将她的照片分门别类贴成相册出售给西方游客。这种分类，她在多年以后沿用在为自己一万多张在中国拍摄的底片与一千多张发表的照片（主要辑入两本摄影画册中）所设立的检索系统中。分类依据相片的拍摄地或题材进行。比如北京部分包括有：城墙、宫殿和公园，庙宇和牌楼，街景，店铺与市场，食品和娱乐，艺术与工艺以及京郊景色等。浏览这一检索系统，令人感兴趣的是海达的视野（透过相机镜头）是有所选择的。她基本上不拍摄时事与政治方面题材。例如全部底片目录中仅记载有一张摄于 1946 年的蒋介石，一张"天津的法国赈灾"与八张"日军投降"。另一方面，她也不把相机对准她本人置身于内的外国人生活圈。目录显示仅有一张使馆区的入口，和仅仅二十五张她认识的欧洲人的住处或生活照。在这一点上，她也同其他在华的西方人一样，被那些与本身文化截然不同的事物所强烈吸引，而着力于记录她作为一个外来者所察觉的那最"中国式"的中国。

尽管如此，在记录中国人生活的方面，她仍然是有某种选择的。比方说战争带来的动乱，日本人的占领与中国人的抗争，下层市民的悲惨的贫穷，都不是她选择记录的对象。虽然后者也出现在她的

◁ 《海达的相机》画片 阿拉斯戴尔书房的墙壁正中是

▷ 罗清奇在作者获奖的瞬间

相册里，但那是作为她日常见闻的组成部分拍下的。例如一张拍摄了她"总在庙会里见到的"职业乞丐，另一张拍摄她也是常见而且"多年来几乎总在怀孕"的丐妇及其子。为一张捡烂纸儿童照片写的说明并不着重于指明贫民的绝望，而是关于废物利用的主题。

因此她的老北京照片总的来说构成了一种宁静、古老、和平与从容不迫的氛围。这部分原因是日本人占领期间，在北平城内曾有意制造和平气象以达到宣传示范目的。关于这一特征，后来成为海达丈夫的英籍澳人阿拉斯戴尔·莫理循在他的回忆录中强调过。而更主要的原因，则在于海达本人的艺术观。回顾她来华前的实践，可以肯定她在刻意寻找被西方人认为是"老北京的灵魂"的某些东西，亦即那种体现了未受西方文化浸染的纯中国式生活方式与价值观的"传统"的方方面面。这一愿望引导她聚焦于手工艺人、古老建筑、街景摊贩、宗教典仪、民间习俗等等图景。例如那张从前门箭楼俯拍的前门大街冬景，组成霜冻奇观的是纵横的电线，而千百年来昂首行走在大街上的骆驼队如今不得不服从交通警的指挥。另一张箭楼下的大出殡场景，纸钱飘落在电车的轨道上。在海达的时代，她必定感到这些"现代的"事物与古老京城风貌的格格不入。

然而反讽的情况是，对于隔了六七十年时空的当代观众，尤其是中国观众而言，正是这种奇妙的中西结合场景——骆驼与洋车、电车与出殡、礼帽与大褂……构成了老北京不可或缺的组成部分，并且也与老北京一同，永远地从中国大地上消失了，从而统统成为今人的怀旧对象。

人类文明发展进程规定了当今我们所说的"现代化"必定是某种意义上的"西方化"。当大片的四合院被拆成空地，为五星级宾馆高楼大厦与四车道马路腾出位置时，这不是一个理论问题而是活生生的现实。正是在这一历史背景上，海达的老照片凸显出其无可估量的文化价值。当我们为四合院与城墙门楼的永远消失而痛心时，海达的照片给予我们轻轻的抚慰。

---

* 本文部分资料引自罗清奇（Claire Robert）"In Her View: Hedda Morrison's Photographs of Peking, 1933-46"一文，并与罗清奇联合署名刊发于《老照片》杂志上。

走近伍连德

1993年某日，我坐在悉尼米歇尔图书馆天光大厅里的珍本阅览区，第一次浏览该馆莫理循文件里的图片部分。几大册清末民初照片，显然未经专家整理，无序地贴在册页中。我在不同的册子里，注意到一组显然被拆散的照片，上面的图景是严寒季节的防疫人员。我在黑龙江生活过六年，加上原有的一点历史知识，立即判断那是发生在1910年冬的肺鼠疫现场实景。照片清晰无比，我意识到它们的珍贵。

肺鼠疫与伍连德的名字相连。此前，我在国内时浏览过二十世纪三十年代的《良友》杂志，那上面有对伍连德的介绍。不过我对他的了解仅此而已。甚至由于《良友》老板就叫伍联德，而伍连德还给自己起了"星联"的字，所以那个"连""联"，一直让我弄不清楚。

△ 焚烧尸体现场 1910年
▽ 消毒车整装待发 1910年
▷ 抗击鼠疫的队伍 1910年

十年之后，2003年夏，我与福建教育出版社的领导及其编辑林冠珍相遇，并受命将米歇尔图书馆的这批近代中国历史照片编辑成书。此书于2005年编成，三册一套，书名定为"莫理循眼里的近代中国"。

自然，我将肺鼠疫照片重新集合到一起，以"扑灭鼠疫"的标题，收在该书第三册《目击变革》之中。我深信对于当今国人，这组照片会帮助他们认识到清末中国现代化的开端状况。尤有意义的是，2003年席卷神州大地的SARS，重新召回了读者的"现场感"。事实上，林冠珍一行当时从福州来浙江嘉兴与我会面，也是在SARS旋风接近尾声，交通管制放松的前提下才成功的。

在编辑过程中，我对伍连德本人的形象尚未有佐证资料比对。这组照片中唯一一张他本人在实验室里的场景还是由该书合作者、优秀的莫理循研究学者窦坤确认的。先前之所以未被确定，是因照片背后用英文注有"在××实验室里"，现在推想，反而证实那英文是伍连德亲笔写下的，而基于莫理循在肺鼠疫刚扑灭不久的1911年初，由俄国经中东铁路途经哈尔滨等地，与伍连德相识并结为好友这一事实，那组照片当是伍连德赠给这位当时任职《泰晤士报》的名记者的。

我与林冠珍关于伍连德这组照片的讨论，激发出她的极大兴趣去"寻找"伍连德。当时伍连德虽早有英文自传，但其中文节译本只有1960年南洋学会在海外出的一个版本。后来他女儿伍玉玲编印的照片集更是无从见到。林冠珍从互联网上找到了一个化名"京虎子"的作者写的网络作品《伍连德传》。几经周折找到了躲在"京虎子"后面的本尊王哲，原来王哲本人兼具医学专业背景和历史学兴趣，并且有海外游学的丰富经验，是撰写伍连德传记的不二人选。林冠珍说服王哲将三万字的网络作品充实成了三十万字的中国第一本正式的文学传记《国士无双伍连德》。

林冠珍在组织出版这本伍连德传的过程中，织起了一个联络网。

◁ 伍连德在对抗肺鼠疫前沿的化验室里工作 1910年

沈嘉蔚 王旭 王兰
《默德卡》
2008
(局部,前中是陈平,右半部分中间是伍连德)

她与朋友们一起试图再从那组照片里继续"发现伍连德",结果都呈现在《莫理循眼里的近代中国》修订版之中了。书中有一张不在这一组里的卫生官员合影,伍连德赫然坐在最前排头一个。她们还确定了伍医生一位助手的姓名。

命运有时安排得很巧。《莫理循眼里的近代中国》在2005年底出版后不久,便有一位我的艺术赞助人叶林生委托我创作一件大型历史画作品《默德卡》,是描绘马来西亚的建国史。马来西亚的主体马来亚是伍连德的故乡。画里出现的人物中,伍连德自有重要一席。叶先生的故乡是怡保市,而伍连德生命的后一大段便是在怡保市行医。2006年9月,叶先生陪我与我的合作者王旭遍游马来亚半岛,从槟榔屿这个伍连德的故乡又到了怡保市。我特地请叶先生帮我寻

伍连德(前排左一)与同人合影

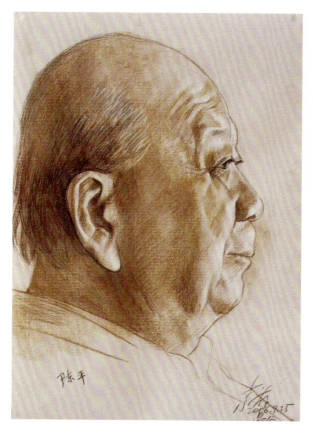

《陈平》
2006
碳铅 | 色粉 | 纸本 42cm×29cm
画家自藏

找伍连德诊所所在地,并拍了照片。

此行一个重要安排是到曼谷的东方饭店与马来亚共产党总书记陈平会面。陈平在十多岁时便加入"马共抗日军",二十出头成为马共总书记。我在为他画像时问起这位也是在怡保长大的老战士,是否知道伍连德医生。他说知道。然后歉然一笑说:"我的部下绑架过他。"看我吃惊的表情,他说,那时不知道他那么有名,只知道他是医生,会有钱,对穷人又有点傲慢,我们就向他索要抗日经费。他给了后就放了他。

我把我所知道的伍连德在1910年扑灭肺鼠疫的事迹讲给陈平听。陈平听了感慨万分。他从1961年到1989年一直住在北京,却完全不知道伍连德的这番成就。

◁ 与画友王旭拜会陈平

后来我得到了 1960 年版的徐民谋节译本《伍连德自传》,读到了伍连德自己叙述的这个故事,兹摘录如下:

有一次,我曾被人诱入森林,那儿的共产党便要求我捐款,帮助军饷。他们最初提出一万五千元。我说,我没这么多钱,最多能出五千元。他们嫌少。经过几次商量,遂决定了七千元的数目。一面我写信给我在家的妻子,嘱其翌日筹款前来,当晚我睡在森林中。我已经六十五岁,且只穿着单(原书为"军",应为误植)衣,在深奥的山林中过夜,实在有点难受的。幸而天气并不很冷,可以勉强过去。第二日,我的妻子携钱入荒林,把我带出。

后续的故事又让我意外。

两个月之后,我的应诊室里,来了两个日本警察,说宪兵长要见我。迫我和我的妻子到了那里,长官便称,现在接获报告谓我们二人已加入共产党,并捐献了该党七千元。这可奇了,因为我们从来不与任何政党发生关系的。一位常用酷刑迫取口供之军曹,即带我们至一密室盘问。很幸运的,这位军曹,却是我的顾客,去年我曾医愈他和他的情人的病,而且他也深佩我的医术。他对我显得并无恶意,我便把怎样被人诱往森林,怎样被强迫捐给共党七千元讲给他听,我的妻子也证实我的供词。这位军曹便去报告他的长官,后者也深信我的所言,便将我释放,但警告我,以后如有此等事情发生,须立刻报告日本警察当局。

日本军真是伍连德的克星。1931 年,"九一八"毁了他的东北防疫基地;1937 年,"八一三"又毁了他的上海海港检疫所;南避到马来亚老家,日本军又赶来,几乎置他于死地。

我从马来西亚归来后,将陈平说的故事告诉了林冠珍。她当时已在编辑王哲的书,来信嘱我帮助搜集伍连德的原照以用作插图。恰我的另一位合作者即我的妻子王兰,继我们之后再去马来西亚找素材。她遵嘱专程去新加坡拜访了伍连德长女伍玉玲。伍女士热情接待,允她翻拍了所需旧照。

伍女士提供的照片中有一帧引起我的兴趣,那是伍连德身着1911年春改制的清末陆军制服照。伍女士说这是他晋见摄政王时定做的军服。后来我曾从清末新军服帽章记的角度对这张照片作了一番研究考证。

2007年春,王哲的书出版后,林冠珍的"伍连德网络"再度扩大。这一年9月我与她和窦坤在北京相聚时,她带来了一位新的朋友礼露。这不是一位一般的读者。除了她与林、窦一样是一位知识分子之外,却有着非同寻常的遭遇:她是一位死里逃生的SARS患者,至今仍受其后遗症的折磨。作为一位当代肺鼠疫受害者,她从听到伍连德这个陌生的名字并得知他的事迹的那一刻起,就成为伍连德大夫的"死忠"。在我见到这位看似手无缚鸡之力的弱女子时,她正在领导一场对抗无知的战役:保卫伍连德旧居。坐落在东堂子胡同的伍连德旧居,正面临拆毁的危险。说实在的,我知道多少名人故居早已不见踪影,对此不抱胜算的希望。但也因此更使我尊敬这位弱女子的抗争:不是为了自家的私产,而是为了民族的记忆。如果说,一个民族对为民族生存立下丰功伟业的祖先可以弃之如敝屣,那么这个民族不仅无知,而且无望。

礼露在之后的两三年,又为伍连德建立了一座纸上的丰碑,出版了《发现伍连德》一书。物质的遗迹可以为数典忘祖者毁去,而精神的丰碑立在老百姓的心中,代代相传,永远倒不了。

伍连德 1911年

伍连德 1935年

伍连德晚年

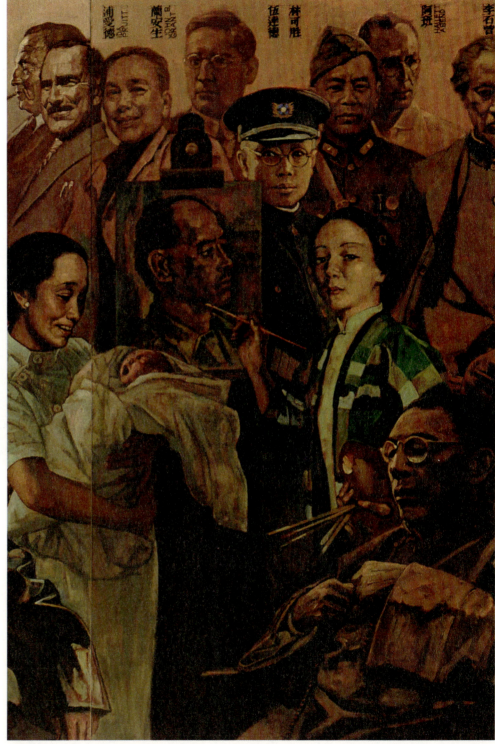

《救亡》
2013
(局部)

正中是任职海关防疫处首脑的伍连德,他身后右上方是他的侄子林可胜,抗战时任红十字会救护总队长,他的前左下的画像是国民政府前外交部长陈友仁,伍连德为这位海外华人取了这个中文姓名

《救亡》
2013
(局部) ▷

《救亡》
2013
油画 | 纸本 198cm × 1096cm
画家自藏

1

王世杰（1891—1981）学者、官员。时任国民政府教育部部长。

蒋纬国（1916—1997）蒋介石次子。时在德国军校学习。

戴季陶（1891—1949）蒋纬国生父。时任国民党宣传部部长、国民政府考试院院长。

孔祥熙（1880—1967）国民党要员。时任国民党代理行政院院长等职。

何应钦（1890—1987）一级上将。时任国民政府军政部部长。

孙元良（1904—2007）军人。抗战时期曾破译日军偷袭珍珠港情电。

俞大维（1889—1990）军工专家。后曾任军统局译电员。

姜毅英（1908—2006）军统局军事情报处译电员。

居正（1876—1951）国民党元老。时任国民政府司法院院长。

梅汝璈（1904—1973）法学家。1946年出任远东国际军事法庭法官，参与东京审判。

林森（1868—1943）国民党元老。时任国民政府主席。

张科（1905—1980）国民党元老。时任国民政府立法院副院长。

谢晋元（1905—1941）抗日英雄。时任国军第88师524团中校团副。

孙立人（之子）

宋霭龄（1889—1973）孔祥熙的夫人。

王宠惠（1881—1958）外交家。时任海牙国际法庭正法官，接任国民政府外交部部长。

郑毓秀（1891—1959）律师、政治家。早年出任上海法租界法官，参与起草《联合国宪章》。

鲍格莫洛夫 D.V.Bogomolov（?—1952）抗战时期苏联驻华大使。

寇尔 Sir Archibald Clark Kerr（1882—1951）抗战时期英国驻华大使。

林巧稚（1901—1983）医生。时任北平协和医院妇产科大夫，并赴欧美深造。

2

佚名婴儿

浦爱德 Dr.Ida Pruitt（1888—1985）生于在华传教士家庭。后参加工合运动。

安生 Dr.John B.Grant（1890—1962）生于在华传教士家庭，医生、教授。时任北平协和医学院公共卫生系系主任。

伍连德 Dr.Wu Lien-the（1879—1960）生于马来亚，医生。国际著名的肺鼠疫专家和斗士，国联卫生处中国委员。时任中国海港检疫管理处处长。

林可胜 Dr.Robert Kho-seng Lim（1897—1969）生于新加坡，医生。时任北平协和医学院教授，抗战时创设红十字总会救护队总队长。

陈友仁 Eugene Chen（1875—1944）生于特列尼达。时流亡巴黎。

张荔英 Georgette Chen（1906—1993）著名画家。张静江的小女儿，生于巴黎，陈友仁的夫人。

张静江（1877—1950）国民党元老。时任国民政府财政部高等顾问。长期资助革命，时脱离政坛，专注于佛事。

陈光甫（1881—1976）银行家。时任国民政府财政部高等顾问。

法肯豪森 Alexander Von Falkenhausen（1878—1966）德国职业军人。曾任国民政府外交军队德国顾问团团长。

赛克特 Hans Von Seeckt（1866—1936）德国职业军人。时继赛克特出任中国军队德国顾问团团长。抗战时出任国民政府军委会顾问。死前一年曾出任中国军队总顾问。

阿班 Hallett Abend（1884—1955）美国《纽约时报》驻华首席记者。

鲍威尔 John Benjamin Powell（1888—1947）记者。上海《密勒氏评报》（China Weekly Review）的主笔兼发行人。

李石曾（1881—1973）国民党元老。曾创办中法大学，创建故宫博物院并出任院长。

3

佚名女兵

冯仲云（1908—1968）中共党员。清华大学数学系毕业后到东北投身于抗日事业。时任东北抗日联军第三军政治部主任。

叶企孙（1898—1977）中国物理学界的一代宗师。时任清华大学教授。因照料学生熊大缜在"文革"被误判为国民党间谍而处死。

熊大缜（1913—1939）清华大学物理系毕业后加入空军。时任清华大学物理系毕业后到冀中军区为八路军研制地雷。后被误判为国民党间谍而处死。

沈崇海（1911—1937）空军英雄。空军以行队中校大队长。

高志航（1907—1937）空军战时牺牲。

库里申科 Grigory A.Kulisenko（1903—1939）国际友人。苏联援华志愿航空队飞行大队长。

戴安澜（1904—1942）军人。在缅甸殉国。

蒋百里（1882—1938）军界元老，中将上将。时出版《国防论》，首议与日本打持久战。

蔡廷锴（1892—1968）军人。时参与两广事变，失败下野。

杜聿明（1904—1981）一级上将。两度来华出任驻华武官和军事顾问。

崔可夫 Vasily I. Chuikov（1900—1982）苏军上将。

周至柔（1899—1986）中国空军总司令。

陈纳德 Claire Lee Chennault（1893—1958）美国空军上校。时来华任空军顾问。后创建飞虎航空队助华抗日。

4

史迪威 Joseph W.Stilwell（1883—1946）美国名将。时任美国驻华使馆上校武官。

张自忠（1879—1940）抗日英雄。时任国军第29军38师中将师长。

宋哲元（1885—1940）抗日英雄。时任国军第29军上将军长、平津卫戍司令。

韩复榘（1891—1938）军人。时任山东省主席。次年因不战而退被军法处死。

于右任（1879—1964）国民党元老。教育家、政治家、书法家。诗《森林之魅》

顾祝同（1893—1987）二级上将。西安事变后出任西安行营主任。

茅以升（1896—1989）桥梁专家。时主持修造钱塘江大桥，通车后不久即阻挡日军进犯而亲手炸毁之。

卫立煌（1897—1960）抗日名将。时任国军第五集团军上将总指挥。

王铭章（1893—1938）抗日英雄。时任国军122师中将师长。次年战死。

汤恩伯（1900—1954）抗日名将。时任国军第13军中将军长，在授远与日军作战。

方大曾（1912—1937）中国的罗伯特·卡帕（Robert Capa），著名记者、战地摄影记者，以身殉职。

范长江（1909—1970）著名记者。时为《大公报》工作。

团长上校司令。

孙立人（1900—1990）抗日名将。毕业于清华大学与美国弗吉尼亚军事学院。时任税警总

5

卡尔逊 Evans F. Carlson（1896-1947）美国海军军人。"二战"英雄。时任美国驻华使馆上尉武官。

赵登禹（1898-1937）抗日英雄。时任国军第29军132师中将师长。不久殉国。

孙连仲（1893-1990）抗日名将。时任国军第二十六路军上将总指挥。

李宗仁（1891-1969）抗日名将。时任国军第五路军一级上将总指挥。

白崇禧（1893-1966）抗日名将。时任国府军委会常务委员、一级上将。

薛岳（1896-1998）抗日名将。时任国民党军副参谋总长、一级上将。

陈诚（1898-1965）抗日名将。时任滇黔绥靖中将副主任兼贵州省政府主席。

佚名机枪手和副射手。

阎锡山（1883-1960）国民党元老。山西军阀。一级上将。

傅作义（1895-1974）抗日名将。时任晋绥军骑兵中将军长。

商震（1888-1978）军人。一级上将。时任河南省主席。后从事外交工作。

黄显声（1896-1949）军人。"九·一八"事变抗日英雄，东北军将领。参与西安事变。时任东北军第53军副军长。

马占山（1885-1950）抗日名将。时任东北挺进军第一路军总司令。痛击日伪军。在百灵庙。

杨靖宇（1905-1940）抗日名将。中共党员。时任东北抗日联军第一路军总司令及政委。

6

赵侗（1912-1939）抗日英雄。原东北大学学生。"九·一八"事变后组织抗日义勇军与日军血战多年。"七七事变"后组织平西游击军抗日。中国青年党党员。

东条英机 Tojo Hideki（1884-1948）"二战"日本甲级战犯。时任关东军中将参谋长。

板垣征四郎 Seishiro Itagaki（1885-1948）"二战"日本甲级战犯。时任日军第五师团中将师团长。

褚民谊（1884-1946）医学博士。国民党中央委员。后随汪精卫附日。

周佛海（1897-1948）早年参加中共。中央委员。后随汪精卫附日。

汪精卫（1883-1944）辛亥革命元勋。1938年投降日本建立伪政权。时在疗伤。

陈公博（1892-1946）早年参加中共。时任国民党中央训练部长。后随汪精卫附日。

冷欣（1900-1987）国民党军将领。时任国民党军第三战区副司令长官。

金日成 Kim Il-sung（1912-1994）朝鲜抗日烈士。时任东北抗日联军第六师师长。战后任北朝鲜首相。

诸辅成（1873-1948）浙江辛亥革命元勋。时掩护金九免遭日本势力捕杀。

金九 Kim Gu（1876-1949）韩国国父。在华领导大韩民国流亡政府凡二十七年。

王一知（1916-1987）抗日战士。中共党员。时在东北抗日联军第五军。金日成夫人。

金贞淑 Kim Jung Sook（1917-1949）朝鲜抗日志士。时在东北抗日联军第五军。金日成夫人。

柴世荣（1893-1943）中共党员。时任东北抗日联军第五军副军长。

埃尔热 Hergé（1907-1983）比利时著名漫画家。创造漫画人物"丁丁"。

张充仁（1907-1998）旅法雕塑家。帮助埃尔热创作了《蓝莲花（丁丁在中国）》

土肥原贤二 Kenji Doihara（1883-1948）"二战"日本甲级战犯。时任日军第十四师团中将师团长。本名金璧辉，系清肃亲王的女儿。六岁被日人川岛浪速收养，训练为日本间谍。战后以叛国罪处死。

川岛芳子 Yoshiko Kawashima（1907-1948）

7

周保中（1902-1964）抗日英雄。中共党员。时任东北抗日联军第五军军长。

庄士敦 Sir Reginald F. Johnston（1874-1938）苏格兰人。曾任威海卫总督多年，中国通。曾任溥仪的老师。

爱新觉罗·溥仪（1906-1967）满清末代皇帝，实为日本傀儡。时为"满洲国"皇帝。

郭布罗·婉容（1906-1946）满清末代皇后。时为"满洲国"皇后。已失踪。

郑孝胥（1860-1938）清末政治家、书法家。伪满洲国务总理大臣。时已失踪。

赵尚志（1908-1942）抗日英雄。中共党员。时任东北民众反日联军总司令兼东北抗日联军第三军军长。

赵一曼（1905-1936）抗日烈士。中共党员。时任东北抗日联军第三军二团政委。被俘就义。

（及其子）其子小名宁儿。

杨荫榆（1884-1938）教育家。曾任北京女师大校长。时在苏州任教。后因保护乡梓而遭日军残杀。

金剑啸（1910-1936）画家、诗人、编辑。中共党员。因日报被日军杀害。

吴佩孚（1874-1939）著名军阀。时退隐学佛。后因拒与日军合作而被毒死。

顾维钧（1888-1985）中国杰出的外交家。时任驻法大使。1945年代表中国第一个在《联合国宪章》上签字。

重光葵 Mamoru Shigemitsu（1887-1957）著名日本外交家。"二战"甲级战犯。时任驻苏联大使。

8

沈钧儒（1875-1963）著名法学家。时因领导救国会反日而系狱。

冯玉祥（1882-1948）一级上将。西北军阀首领。时任国民政府军委会副委员长。

何香凝（1878-1972）画家。国民党元老。时任全国各界救国会理事。

周作人（1885-1967）著名作家。鲁迅之弟。时任北京大学教授。

史良（1900-1985）法学家。时因领导救国会反日而系狱。

胡兰畦（1901-1994）德共党员。反法西斯作家。时回国领导救国会参加救亡工作。

罗隆基（1896-1965）政治学博士。时任南开大学教授兼《益世报》主笔。时因领导救国会反日而系狱。

李公朴（1902-1946）编辑。时因领导救国会反日而系狱。

鹿地亘 Wataru Kaji（1903-1982）日本反法西斯左翼作家。时居中国。

池田幸子 Yuki Ikeda（?-?）鹿地亘夫人。

章乃器（1897-1977）银行家。时因领导救国会反日而系狱。

邹韬奋（1895-1944）出版家。时因领导救国会反日而系狱。

沙千里（1901-1982）律师。时因领导救国会反日而系狱。

王造时（1903-1971）政治学博士。光华大学文学院院长。时因领导救国会反日而系狱。

李重远（1894-1939）高等法院法官。后因拒与日合作而被暗杀。

郁达夫（1896-1945）著名作家。"二战"结束时在苏门答腊被日本宪兵杀害。

杜重远（1897-1943）实业家。时因反日文章而系狱。

张幼仪（1900-1988）徐志摩前妻。实业家。时为国家社会党党财。

张君劢（1887-1969）宪政学家、哲学家。时任国家社会党党魁。

爱玲世家

张爱玲是谁?我们这一代人,对此问题大多是一脸茫然。她是一个传奇。直到1995年,她还与她的读者生活在同一个世界里,但她似乎永远属于二十世纪四十年代。她晚年离群索居,死去多日无人知晓,死时距七十五岁生日不足十天。

在我创作这件关于张爱玲与她三代先人的群像作品时,每逢有澳大利亚的朋友参观我的画室,我都告诉他们,我画的是一位中国的女作家,相当于澳大利亚的迈尔丝·弗兰克林(Miles Franklin, 1879–1954)。他们闻之立刻明白。澳大利亚家喻户晓的肖像画大奖是"阿基鲍尔奖",而与之相类似的文学大奖,便是"迈尔丝·弗兰克林奖"。迈尔丝·弗兰克林是澳大利亚著名女作家,若上网搜索,最抢眼的便是她少女时代的一张夹伞侧身肖像照,明艳动人。张爱玲恰也有一张同等程度抢眼的青春艳照。事实上,这两个人都是二十出头便成为名作家的,甚至迈尔丝·弗兰克林一生最成功的

小说，还是她十九岁的处女作《我的灿烂生涯》。

这两位女作家并不属于世界级别，然而对于她们本国的文学史而言，却绝对占有重要一席。二十世纪八十年代中期，张爱玲的作品随了邓丽君的歌声、琼瑶的言情小说和金庸的武侠传奇一同，开始为大陆人所知。不过，她的作品已从大众文学进入到严肃文学的领域，远不及那三位的作品那么迅速被家喻户晓。笔者本不属于"文学爱好者"之列，只闻其名，不读其书。如此来到澳大利亚，只因为对老照片的爱好，1994年在香港买了一本张爱玲刚刚授权皇冠出版社出版的《对照记》，薄薄一册。

《对照记》是张爱玲的另类回忆录。她早年的几篇散文，中年用英语写的《易经》与《雷峰塔》以及几乎被销毁的《小团圆》，都是她某种程度的回忆录，但是这本《对照记》则是对了家庭相册而写下的最真切的回忆。毫无疑问，其中最吸引我的故事，是她祖父如何成为清末头号重臣李鸿章的东床快婿。但与此同时，这本书也让我对作者的一生产生兴趣。好比它给出了不少未解之谜，而让我通过日后的阅读去一一破解。

《对照记》里唯一不涉及的，是她与胡兰成的那段初恋。而这一段恋情也许影响了她的一生，从2009年才面世的《小团圆》里，可以看到她从未淡忘这一段经历。

我2005年在旧金山购得台湾远景出版公司新版的胡兰成回忆录《今生今世》，并读了一遍，方才知道那一段故事的细节。事实上，直至三年前《小团圆》出版，世人才知张爱玲那一方面的叙述。在此之前，所有的传说，均据于胡兰成的这本回忆录。

我在读《今生今世》之前，张爱玲的书我只读过一本《对照记》。而读了胡兰成的这本书后，我倒是明白了何以那位一鸣惊人自视极高的文学才女会对胡兰成如此倾倒，而成了他的"外室"，在上海当时的俗世用语中，便是不堪的"姘头"。"她一直觉得只有无目的的爱才是真的"（《小团圆》）。

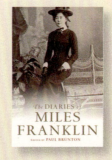

◁ 迈尔丝·弗兰克林

《启蒙》
2014
◁（局部）张爱玲（中）

胡兰成是一个至少由三种人格组成的混合体。第一种是用笔杆玩政治，且有时幼稚却又自大到不可思议的政客；第二种是英文所谓的"Lady killer"，即以征服女人心为人生之乐趣，同时又有相应天赋的那种男人；第三种是极有才华的写作人。

中国有许许多多的作家，但是出手便有鲜明个人烙印的"文体"的写作人却并不太多，至少在我读到的书里是如此，或许因为我生长的时代比较封闭吧。我第一次意识到"文体"的魅力，是在1983年底1984年初读到画友钟阿城的一批手稿，其中包括了《棋王》。直觉他出手不凡。在他书桌上见到一张老舍的黑白照片，有点明白了。《棋王》在《上海文学》刊出后，阿城得了稿费，在中央美院的教师餐厅请了一大帮画家朋友吃饭，大伙祝贺他晋升为作家。画友陈丹青自2000年回国后，出版了好几本书，我每本必读，发现丹青也确立了自己的"文体"，可能是来自木心的影响，更可能是通读鲁迅的结果。

说回到胡兰成，也许因为同是浙江人，母语雷同，所以读他的书时会有奇异的感觉：原来文字可以如此地组合！写书也可以如江南人讲话。

我相信，是胡兰成的才华让张爱玲有找到同道之感："因为懂得，所以慈悲。"虽然张爱玲在中年以后也嘲笑过胡兰成的"文体"，但至少在当时，她一定是服气的。很多年后，她还如此形容他："文笔学鲁迅学得非常像。"（《小团圆》）虽未必是褒，却也并非贬斥。其实胡兰成与鲁迅的家乡相距不远，母语也是近似的。

张爱玲的"文体"与胡兰成的"文体"是相通的。张、胡相爱时的张氏"语录"，均由胡兰成录于自己回忆之中，如这句："房里有金粉金沙深埋的平静，外面风雨琳琅，漫山遍野都是今天。"明明写的是屋内，却又"漫山遍野"，而"都是今天"则更是神来之笔。胡兰成在同一页上写下了："好句是使人直见性命。"恰好表达了这一层意思。只是胡兰成接下来又写道："忽然想起汪先生，汪先

《张爱玲》
2017
油画 92cm×77cm
画家自藏

生便像这样的宛转死在中华民国马前。"显露了他的亲日政客身份。

　　张爱玲出道在1943年日军占领下的上海,她的大量作品发表在随后的两三年里。此时期的上海,不复是它黄金的二十世纪二三十年代的那种文学重镇,大量的文化人迁移到了大后方,占有话语主导权的左翼文学尤其被噤声。这一切与日军占领有关。张爱玲在她描述1942年初香港沦陷时一个女子婚姻遭遇的成名作《倾城之恋》中,有一句:"也许就因为要成全她,一个大都市倾覆了。成千上万的人死去,成千上万的人痛苦着,跟着是惊天动地的大改革。"她写时肯定想不到,此句竟也成为她本人于1943年崛起于中国文坛的极妙注解，甚至还预言了接踵而来的二十世纪五十年代。

张爱玲在纽约与同为天涯亡命客的父辈文友适之先生相会："冷风从隔街的赫贞江上吹来，他围巾裹得严严的，脖子缩在半旧的黑大衣里，厚实的肩背，头脸相当大，整个凝成一座古铜半身像。我忽然一阵凛然，想着：原来是真像人家说的那样。"(《忆胡适之》)我读到这一段文字时，忽然想到在那一刻的四十年之后，赫贞江畔又有一幕类似的场景再现，那便是丹青和他的导师兼父辈文友木心站在纽约街头。

张爱玲的后半生研究《红楼梦》，译《海上花》，进入学者生涯，其实颇有成就，只不过没有早年那样富于戏剧色彩罢了。

说胡兰成影响了张爱玲的一生，是因为他的汉奸身份给张爱玲"二战"结束后在上海的生活带来了巨大的压力。上海解放后，文艺界负责人夏衍曾安排她下乡参加土改运动。终于，她先是移居中国香港，继而远走美国。

海峡两岸对张爱玲或"捧"或"杀"皆出于同样的原因，其实，张爱玲只是"被"卷入政治旋涡而已。从作品而言，她既有批评"镇反"与"土改"的《秧歌》与《赤地之恋》，也有对革命持正面态度的《小艾》与《十八春》。从个人婚恋而言，她固与汉奸胡兰成相恋，而她到了美国真正结婚相伴终生的美国作家赖雅，则是一位左翼作家，是德国共产党作家布莱希特的莫逆之交与合作者。"在她觉得共产这观念其实也没有什么，近代思想的趋势本来是人人应当有饭吃。"(《小团圆》)

2007年轰动一时的电影《色·戒》所据的张爱玲小说原著《色·戒》，也是因为张爱玲写《小团圆》涉及胡兰成，张爱玲的好友劝她改写虚构的"双重间谍"，从而问世。其结尾颇有张爱玲鲜明的反英雄个人风格。我无兴趣去观此片，倒是在1993年左右看过三毛取材自张、胡恋故事编剧的《滚滚红尘》，片尾东北内战场景，竟出现了T62坦克，是此片留给我的唯一记忆。《色·戒》

造像苗子、郁风

苗子、郁风是中国第一流的文化人士,却属于一个名叫"二流堂"的著名文化圈子。此名得自一个自嘲的笑话:抗战期间聚集在陪都重庆的一批知识分子,为自己聚居的陋舍取了这个有典故的名字——延安传来的一个秧歌剧里,送饭到田里的妹妹看见哥哥在睡懒觉,称他为"二流子"(即游手好闲的人)。这些文化人便以此自况。

这批左翼知识分子的核心人物是夏衍。夏衍身后是中共的地下党系统,由设在重庆的中共南方局及中共中央副主席周恩来指导。当时正值国共合作。最具象征意义的是苗子和郁风在1944年的婚礼。黄苗子于1932年为了参加抗日,从香港偷跑到上海,当时十九岁。其父与上海市长吴铁城同为辛亥革命时期的同盟会员,也是老朋友,便嘱吴铁城照顾他的儿子。此后十七年里,黄苗子一直是吴铁城的幕僚,即国民政府的高级公务员。然而,这只是他借以生存的一份职业。他作为一个漫画家,受到波希米亚艺术家们的欢迎与接纳,

国与父亲离了婚,重又出国闯荡。张爱玲与后母决裂,遭父亲禁闭。逃出囚牢后不再回家,从此与姑姑相守,直至1952年去国。

张子静从未结婚成家,张爱玲一生没有生育,这对兄妹去世后,这一个家族便结束了。如果将这谱系比作一棵生命树,那么这一个枝丫便就此枯死。

但是那枯死的枝丫上挂满了沉甸甸的果实:那便是张爱玲的书。

张爱玲生于1920年9月底,是阴历八月十九日,比我的母亲只晚了三天来到人世间。"她小时候总闹不清楚,以为她的生日就是中秋节。"(《小团圆》)

《启蒙》
(局部)
一批留学欧洲的艺术家,
爱玲的母亲属于这个群体

《爱玲世家》
2017
油画 137cm × 411cm
画家自藏

然后是张佩纶无意中看到了小姐的一首诗，而这首诗正是感叹他张佩纶的落魄遭际的：

基隆南望泪潸潸，
闻道元戎匹马还。
一战何容轻大计，
四方从此失边关。

张爱玲在《对照记》里引用此诗时将台湾地名"基隆"改回古地名"鸡笼"。

张佩纶读之不禁泪下，而"李鸿章笑着说了声'小女涂鸦'之类的话安抚他，却着人暗示他来求亲，尽管自己太太大吵大闹，不肯把女儿嫁给一个比她大二十来岁的囚犯"（《对照记》）。倒是女儿自己愿意嫁给这个男人，于是母亲让步，婚姻成功。

两人婚后在南京安家落户，作诗唱和，和睦相处，育有一子一女。只可惜张佩纶只活了五十多岁，而菊耦孀居多年后，也在四十七岁时逝世，死前安排了儿子门当户对的婚事。

在我的画上，张佩纶身后是他的儿子，即爱玲的父亲张志沂（廷众）（1896—1953），尚在幼时。他长大后无所作为，徒有很好的国学底子，却抽鸦片烟、娶妾，最终导致婚姻破裂。

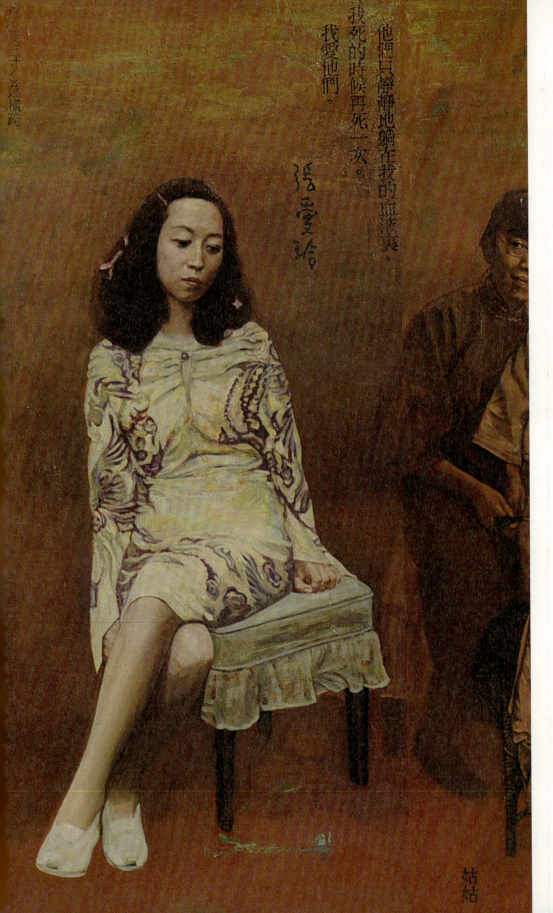

再往左，是出嫁前的菊耦（1869—1916），时年十八岁，美丽而温婉。她的母亲赵氏，威仪端庄的诰命夫人，是李鸿章的第二任妻子，死得也很早。

她们左边的一组人物是：

姑姑张茂渊（1901—1991）与堂侄女妲儿拥着"我"，即幼年的张爱玲，下方是比张爱玲小一岁的弟弟张子静（1921—1996）。

这位堂侄女妲儿的父亲也是一位前清的大吏，即两江总督张人骏，辛亥革命时坐箩筐缒出南京城逃命。我曾于1996年在一幅描绘晚清海军大臣载洵与港督合影的历史画中画到过他。

最左边的一块画布上，与姑姑一组人物相邻的，是张爱玲本尊。她的左边，即全画左侧尽头的一对母女，是出嫁前的张爱玲母亲黄素琼（1896—1957）与她的生母。生母是其生父的妾，湖南长沙一带的农家女。父母双双死于二十多岁。黄素琼的祖父黄翼升却曾是长江水师提督，做过李鸿章的副手。这便是李菊耦看重的门户相当。可惜她自己的儿子不争气，倒是她死后过门的媳妇黄素琼是个要强的女子，成为新文化运动浪潮席卷中华之初的第一批弄潮儿。她在生下爱玲、子静一双儿女两三年后，不齿于丈夫的吃喝嫖赌生涯，借口陪小姑留学，迈开一对缠脚毅然远赴欧洲，开始她"娜拉出走以后"的独立生活。

张爱玲记述道："踏着这双三寸金莲横跨两个时代，她在瑞士阿尔卑斯山滑雪至少比我姑姑滑得好……她画油画，跟徐悲鸿、蒋碧薇、常书鸿都熟识。"（《对照记》）改名黄逸梵的母亲，曾回

《载洵访港》
1996
油画 122cm×142cm
中国私人收藏
图中两广总督张人骏是张爱玲的堂房伯父，称"二大爷"

《两位总督》
1996
油画 122cm×142cm
香港私人收藏

照记》里的一句话:"他们只静静地躺在我的血液里。"这一句话便写在画布上。

用中国传统的绣像构图,我在这件作品里画上了张爱玲本人与她的四代家人。其中只有张爱玲是彩色的,用的是她与李香兰合影中的坐姿,身着她用"祖母的一床夹被的被面做的衣服"。"祖母",便是李鸿章的大女儿菊耦。

在我的构图里,从右侧开始,依次为:

李鸿章(1823—1901),十九世纪后半叶中国最重要的政治家。曾任大清直隶总督兼北洋大臣,"洋务运动"主角,北洋海军的创办人。因清帝国国势日衰,他违心地成为一系列丧权辱国的对外条约的签署人,直至签署《辛丑条约》后吐血身亡。国人常骂他,近来开始客观地评价他。我还是敬他,在《辛丑条约》的三幅变体中画过他三次。

张佩纶(1848—1903),河北人,而出生在我的故乡嘉兴,大我一百岁。三十六岁前仕途得意,清流派主将,对内参奏贪官污吏无数,对外强硬主战。中法战争初起,受命以三品卿衔会办福建海疆事宜,兼署船政大臣。最终因1884年中法战争失败,承担败绩,被革职流放到察哈尔戍边。

此时发生了涉及张爱玲家世的传奇故事。这段故事甚至被写进了著名的晚清历史小说《孽海花》里。故事是这样的:尽管张佩纶少年气盛,与重臣李鸿章政见相异,但李鸿章却暗自喜欢这位敢于直谏的才子。他把张佩纶从戍边地弄回来,安排为自己的幕僚。还不止于此。当时张佩纶已届中年,二任前妻均已去世,李鸿章却授意他来向自己的女儿菊耦求婚。在曾朴的小说《孽海花》里,这一个情节非常动人。先是这一对才子佳人在签押房里惊鸿一瞥地偶遇,

《辛丑条约》之一
2005
(局部)

《辛丑条约》之二
2006
(局部)

《辛丑条约》之三
2011
(局部)

的结尾,让我联想到萨特的剧本《肮脏的手》。几乎与张爱玲小说一样,欧洲一小国的年轻党员雨果奉上司之命去刺杀本党领袖,因上司与领袖产生路线分歧,雨果与领袖近距相处,为他感召,几乎放弃,至此与《色·戒》相仿。但之后两度峰回路转。雨果的妻子兼同志爱上了领袖,本能的嫉妒让雨果开枪杀了领袖,为此入狱。不料两年后莫斯科下令改采原领袖的路线,新领袖即雨果的原上司为掩盖自己的前科,便将出狱的雨果灭口。二者相较,倒鲜明地显出何以萨特而为萨特,爱玲而为爱玲。萨特以人性写政治,而爱玲以政治写人性。

我因于 1996 年读《对照记》而有了现定名为《爱玲世家》的这件群像绘画的构思,构图也已与现在完成的作品相距不太远,但一直没有将之在画布上完成的冲动。

直至 2011 年年底,去上海出席一个历史画创作研讨会。会毕宴后,要到静安寺坐地铁二号线去画友李斌家。老朋友韩辛便请我和李斌去他暂住的妹妹家喝杯茶,她家就在静安寺地铁站斜对过,那是一栋老式大楼,叫常德公寓。"就是张爱玲住过的那栋楼",韩辛强调地补充。

因为地处常德路 195 号,所以以路为名。原名叫爱丁顿公寓。岁月沧桑,这座大楼竟奇迹般的保持了原貌,连原来的大门与电梯,都明显保持 Art Deco 时代的样式。

我在跨入门厅的时刻,不禁感叹道:"胡兰成正是进了这个大门,再按这个电梯的按钮的。"

韩辛的妹妹嫁了西人,在上海做房地产。她知道这段典故,才以重金买下了位于三层的一套住宅。虽说不是爱玲与姑姑住过的六层,她还是刻意将住宅内部恢复成二十世纪四十年代的格局与装修。我们坐在客厅里喝茶,话题也只可能是关于张爱玲。

回到悉尼自己的画室,我找出三块 54 英寸 ×54 英寸的空白画布拼成一排,便开始画这幅《爱玲世家》。当时想用的题目是爱玲在《对

《苗子、郁风像》
1995
油画 213cm×167cm
中国美术馆藏

《启蒙》
（局部）
2014
郭沫若和夏衍（右一）

《救亡》
（局部）
2013
左起：郁华、郁达夫

在那里开始他的文化学者生涯。郁风来自一个中国近代史上有名的家庭。她的父亲郁华是国民政府的大法官，1939年因拒绝与日本占领当局合作而遭枪杀，此前，她的祖母也因日军迫害而死。她的叔叔郁达夫是中国最著名的作家之一，当时在南洋下落不明，后来才知道他于1945年被苏门答腊日本宪兵队杀害。郁风也是一个画家，还曾演出过话剧。她比苗子小三岁，1916年生。抗日战争一开始，她就在夏衍领导下投身抗日鼓动工作，是共产党阵营的人。

苗子、郁风还在上海时，因郁达夫与文化圈的来往而相识，到了1940年后便已在热恋。当苗子向郁风求婚时，郁风却拒绝了，是因为她不想做"官太太"。结果是夏衍去为苗子说情，郁风才改变了主意。这个婚礼由国民党要员吴铁城主持，各界名流云集。柳亚子赠诗、郭沫若题词。之后，周恩来、董必武又在自己的总部宴请了这对新人。

几十年后，他们的传记作者李辉评道："从他们结为夫妻那天起，他们就注定要一起走进历史旋涡。"李辉甚至就将这部传记的书名定为《人在旋涡》。

1957年，"二流堂"的主要成员都被打成了"右派分子"。黄苗子被发配到北大荒农场伐木。在农场的第二年，席卷全国的大饥荒开始。苗子后来叙述道："劳动度强，天气渐入严寒。我的腿肿病明显是营养不足，水肿已到了肾囊上部。我们同一组的十几个人，伐木时给倒树砸死一个，年老病死一个，还有晚上还好好睡着，第二天冻僵死了一个。我能熬到十二月底，实在不易。"

1960年后，在周恩来的争取下，一部分"右派"摘去所谓的"右派"帽子，"回归人民行列"，黄苗子亦回到北京和郁风以及孩子们团聚。他们继续在艺术部门从事自己的工作。

但是1966年发动的"文化大革命"让苗子、郁风遭遇灭顶之灾。抄家批斗之后，夫妻双双入狱，坐牢整整七年。二人直到1975年才出狱，与长大成人的三个儿子团聚。

1979年，绝大部分的"右派分子"被"改正"。中国进入改革开放的新时期。苗子、郁风在此后的年代里心情舒畅，终日与昔日的"二流堂"朋友唱和，他们的艺术生涯也不断提升他们的声誉。苗子已成为美术史学者和散文、诗歌名家，他的书法更进入大师行列。郁风重拾画笔，并且也成为作家。我在中央美院进修的两年里，曾在中国美术馆见到郁风，当时她还在那里工作。虽然常会听人说起，但我与北京的文化圈不熟，因此未能真正与他们结识。我的好友刘宇廉因当时的女友卓立来自与苗子、郁风相熟的家庭，便常去拜访他们。王兰的表姨夫雷圭元先生，也是二十世纪三十年代那个画家圈子的，曾与一大群朋友和郁风在她的故乡富阳合影，照片留存至今。雷夫人，我们称她"戴三姨"，更是常说那时的事。可惜这些前辈都在八十年代先后过世了。

1989年夏，其时我已在悉尼学习英文，同时在街头画像。苗子、郁风来澳大利亚探亲。他们的儿子大威在昆士兰大学任教，已经在那里买房安家。

我在1993年有了画苗子、郁风肖像的计划后,便找了在布里斯班的作家桑烨帮忙,请他代为询问苗子、郁风二老是否同意我的建议。那是在10月中旬。隔了一天,桑烨即回电话说苗子、郁风二老不仅同意,还很关心我的收入与生活状况。我非常感动,立即写了一封十几页纸的长信自我介绍,并且与郁风通了第一次电话。最后定在12月中旬去布市做客。

尽管我穷困潦倒,但是我将自己的创作与通过委托肖像挣钱截然分开,以免互相影响。我在给苗、郁二老的信上说明,绝不利用为他俩画的肖像谋利。

一夜火车,早晨从布市换车后再步行不远,找到了苗、郁二老的家。这是苗子、郁风二儿子大威的家,那时,大威夫妇正回北京,小儿子大刚与妻子唐薇在这里探望父母。初见苗子,竟觉得与邓小平乃至胡耀邦有几分相似,大约是他当时的发式之故。郁风与我记忆里的中年形象相比已大为见老。那天,苗子在格里菲斯大学有讲座,见面后就离开了,直到下午才回来。这是一幢普通格局的住宅,原来的大客厅已经转型为二老共用的画室兼书房。中间巨大的台子上铺有毡子,可以作画写字。苗子、郁风又各占一桌可以写作。围墙一圈全部是书,有的在书架上,有的在地上。他们的藏书基本都在北京,但在这里很快又积攒起可观数量的书。这个大画室如磁铁一般立刻吸引住了我。

第一天我们聊了很多,是从共同的朋友如卓立一家到雷圭元夫妇开始的。其间我还想起1982年在中央美院上学时,从北京晚报上看到郁风的紧急启事,是把一份重要的手稿遗忘在电车上了。当时不知结局,想起了便顺便问起。郁风记性不错,马上答道,第二天就有热心人送来了。说完开心地笑了。

接下来两日便进入工作。我请二老坐在改作客厅的太阳房中藤椅上,一一画色粉素描写生,又拍了照。原指望会有阳光射入,不料连阴两日,只得放弃,只采用了侧面采光。郁风是很认真对待这件事的，特意穿上一件她自己设计的有红蓝两色蜡染花纹的连衣裙。后来和她见面多了，才发现老太太在衣着上非常有品位，会搭配出非常美丽的色调来。但为这幅画像，她只穿一件半家常的衣服，免去一切多余之物，尽显她的文人本色与中国情结。开始苗子先生对画像并不积极，要由郁风帮我劝说，不过坐下来后很合作。当时正值盛夏，他在家光着脚，就这样坐下了。我们彼此都不谈是否要穿鞋的问题。后来这双在画面最前面的大脚，为这幅画添了不少光彩。除去它们激发我的画意而尽情施展技法之外，更彰显了苗子的老庄气度。

回悉尼后是圣诞新年。我日日去悉尼西部的澳大利亚奇趣乐园（Australian Wonderland）画头像挣养家糊口的钱，出奇地忙碌。以至大刚、唐薇来悉尼游玩，也未能好好陪陪他们。那时悉尼正为山火包围，浓烟蔽日。忙过那一阵，汉娜的小画廊"会意轩"要择日开张，邀请了不少华人画家送作品开联展。她请我代为邀请苗子、郁风二老来出席开幕式，同时也展出他们的作品。二老欣然同意。4月20日，我与已经抵达悉尼的二老在恰茨坞的"会意轩"画廊重逢了。再次见面，我们已像老朋友一般。苗子特意写了一幅字给我，录罗丹名言，"艺术就是感情"。落款里称我为"嘉蔚兄"，让我吃了一惊。后来发现苗老为同行题赠书或画，都是"兄嫂"相称。习惯了之后，备觉亲切。

次日，老朋友王旭在他的新居开派对，欢迎二老来悉尼。我们在悉尼的文艺界朋友来了一拨又一拨，都是慕二老之名而来。压轴节目出乎意料：我和王兰的宝贝女儿五岁的妞妞到客厅，大模大样地拉了苗子爷爷到隔壁王旭的书房。在一张大纸上勾勒了三个人像，然后签上了自己的大名"曦妮"，再把笔递给爷爷要他也签名。苗子见妞妞签的是汉语拼音"Xini"，便也签了"M.Huang"。签毕，妞妞大约觉得爷爷的字写得不怎么样，便取回笔把"g"又重新描过，这才满意了。苗子大乐，说要收藏之。于是我让妞妞请所有来客都在上面签名，成了很好的纪念品。

4月22日周五的晚上，是画展暨画廊成立的开幕礼。汉娜请苗子先生用广东话、澳大利亚作家周思用英语、郁风用英语和普通话分别致辞。四天后，我请二老来我家做客并辞行。王兰早班打工，因此这顿饭由我负责。我做了一大锅笋肉白菜汤年糕，还很受欢迎。郁风看了王兰的画甚是喜欢，有了个想法，要把两个1953年同年生的女画家王兰和唐薇，合写成一文给香港的《明报月刊》。文章写得极有分量。多年后我将它收入《王兰》一书代序，所配的照片也摄于这一天。可惜此书出版于2010年，郁风已离世三年了。

我与苗子讨论尚在构思中的二老肖像背景。其实，我当时已有腹稿，想在背景上用上范宽的《雪景寒林图》，即天津博物馆藏的那幅名作。但我想听听苗子的建议，故没有先说出来。不料，苗子沉吟片刻便道："天津博物馆里范宽的那一幅怎么样？"我一听惊呆了，想原来心真是可以相通的！

当时我手头没有好的《雪景寒林图》印刷品可用。7月份，一位在悉尼"坐移民监"的香港书商张应流先生来邀我吃饭，说是苗子先生嘱他给我帮忙。说起《雪景寒林图》，他说包在他身上了。结果他真的送来了超好的印刷品，是一套八开大的局部图片，为我解了大围。

8月初的一个晚上，读了苗子的一些文章，恰又接到二老的电话，突然心血来潮，似乎看见了这幅肖像是什么样子的。立即就在大画布上起稿，一口气把两个全身人像勾勒出来，一直忙到下半夜。对着画稿又看了几天，明白过来了：背景不应是写实的墙面上挂范宽的画，而是应该以超现实的方式，让范宽的画占据全部背景。后来的发展，是将维米尔画中的方格地砖画作地面，以喻中西合璧。但那地板太刺目，便加以半覆盖到若隐若现的地步。

接下来越画越顺利。郁风的衣服看似复杂，画得手了却极为享受。苗子的上衣原来是鲜蓝色，我把它改成了砖红。苗子的双脚是出彩

《苗子、郁风像》
1995
（局部）▷

的地方，画得也很享受。

二老的头部，自然是画了又画。有道是人在四十岁后要为自己的相貌负责。二老八十上下，早已修炼得仙风道骨。我自那时以来仔细看过他俩从少年到老年的大量照片，觉得这两张脸直到了七十岁后才臻完美的境界，此后直到生命的终点都无大变。豁达与智慧从脸上每一条皱纹里发散出来，使得两张脸变得彼此相似，正是所谓的"夫妻相"。

从圣诞一直画到新年，终于在1月初完成了这件作品。我在画的右上角画了一只振翅飞翔的白鹦鹉，似乎正从"雪景寒林"中飞出来。我决定在这幅本已具有超现实因素以及中国画风的画面上加一个虚设的立面，上面摹写二老的印章、签名和题款。最大的部分是苗子的草书"八千里路云和月"。我粗粗算了算，从中国到澳大利亚大约正是八千里，同时也暗指他们八十年的生命历程。画的正中是隶书"苗子、郁风"。主要的印章有"未休居"与"来日堂"，都是他们的斋名。最后，我在范宽签名的地方：画面中间那片小树林里，签上了我的名字。

作品完成后不到两周，发生了我在澳大利亚艺术生涯里的第一个大转折。我的油画《澳大利亚的玛丽·麦格洛普》获得"玛丽·麦格洛普"艺术奖的第一名。除了两万五千元的奖金外，还意外地获得教皇约翰·保罗二世的接见与颁发纪念金牌。这个消息立刻上了澳大利亚所有报纸的头版。"会意轩"趁热打铁，为我举办了一个个展。不久，《苗子、郁风像》也入围阿基鲍尔奖，在新州美术馆展出。

苗子、郁风自然是为我由衷地高兴。郁风来悉尼由我陪同去美术馆看展出的画时，特地穿上那件已入画的蜡染花布裙，与观众们应答。美术馆亚洲部主任专门约见郁风，请二老来做讲座，并收藏了他们的作品。

《苗子、郁风像》
1995
◁（局部）

1995年1月19日会见教皇

迈妞妞在画室，后面的油画刚开始

接下来"会意轩"也正式为二老开了个作品展览,这还是二老来澳以后首次开个展。由于澳大利亚的艺术市场很小,而且并不接纳中国传统样式的艺术作品,所以作品的标价并不高。但二老对此并不介意。开展那天我到场最早,见到苗子1989年的旧作,用他特有的书体录郑板桥句,"一庭春雨瓢儿菜,满架秋风扁豆花",书法诗意融为一体。我看了便挪不开步去,立即买下了它。苗子知道了很高兴,知道我是真喜欢他的字,便问还想让他写什么。我终于很不好意思地问他,能否为我的画室"听雨斋"题一个斋名。他一口允诺了,不久就给我写了"听雨斋"三个大字,下面一行小字:"嘉蔚吾兄以听雨名其斋盖写实也。"原来我租住在一个诊所的后部,一房一厅住人,一个接出来的十二平方米大小的太阳房作画室。太阳房光线很充足,除了朝西有一排大窗外,半个屋顶是用透光绿色波状塑料瓦片覆盖的。小雨时"大珠小珠落玉盘",雨大了便是"渔阳鼙鼓动地来"。苗子在又一次来访时听到过这答答雨声,故有此语。

1999年,布里斯班南部黄金海岸的一位德国移民汉斯请我去为全家画像。汉斯十九岁离开德国到亚洲闯天下,在中国台湾、中国香港住了许多年。娶了一位菲律宾美女,育有两男一女,一个比一个俊美。汉斯经商之余,收藏了大量亚洲艺术品。我最喜欢其中一幅古代楼阁,陈旧的深棕色绢底上透出仿若西洋油画的粉彩,上书是唐代小李将军的真迹。我见汉斯有这么多古画,从未被内行人鉴定过,便把苗子、郁风介绍给他。他立即驾车半小时带我找到二老家,把他们接回了自己家。苗子见了这些宝贝也兴致勃勃。他说唐代不用章,因此这件小李将军的应非真迹,但肯定是宋元时期的作品,而且是好画。有一幅华嵒与钱维诚合作的花鸟令他赞不绝口。黄慎

◁ 汉斯藏小李将军仿画,此画现已丢失,此图为第一次面世

△ 1997年二老来访

《汉斯一家人》
1999
油画 183cm×213cm
澳大利亚私人收藏

的一幅老人与男孩也是真品,一幅"仇英"是伪作。看到一幅手卷,苗子说这叫作"苏州片",并解说画上题署"海山仙馆藏"有何典故。老人一一道来,我犹如上了一堂美术史课。汉斯说起他在科隆老家有一位好朋友是著名的汉学家,名字报出来郁风说她认识,当年访德参观科隆东方艺术馆时有交往。汉斯喜出望外,立即拨通了国际长途,让郁风与之对话。

半年后,我把汉斯家的画完成,全家应邀北上黄金海岸。汉斯邀集苗、郁二老与我们一同吃饭。二老在当地的一位台湾朋友孙灵之女士邀我们去她家小坐,并展示了她压箱底的宝贝藏品,是弘一法师晚年的一副对联。包括苗子在内,大家都被那干枯的墨迹镇住,好半天都不出声。对联一共八个字：升无上堂；见一切佛。

这样的文人雅集，在二十世纪九十年代后几年里有过好几次，有时在悉尼，有时在昆州。但总归"没有不散的筵席"。二老终于要回北京长住了。政府给了二老一套较大的单元房，在朝阳医院北门对面的兴华公寓内，方便看病。我相信二老回京更重要的原因，是因为他们希望与老朋友们还能多聚聚，这些朋友正在陆续驾鹤西去。

就连我这一代，也开始有朋友去世。我的好友刘宇廉因脑瘤于1997年去世，比戴安娜王妃早走一个月。转过年来，他的一群兵团时代的画友与他家人决定为他先做一本大画册，再为他办一个回顾展。这件事到了二十一世纪开始时已初具规模。我与吕敬人作为主编，商讨请谁来为主画册作序。我们先想到官至文化部艺术司司长的兵团弟兄冯远，以为很容易得到应承，不料冯远断然拒绝。他虽然当了官，却绝对反对官位思维。他说他不够格。怎么办呢？我忽然想起了郁风。她是前辈美术家，又认识刘宇廉。敬人也完全同意。于是我便向郁风提出了请求。她答应了下来。一开始她没有找到下笔的感觉，因此拖了一段时间。后来我将我写成的近四万字的画册导论《追求完美》寄给了她。老太太忽然一口气便写成了。她在序言里这样谈及我的"导论"："我不知读者有没有耐心读那么长的'导论'，我劝您读下去。因为它不只是对一个画家成熟过程的准确叙述，也是对那个时代我们所经历过的在中国知识界最坎坷最复杂，理想和各种陷阱互相纠缠的时代的叙述。对于这段史无前例的历史可以或已经有各种哲理性的概括和论述，但较少有以如此具体的形象、故事，以一个艺术家的心灵特写镜头，唤起读者心中重现或重新过滤那段奇特的历史。

"'导论'的作者是和本画册的作者同在北大荒而后来各有不同成就的画家沈嘉蔚。他历时三四年，遍寻挚友的一切生命足迹，带着痛悼的悲伤，写成四万多字。没有一句空话，没有华丽的形容溢

▷ 刘宇廉回顾展前言 2005年

美之词，全部言之有物、言之成理、言之有情。我读到最后，直到传主战胜自己的一切伤痛，怀着更深切的创作情思而'志未酬'地死去，我无法遏止老泪纵横……"

我读到这篇和了泪水的序言，不仅为我的故友庆幸，同时也为自己得了郁风老师的定评而深深感动。

序言成于2002年2月，画集出版却是在三年之后。其间郁风很急于见到书成，也一再说要把这篇序言收入自己的文集。2005年8月，宇廉的回顾展在冯远时任馆长的中国美术馆圆厅隆重开幕，画册首发式同时进行。郁风的序言也用作展览的前言。苗子、郁风特意前来仔细观看了展览。当时郁风患了癌症，刚做了手术不久。但二老在人前永远是精神抖擞、兴致勃勃。

再说说我的那幅《苗子、郁风像》。1997年，我在香港的代理画廊"精艺轩"，一次买了我五件作品，要在香港大会堂举办展览。但其中最大的一件《七幅自画像：前生、今生、来生》尚在澳大利亚全国巡回展出，我便将《苗子、郁风像》借给他们展出来代替那一幅。展览之后，一拖三四年没有送回给我。后来他们提议收购，被我拒绝了。因为随着二老年事渐高，他们已有了捐赠全部作品及藏品给某一个美术馆的愿望。我在得知后便附议道：何时捐赠，将我这幅画也归在一道捐去。"精艺轩"得知我的意见后，新上任的经理便很守信用地将画寄回给我。

到了2007年初，我忽然有了一种心灵感应，觉得必须立即亲自将画送回北京交给二老，不然就太晚了。于是马上买了一张机票，扛着两米长的画筒登机，在春节前夕抵京。大刚、唐薇开车来接我，画筒刚好塞进车里。一路上，唐薇谈到了郁风的病情时说："她呀，真是特殊材料制成的人，换了别人早死过三次了。"

过了几日，我与李斌一同去拜访二老。郁风与以往一样扶杖出来到门口迎接我们，又与苗子再回到沙发上坐下。但她一开口，我就知道事情严重了：她是用一种假音来说话的。她用手比画着喉头，

郁风、应红

李辉、嘉蔚、苗子

笑眯眯如报喜一般的告诉我们："医生说这里边全是瘤，瘤子挤压了声带，所以变成这样了。"她一点没有因此而闭上口，照样和我们说笑。我想起他们的老友黄永玉在他为郁风造像的画上题道："漂亮而叱咤一世的英雄到底也成为一个啰唆的老太婆。你自己瞧瞧，你的一天说之不休、走之不休的精力，一秒钟一个主意的烦人的劲头，你一定会活得比我们之中哪一个都长。"

谈笑之间，郁风手边的电话机响铃，是李辉的夫人应红打来的。老太太像念台词般的对着听筒说："应红啊，我要死啦，我要和你告别啦！"她还是笑眯眯的，苗子却一脸凝重。

想到2003年"非典"初卷北京的4月17日晚，我来兴华公寓探望二老。其时吴祖光刚刚去世，他是"二流堂"最主要的成员之一。二老很看得开。一起吃过晚饭后，李辉、应红夫妇来了。那是我第一次认识应红。这对小夫妻与二老不停地互相调侃，融洽之至。2005年给宇廉开过展览后，我与王兰也去兴华公寓探望二老。这次二老兴致勃勃地又约了李辉、应红，我们一起到工人体育馆一家大餐厅吃饭。转眼又过了两年，二老约请李斌和我明天来家吃晚饭。那晚湖州阿姨做了一桌浙江家乡菜，我吃得很香，但同时心里又十分沉重。我明白，对于我和郁风而言，这是"最后的晚餐"了。

我忽然想起郁风的一句话："我平生最得意的一件事，就是我比我丈夫高，而且还不是一点点。"

王兰也比我高，高出六七厘米。郁、苗差不多也一样比例。我与苗子同病相怜。

我在当时的日记里写道："这是一对奇妙的夫妇，开心地度过每一日，对步步逼近的死亡开玩笑。"

告别的一刻到来了。我与郁风紧紧拥抱，彼此都知道这是永别。我们都不相信有来生。

一个月后，郁风的死讯传来。差不多同时，二老捐赠的作品以大型回顾展形式在中国美术馆开幕。我的《苗子、郁风像》也同时展出，

与大刚、唐薇夫妇在美术馆画展上 2009年3月

二老题赠

它在中国美术馆永远安家了。

转眼又两年过去。2009年3月，我们中央美院首届油画研修班的二十五周年纪念展在中国美术馆开幕。布展时收藏部主任王晓梅要我领取十万元人民币的收藏费。我有些意外，不知是哪来的收藏费。晓梅说是黄苗子先生从捐赠所得感谢金里特意划出来叮嘱给我的，美术馆已代管两年了。我想推辞也麻烦，便收下了。展览结束后，我分摊的场租及杂费一共八万元，这笔钱正好用上。余款支付了此行开销，等于是苗子先生资助我在美术馆开展览。或者说美术馆的钱又送回了美术馆，我的心便因没有违诺而坦然了。

展览结束后，我与李斌去朝阳医院探望苗子先生，他在医院洗肾。那是一个小单间，有一位护工正服侍他吃晚饭。苗子看起来气色不错，略胖。他很高兴我们来看望他。并将床头刚由出版社送来的新集子赠给我们。那书版式很奇特，是由我们的兵团战友周榕设计的，她是周令钊先生的女公子。

我当时并未意识到，这是我和苗子先生最后一次见面。那一日是3月12日。

2012年元旦，我又来到北京探望岳父。电询大刚苗子近况，大刚说老人已经陷入昏迷。我说想来看望苗子，大刚说不要来了，已经太晚了。接下来我自己也重感冒病倒。在离开北京回澳大利亚的飞机上，得知苗子过世的消息。

郁风、苗子，苗子、郁风，二位一体，相依为命。如今终于彻底脱离了人间坎坷。行笔至此，忽然又想到我与二老站在弘一法师手迹前面震撼无语的那一刻：

　　升无上堂；　见一切佛。

郁风、苗子 2005年9月

为军事博物馆作画

《占领总统府》
1975
水粉 | 纸本 56cm×39cm
画家自藏

在我青少年时代,很想成为一个军事画家。还在黑龙江建设兵团当业余画家时,就迫不及待地于1975年画出了《占领总统府》的水粉小稿。虽然幼稚,可也比陈逸飞们早了两年画这个题材呢!

我在1987年为建军五十周年创作的《红星照耀中国》,策展的解放军总政治部想把它放到军事博物馆去,但展览是在中国美术馆举办的,美术馆近水楼台先得月。所以我在军博一直没有作品入藏,直至2000年。

那一年,军事博物馆画家李如辗转找到远在悉尼的我,说军事博物馆想请我画一幅《百团大战》,要与陈逸飞的《占领总统府》那幅一样大,作为抗日战争馆的压轴作品。"画百团大战,是画彭德怀吗?"我问。"当然!"

于是我立即答复："我画！"

几轮商榷草图。到该年6月我订了一张三个月的来回机票，飞到酷暑的北京。按我要求，就在军事博物馆一间临时画室里搭了一张简易床，床板坚硬无比。那间大房间没有空调，安了一架大风扇。吃饭与民工一道。李如一再表示歉意，我却不以为然。睡画室是我最享受的生活方式。

军事博物馆编辑处二十多位军史专家听我讲了两个小时的《百团大战》构思，心服口服，一致通过。我立即在三米高、五米宽的画布上用木炭起稿：构图中心是彭德怀、左权的司令部与骑兵通信员。左、右、前、后是几百里战线的各组指战员，有的在激战、有的在设伏、有的在扒铁路、有的在刚占领的长城烽火台上欢呼胜利。在正前下方，是蹲下看不清脸的聂荣臻正在抚摸日本小姑娘的头顶，一个农民手持信件要将女孩送回敌方据点。这是我将百团大战中这一件逸事所隐含的人道主义精神放大到抗战宗旨的地步，点明中国人民抗日战争的反对法西斯、解放全人类的性质。

大约开工一个月后，外出访问的军事博物馆少将馆长回来了，召开了全体军人大会，我应邀出席。会上馆长突然问我："为什么

《百团大战》（小稿）
2000
油画 60cm × 100cm
私人收藏

◁ 李如（中）通过老朋友评论家邓平祥找到我，请我画《百团大战》

《百团大战》
(底稿)
2000
木炭 | 画布 300cm × 500cm
已毁

画彭总？""为什么？不是馆方也一致通过要画彭总的吗？"——彭总是百团大战的策划者、指挥者和一生为之背黑锅者，这事人人都清楚，不可能不画他。我也是为此而答应来画的。

"不许画彭总！一个老帅都不许画！只画拼刺刀！"全场哑然。馆长下令，不做解释，不容争辩。会后，政委来做我工作："您看，这是我们请您画，您就按馆长要求的画吧。"

李如劝我："沈老师，就当连环画来完成吧，来不及，我帮您画背景！"

事已至此，帮忙帮到底，就只好重画了。买了一堆抗战电影光盘，放映停格，画拼刺刀的速写，再画到画布上。一阵突击，到9月底交了稿。我把拼刺刀速写都送给了李如，答谢他的救难，并且坚持两人共同署名。

后来，李如告诉我这幅画还得了一个什么奖。

《百团大战》底稿
2000
(局部) ▷

沈嘉蔚 李如
《百团大战》（底稿）
2000
油画 300cm×500cm
中国人民革命军事博物馆藏

十一年后，军事博物馆又来约我画历史画。馆长已经换人了。这次约我画彭德怀签署朝鲜停战协议。"画彭德怀？我画！" 我还是那句话。

从网上下载了彭老总正在签署朝鲜停战协议的照片，他身后的助手是后来出任联合国副秘书长的毕季龙，他身边左起为李克农、乔冠华和丁国钰。这是孟昭瑞拍摄的照片。我请军事博物馆画家邢俊勤帮我去找原照，但已经不可能找到了。我以我的专业知识将这张网络照片放大，成为描绘精细准确的等身大小的油画。至此，圆了我为军事博物馆画彭德怀元帅的梦。

△ 李如帮助我完成重构的《百团大战》面临改稿

▷ 与李如夫妇在画前合影

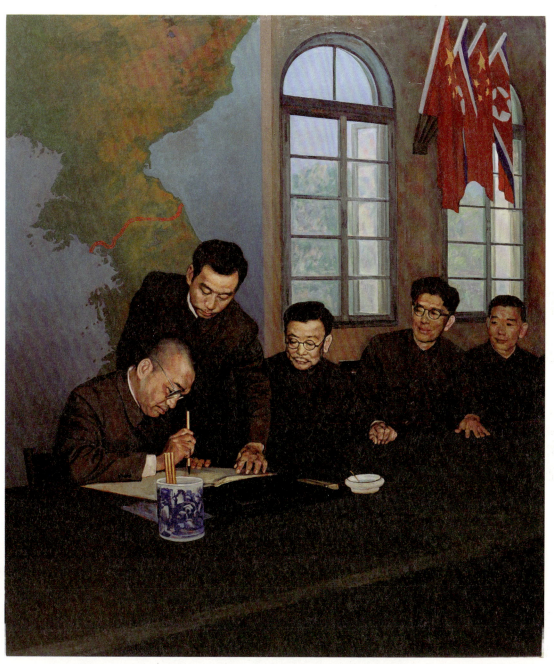

《彭德怀签署朝鲜停战协定》
2000
油画 183cm×213cm
中国人民革命军事博物馆藏

又过了五年，2016年李如来电话，约我为军事博物馆创作再现长征中第二重要的中共中央政治局扩大会议"两河口会议"的油画。这是为2016年10月纪念红军长征胜利八十周年展览准备的作品。时间只有三四个月。我下决心一搏，便接下了这个可能无人会接的活。因为我五年来完成了大型历史人物画《兄弟阋于墙》，对参与此会的十六位中共领袖全部熟悉而且有资料积累。所以我并不太为难。这件作品如期在9月初由我亲自送到军事博物馆展厅。几天后便正式对公众展出了。后来在电视新闻上出现了几次。至此我有三件作品被军事博物馆收藏。不过，如果有一日军事博物馆再来请我画拼刺刀的画我一定谢绝。那一次的经历对于我一生已经足够了。

▷ 沉思

陈赓的帽子与战士的特权

1940年9月25日下午4点45分,随着坑道爆破一声巨响,日军榆社据点的残余守军被陈赓指挥的八路军三八六旅战士彻底歼灭。藤本中队长切腹自杀。至此,百团大战第二阶段的榆辽战役达到高潮。榆社甫经克复,一直在第一线指挥战斗的旅长陈赓和参谋长周希汉即登上被摧毁的碉堡群巡视。激战时的严峻神色一扫而空,陈赓复归他的嬉笑本色。他捡起一顶日军战斗帽戴上,身边的周希汉已穿上日兵军大衣,身后的警卫员头顶日本钢盔。陈赓双手叉腰做"太君"状,请随军行动的八路军电影队摄影师徐肖冰拍下一帧传世后人的历史照片。

至此,陈赓戴过的帽子,仅就军帽而言,已达六种:自十三岁逃婚当上湘军小兵戴的五色五角星早期民国军帽,到青天白日帽章的黄埔军校大檐帽,又在1926年最后三个月戴上了苏联红军的布琼尼尖顶帽——当时在苏联远东受训。从1931年开始,戴上中国工农

素材
1998
碳铅｜纸本 26cm×24cm
画家自藏

红军的红星帽，先是四方面军的大八角帽，再是一方面军的小八角帽。1937年三原誓师，大雨中他换戴国民革命军的德式军帽，复缀青天白日帽章。他生平头戴的最后一种军帽，是1955年被授予大将军衔时的解放军礼服大檐帽。

对自己头戴的军帽，陈赓日记明志道："（1937年9月6日）举行换帽时，大家都有一种说不出的心情。我们戴着它——红星帽，血战了十年，创造了震撼世界的奇迹，动摇了几千年来视为神圣的

▷ 随军行动的八路军电影队摄影师徐肖冰拍摄原照

《革命》
（局部）
2012

《红星照耀中国》
（局部）
1987

社会制度，今日为了对付我们共同的敌人——日本帝国主义，结成全民族的联合战线，暂时将它收藏起来，换上一顶青天白日的帽子。"

陈赓于1923年加入中共。1925年黄埔学生军东征时，他身背校长蒋介石脱离险境。1933年在红军师长任上因腿伤去沪治疗时，陈赓被捕。蒋介石以救命之恩将其放生。虽有这段传奇经历，陈赓在党内始终受到信任。他不拘一格的开玩笑本性，也得以张扬一生，而无须收敛。像这张头戴日本军帽的战胜者留影，在军史上极为罕见。此外我所见仅有李克农扮演日军军官的怪相照，但那是在演戏。不过再想想，陈赓此举其实也是一种演戏：讽刺被他率部击败的对手的活报剧。这是一种胜利者的特权、战士的特权。如今，上年纪的国人都记得电影《红日》里，打了胜仗的解放军连长石东根头戴敌人大檐帽，纵马驰骋，受到军长严厉批评的情节。这段情节既反映当时军队里对这种头戴败军军帽取乐的一般性禁止，也反映了1949年以后对这种场景的描绘的反对态度。沿袭至半个世纪后的今日，当笔者的朋友闻听我选用陈赓头戴日军战斗帽的照片来绘制陈赓肖像时，本能的反应便是：这怎么可以？

是啊，陈赓头戴红星帽的照片很多，为什么选用这一张？这便涉及肖像画的最高追求。肖像画上乘之作，是传达出像主的精神气质、性格特征，即他最与众不同之处。然而肖像画的表达手段是有限的。除五官、双手、形体动作之外，还能帮上忙的便是服装。在这里，陈赓的身份已表明无疑，身着八路军军服的他却头戴日军军帽——正在肖像画核心视界范围内，这种反差是肖像画家做梦难求的效果，岂可放过！而正因有前述之种种禁忌，这一行为只有陈赓才做得出来，这不正是抓取了最能表达陈赓与众不同的个性的瞬间吗？这不正是肖像画的核心追求吗？

除了陈赓这种常胜将军的豪放气质之外，选取这个瞬间的深层含义还指向陈赓生涯中四年"特科"经历。陈赓是天生的演员。据他自述，除因脸颊红润丰满不能扮演乞丐之外，他曾以各种角色面世，包括敌营中的人，直至1933年被捕，视他为同行的巡捕们还惊呼："这不是王先生吗？"因此，陈赓在这头戴日军军帽的照片中，若将军服换成日本军服，便活脱一个日本"太君"。画画时，我加上他常戴的眼镜，又活脱一个"鬼子翻译官"。当然，那是在人们想象中的类型性形象。事实上陈赓便是他自己，不会为服装所左右。这一点，我等待我的观众在看第二眼之后，便会自行发现。

陈赓在八路军中，因胡须茂密与另一位旅长王震齐名。美军武官卡尔逊中校在他的回忆中记述陈赓"没有胡子、戴着眼镜的脸看上去像个学生而不像战士"。这说明陈赓勤于刮胡子。陈赓的机要员则特别描述了"陈旅长用手摸着满脸的粗胡楂"。榆社战斗持续了三天两夜，陈赓的胡子便疯长起来。陈赓在几乎所有的照片里都

《陈赓》
2011
油画 213cm×167cm
中国私人收藏

戴着眼镜，唯在榆社这几桢照片里眼镜不知去向。陈赓日记中缺失1940年全年，因此无从考证此中之原因。顾忌今日之观众无法认出不戴眼镜的陈赓，犹豫再三，终于给他加上了著名的眼镜。

旅长陈赓巡视战场时不挎枪也不束腰带，却挎了一架照相机。关于它的来历，陈赓于1938年1月9日，即卡尔逊访问他旅部的两天之前，在日记里记述："已经失望的照相机，今日竟已取来，殊出我意料之外。材料满装一箱，是少文由上海购来，辗转数月，今日竟收到，亦可谓幸矣。"

所以说，这相机是他珍爱之物。三个月后他的部下又缴获日军两架相机。陈赓将它们赠给随军记者黄钢："'好了，这东西来了'——陈赓同志在我们捆行装时说，他把那两架照相机递到我同伴和我手里，再平淡地讲——'到今天天亮时你们总可以拍到些东西。'"

陈赓的参谋长周希汉也是个有个性的人物。"参谋长，虽然没有像旅长那样生硬的黑须根，但却是一个极端冷静的人。"（黄钢记述）"日本大衣随时可见。这个师正沿东西向的正太路和东边的平汉路积极地同敌人交手。几乎每天都缴获到军需品。"（卡尔逊记述）周希汉身穿的那件大衣，显然也刚从榆社据点得到，因为连日军领章也未摘除。它显然也跟随新主人南征北战直至和平之日，因为它最终进入了军事博物馆永久陈列，只是没有了领章。

顺便说说。近年网上流传一份清单，谓档案表明八路军在八年抗战里只打死了一千余名日本军人。我对此质疑。陈赓日记所记载的较大战斗在1941年前已有许多次。其中，榆社全歼的守备日军为片山旅团板津大队的藤本中队200余人，另有伪军约60人。1938年3月16日神头之战，陈赓日记记载毙敌800余人，而日军方面的公布数字为399人，约其半数。按此二战合共，至少已毙敌600余人。所以仅陈赓一个旅的抗日战绩已远不止毙敌千余的记录。而一一五师平型关战役，据历史学者杨奎松等人考证，毙敌在四五百为最保守统计。八路军只有三个师的编制军饷，却在三年内扩大了十倍，它没有国家资源的支持，而主要依靠夺取敌人装备来维持战斗力，所以不应低估其抗战的贡献。与此同时，国民政府部队的抗战贡献，在长期被贬低的情况下，应该还以历史真相。

《陈赓在百团大战中》（2011年）是笔者迄今为止最接近于记录历史真实瞬间的作品之一，因为它几乎是复制一张照片。原照可见于徐肖冰回忆录《带翅膀的摄影机》（北京大学出版社1999年版）。此照亦在网上流传，但是以镜像式反向画面误传。陈赓与此同时另有两张照片传世，一照为不戴日军军帽，与周希汉和一群战士在碉堡前及台阶上的全景照；另一照为当日稍晚（因为加穿了一件棉上衣）仍戴了日军军帽与周希汉等半身合影，手握日本武士刀刀柄，但体态不再扮演"太君"动作，而是面露开心的笑容，胡楂在半小时后更加浓密了。

我对原照片只做技术性处理：将陈赓拉到前景，如前所述加上了眼镜。除将另一照片上手持的那把日本军刀置于左下角地上外，加画两挺日式机枪与一面有武士式签名的日本太阳旗。

我曾发表学术讨论文章《历史画与虚构》，认为虚构是历史画的传统手法，也是历史画家的特权。即便这一幅画，也多少有一点虚构的成分，比如陈赓的眼镜。更重要的虚构是他身后的落日余晖。虽然榆社战斗结束时正当傍晚，但这种对落日的强调，还是因为那首名歌：《西边的太阳快要落山了》。

◁ 在画室 2011年

百岁岳父的两枚抗战纪念章

岳父王洪星生于1915年阴历八月初十,西历是9月18日。2015年9月小辈们齐集北京庆祝他的一百周岁生日,恰逢国家庆祝抗日战争胜利七十周年,岳父同时收到了海峡两岸颁发给他的抗日军人纪念章,令他喜不自禁。随我来京的澳大利亚纪录片导演杰姆斯请他一一佩挂,拍下这罕见的一幕。我对中国国家博物馆的副馆长陈履生说起此事,他竟十分兴奋,说国内抗日老人虽还有不少,但他尚未听说有同时也得到台湾方面纪念章的,再说又正值岳父的百岁寿辰,履生立即建议将来把这对纪念章捐赠给国家博物馆永久收藏。

中国人民抗日战争胜利纪念章

抗战胜利纪念章

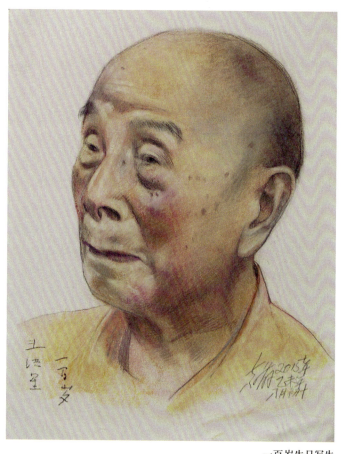

一百岁生日写生
2015
色粉｜碳铅｜纸本 52cm×38cm
画家自藏

　　岳父于1940年夏从西北工学院毕业后留校随戴桂蕊教授当助教一年。次年战车研究所请戴教授去指导，岳父也跟着去了。可是戴教授随即又被民生工业拉去了，而岳父则留在战车研究所兼任研究员，之所以"兼任"，是因为他的正职是湖南洪江陆军机械化学校教官。战车研究所隶属于机械化学校。岳父在这里工作了一年，从1941年夏至1942年夏，军衔为陆军少校。

　　机械化学校的校长由蒋介石兼任，教务长是徐庭瑶。岳父在任职期间被派往湖南新化招生，为此到办公室见过一次徐庭瑶。岳父对他的评价是"比较文气，和蔼可亲"。徐庭瑶在学校的口碑不错。

　　战车研究所的所长是项任澜。研究员们议论他有贪污受贿行为，

◁ 王兰与老父

岳父离开那个单位之后,项所长果然被捕判了刑。被揭发贪污的还有会计科主任。

会计科主任姓徐。他曾谎称王洪星少校有勤务兵,这名"莫须有"的勤务兵的军饷,便由徐主任享用了。而王洪星根本不知道这回事,直至贪污行为被揭发查实后才听说。徐主任来向王洪星道歉说:"对不起你!"王洪星说:"这是你们内部的事,你们自己去解决吧!"由这个事件来看,岳父在战车研究所属于"客卿"的地位,很受礼遇。

一年后,从事民生工业的戴桂蕊教授又把王洪星召去当助手。戴教授是在英国学航空发动机出身的,此时改行弄汽车发动机。他们筹备成立普用公司,将汽车动力由燃油改为煤气。对于改装前的汽车,有一首打油诗形容:"一走两三里,加油四五回,下车六七次,八九十人推。"战时物资供应的稀缺以及工业落后的状况被传达得淋漓尽致。

弄了半年汽车发动机,岳父又去了西昌,在交通部属下的川滇西路当助理工程师。当时传闻西昌是重庆一旦失陷后的陪都,那里有蒋委员长建的小洋房作行营。川滇西路的局长是周凤九,曾是徐悲鸿留法时的同学。岳父在那里工作时,徐悲鸿将自己从前送给周凤九的画作借回去办展览。

在西昌一年,到了1943年下半年,岳父奉命去重庆等待赴美国训练。但是在11月下旬的开罗会议上,据说,罗斯福对蒋介石要自行先集训学员的做法不满,这个计划停止了。结果没有出国,岳父被改派去白市驿中美联合器材库任职。此库隶属于航空委员会,前陆军少校王洪星变成了空军中尉,不过据他说此衔与陆军少校是平级的。岳父任第一组的组长,有时任代理库长。库里器材从昆明运到白市驿,当时滇缅公路刚刚打通。

美国方面派了一位空军少校当驻库联络员,带了一些美军士兵一道办公,因此岳父的英语口语很有长进。

第一组里有申请股、登记股、紧急股等部门。

▷ 白市驿机场之二景 1945年

写到这里，忽然想起岳父自传里回忆幼年淘气，曾对母亲哭喊说："我要当兵去，至少当个连长！"这句童子诳语居然成真。这个组长还真是个连长级别，只不过手下的兵可是没几号人。这也是王洪星军事生涯的顶点了。

岳父在白市驿工作了一年余，在那里迎来了抗战胜利的光复日，然后随单位迁移到长江的另一端，上海提篮桥。

岳父的高中同班同学黄仁宇，早已是缅印战区远征军的军官，也是在光复之后随第三方面军先遣部队于第一时间飞抵上海。他的回忆录里有不太长的段落描绘了光复不久的上海生活。在最初的日子里，他的军饷法币非常值钱，比大后方的购买力高出十倍。岳父回忆他读大学时向族祠借贷，本应五年内无息归还。他正是在1946年全部还清的，估计是这一货币大差价帮了他大忙。

黄仁宇的回忆录描绘出刚刚光复的上海街头节庆气氛，任何时间都可以听到断断续续的爆竹声。军用吉普车和三轮车都插着一种特别的旗帜，设计者沉迷于自己对世界新秩序的幻想，在旗子的四边画上中、美、英、苏四强的国旗，每当美国飞机飞过黄浦江时，所有的船只都鸣笛欢迎。

陆军上尉黄仁宇在上海开始交女朋友，不过最后无疾而终。他驾了吉普车去接送新交的女孩，却当场出丑，因为急刹车弄熄了马达，再也发动不起来了，最终要请女朋友帮忙守护车子等技工来修。

空军中尉王洪星也开了吉普车在上海街头横冲直撞。他是专学发动机的工程师，自然不怕马达熄火，只是初到大城市不懂交通规则，有一次，吉普车对准了十字路口的交警台直冲过去，吓得交通警察顾不得执法，跳下台子逃之夭夭。

他在上海遇见了西北工学院航空系的低班同学周承仁。周承仁是湖州人，湖州的王一品湖笔店是他们周家的祖产。周承仁介绍自己的堂妹周月明与他相识，用岳父自己的话来说："我与月明由互相认识、交往，很快亲昵，进而谈到相伴终身。"

作为这座大城市的解放者,一位驾了美国吉普车的三十岁空军中尉,对周月明小姐无疑极具吸引力。当王洪星中尉驾车冲向交警台时,他的副座上正是坐着周月明小姐。当时这位吉普女郎一定花容失色。

事实上,此时的周月明小姐,也就是后来我的丈母娘,正处在家庭巨变的悲剧旋涡中心。

简而言之的说法,岳母家变的故事,几乎是老电影《一江春水向东流》里故事的原版。

岳母的父亲,也就是我太太王兰的外公,是一位国民政府的官员。他有着耶鲁大学的教育背景,是1906年清政府的公派赴美留学生。回国后长期担任盐务使的官职,原配夫人生下他的大女儿(即我岳母)和二女儿后,不幸病逝。不久两个女孩有了继母,是北京人,待继女特别好,视如己出。之后又生了两个儿子、两个女儿。那是在二十世纪三十年代,抗战爆发之前。盐务官的家境很好,在杭州西湖边有官邸,在莫干山有避暑的别墅,在上海有居家的公馆。好景不长,战事起来。先是日军飞机炸塌了莫干山的别墅,据说可能是家用蓄水塔像一个军事目标。继而国民政府西迁,外公便将家眷留在上海的公馆,自己单身一人随政府去了重庆。这样,抗战期间,外婆撑起这个有六个子女的大家庭。到1944年,长子周承斌满了十八岁高中毕业,便辞母西行,一路流浪到了成都。此去是响应蒋委员长号召,"十万青年十万军",投奔了青年军。外公急了,将他骗回家锁起来,但是他跳窗逃回了军营。无奈,外公作书一封让儿子带上,到缅印战区新一军军部报到后,交给自己的朋友孙立人将军。孙立人见信要

◁ 独缺父亲的月明全家 1939年

▷ 月明的父亲

留朋友的儿子在军部工作，儿子不干，坚决要去一线战斗部队。最终成为一〇五榴弹炮团的炮兵班长，参加打通滇缅路的战役，直至抗战胜利，在昆明接受伞兵训练后退了役，去北京读清华大学了。

再说上海的家，外婆带着四个女儿和小儿子终于熬到了光复团聚的日子，可是从重庆回来的外公已经有了另一位妻子。外婆想不开，在家中衣柜里上吊自杀了。第一个发现母亲遗体的正是长女月明，她吓得一时精神崩溃。事发之后，六个子女一致决定，断绝与生父的一切关系。这六个兄弟姐妹互相扶持，后来几十年一直相濡以沫。虽然外公一直在上海生活而且高龄而终，对于他们而言，父亲似乎不曾存在于世。直至最近，我才见到外公的照片，惊诧于他的相貌与岳母如同一个模子里翻出来似的。同样的基因又在王兰的外甥女即克宁的孩子偲芬尼的脸上呈现。几年前十二岁的偲芬尼来澳大利亚玩，我看她活脱一个小周月明。

周月明正是在经历丧母失父的大悲大痛时段遇见王洪星的。她已经没有长辈，底下有三个妹妹两个弟弟。她自己做主决定嫁给这个高个头瘦瘦的湖南乡下青年。虽然岳父一口湖南乡音，但毕竟是大学毕业的工程师，同时又是空军中尉军官，身着刚刚换了制式的美式军服。从他们的合影可以看到肩章上的两道竖杠。这两个人的家庭背景差距甚大。岳父来自湖南衡山的山冲里，一直节俭地苦苦读书，毕业后认真工作；岳母来自大上海十里洋场，虽然继母持家有方，有良好家教，但大城市人有大城市的生活习惯。将来的日子里，他们是如何磨合成为同甘苦共患难的一对夫妻，我不得而知，但看到了其中的一个后果：湖南人王洪星不吃辣椒了。

不过，他们必须暂时推迟婚期，因为航空委员会派送一批人去美国实习。王洪星作为航空工程师，先到德克萨斯州集训，又去伊利诺伊州空军基地实习，课程据说仅相当于大学一年级，但设备却极好。从1946年8月出发，到1947年圣诞节回上海，这对恋人分别了一年多。

▷ 王洪星中尉在美国
1947年5月

◁ 在上海的订婚照
1946年

王洪星在从日本乘坐美国军舰驶往太平洋彼岸的途中,有过一件逸事,在几十年后讲给自己的子女听,逗得我们大乐。故事是这样的:空军中尉王洪星与其他军官合用一间舱室。一日正在休息,忽听有人在"咚咚"地用脚踢舱壁,没完没了。他便起身开门,原来是过道里排队等候进餐厅用餐的一位美国兵与同僚闲聊,无意识地用脚踢着舱壁。王洪星道:"Are you a donkey, or an Yankee?"(意为:"你是一头驴,还是一个美国佬?"——利用了英语中"笨驴"与"美国佬"两个名词的谐音,幽士兵一默)那美国兵一看是一位中国军官在责问他,立即挺身正色道:"Yes, Sir!"(是,长官!)

在美国学习的一年多里,中国开始了激烈的内战。王洪星在美国自然可以得到大量的战事信息,他显然已经拿定了主意。因此他一到上海便开了小差。当时月明已在天津找到一份会计工作,他便径去天津,回到母校北洋大学出任航空系副教授的教职。

一年后他回上海办事,一位空军同袍悄悄给他出示了一份军中通缉令:通缉逃兵王洪星上尉。王洪星有些诧异:怎么当了逃兵反而升了军衔?一打听,原来在他开小差同时,上面已经下达晋升他为上尉的命令,因为找不见他了,无法向他传达晋升令。

王洪星为自己的抗日战争军人生涯,画上了一个圆满的句号。虽然抗战中,他并没有上战场放过一枪,但是现代战争的岗位是多种多样的。他找到了自己在战争里的位置,尽了一份绵薄之力。

整整五十年以后,1996年岳父母来悉尼探亲,正赶上4月25日的澳大利亚军人节"澳新军团日"。每逢这一日,澳大利亚各个城市都要举行盛大游行,这是与中国人熟知的阅兵式不同的另类阅兵式:所有有过军人生涯的老兵,以原部队建制集结在本单位的旗帜下,由军乐队前导,青年现役军人配合,在大街上人群的簇拥下行进,接受人们的喝彩欢呼。澳大利亚前军人的队伍之后,还有曾经十分壮观,后来逐年减弱的南越前军人方队。甚至出现过苏联东欧的"二

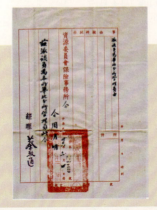

▷ 月明找到了工作
1947年6月

战"军人方队,唯独没有中国前军人的方队。

我在这一天早早把岳父母带到我认为最佳的观礼点,海德公园方尖碑前的伊丽莎白街边,可以看见队列从巴瑟斯特街迎面走来,到方尖碑前面乐队左拐,军人右拐,然后解散。我看着百感交集的岳父,自己也感慨万分。

中华人民共和国成立,内战告终,建设开始,王洪星由衷地欢庆。新政伊始向苏联学习,大学院系大调整。对于像北大、清华这些大学的文理科系可能是伤筋动骨,然而对于航空科技而言却是一个新生的开端。八个大学的航空系合并成为北京航空学院。王洪星当时已在清华大学航空系任教,此时成为北航的创院元老之一。二十世纪五十年代百废俱兴,王洪星从头开始学俄语,边学边用。头顶上的头发与脑壳里的俄语词汇量成反比地迅速减少,得到一个颇有时代特色的雅号曰"稀毛脱落夫"。

王洪星、周月明成为我的准岳父母,是在1978年的下半年。我当时尚在沈阳军区文工团当舞美设计。我身着军装去北航看望他们时,不知有否勾起二老的回忆,因为王洪星第一次出现在周月明面前时,也是身着军装的,连阶级也差不多,因为我那时虽然没有军衔制,但的确也相当于一个中尉。

那时,王洪星教授已经从"文革"中的斗室里搬到了从前供工友住的北航西门边的平房区,一长条平房十数家,每家进门一间客厅兼卧室,门口对面是搭建的厨房区,每家一格。十一届三中全会后改革开放,教授们才搬到原来的楼房单元里。老两口从无怨言,我看不是因为当了二十年"右派""改造"的成功,也不是因为怕言多语失,而是他们深入骨髓的平民意识。王洪星教授来自农村,借钱读大学,三十一岁才还清债务。他的俭朴生活方式一以贯之。直到二十世纪八十年代,家中尚无沙发,客厅里代替沙发的是岳父的乡下木匠大哥制作的长条木板躺椅,有客人过夜时可以把一头挡板放倒,够一人躺下,不过翻身时要小心跌到地上。后来代替它的,也只是半储藏柜式的简易沙发座。

2006年，岳母去世后，岳父想将一生积蓄里的很大一部分，当然都只是工资积蓄，一共十万元人民币，捐赠给家乡子弟小学。因技术操作上的困难，后来转由北航设立基金援助贫困学生。我直到最近读他的自传，知道他读书是靠族祠贷款而成功走出山沟成为知识人才的，方明白他捐出毕生积蓄的动机何在。我既将之看成岳父个人人品的一个证明，也将之放大解读为何以中华民族以知识薪火相传，数千年而不熄。

岳父百年寿辰即将来临之际，我先后从报纸上读到了海峡两岸都要为尚在人世的前抗日军人颁发纪念章的消息。国内方面相对容易申请，虽然十年前庆祝胜利六十周年时，岳父并没有自动获得那一次的纪念章，可能只是没有提出申请的缘故吧。这次读到的报道，明确规定国民党军队的军人，只要在1947年后没有参与内战的，便符合获颁条件。所以，我就立即按互联网提供的北航校长的邮箱地址发出一封信。岳父是北航创院仅剩的一两个元老之一，此信自然立竿见影。然而台湾方面就不大有把握了。毕竟历经半个世纪的政治动荡，王洪星根本不可能留存任何证明文件，再说了，我还是瞒着他来操作此事的。一位台湾朋友白菲比女士介绍我与悉尼的台湾方面派出机构的秘书联系。我告诉秘书说，我这边提供不了任何证据，只能报出王洪星的从军履历。秘书说，请发给我王洪星老人的地址电话。然后就没有音讯了。我以为事情一定不成功，实际上台湾方面立即就将纪念章和证书寄给了岳父。因为我们没有向岳父提过一个字关于申请纪念章的事，他当然也就没有急于告诉我们。相反，他很自然地以为，海峡两岸都突然想起他来了。所以直到9月初我和王兰回到北京，方才得知这个消息。

当然，我不会放过这个富于视觉效果的好题材。因此就有了这幅画：

《一百岁》。

《一百岁》
2015
油画 137cm×107cm
画家自藏

满姑

岳父的故乡是湖南衡山。衡山当然便是因南岳衡山得名。它在南岳之阴,隔了南岳,南边便是大城市衡阳,亦即抗战时期中国守军打得最为悲壮激烈的血战之都,最后虽败犹荣,一万七千多官兵非死即伤,而对阵的那支日军在战后一次补充新兵十万,足见伤亡数倍于中国军队。日军有武士道传统,因为佩服对手的英勇顽强,战后任国军战俘四散,未予任何常见的杀戮,乃中日战史上的特例。

我在 1978 年初任职沈阳军区前进歌剧团舞美设计时首次去过南岳。其时南岳山上尚是军事特区,山下因此未成旅游热点,水田阡陌对过,是松柏环绕的古庙。当时写生的油画习作原以为丢失,最近在北京岳父家找到,感慨那已是绝景了。

1986 年秋,我岳父七十一岁,与岳母由女儿王兰和女婿即我陪伴,做他生平最后一次的故乡之旅。我便第二次踏上衡山火车站的月台。此时我已脱了军装,并从中央美术学院学习结业,开始专业画家生涯。王兰也已在鲁迅美术学院任教数年。岳父母自七年前"右派"改正以来，处境大为改善。岳父虽年逾古稀，仍在北京航空学院当教授带研究生。

岳父的老家是在距衡山县城几十里外的福田铺，靠近湘乡县境。从衡山坐长途汽车北上到福田铺下车，还要走三里路山道，才到达他小妹妹即满姑的家，居所在大立冲村。走在山道上，对面过来的乡亲，因与前来县城迎接岳父的侄辈相熟，便纷纷与鹤立鸡群的岳父招呼并执后辈之礼。岳父身高1.76米，比他所有乡亲子侄乃至后来我们见到的他的兄弟，都高出大半个头，加上身穿风衣头戴前进帽，一看便知是首都来的"干部"。岳父对自己身高不同于乡亲的解释，是他从上中学开始便到了长沙，而且一直迷于打篮球。他后来直至九十高龄时还在北京航空学院球场上投篮。他在大学毕业后即从军参加抗日战争，再也没有回乡种田。

《赵家营旧宅》
1986
碳铅｜纸本 19cm×34cm
画家自藏

《农家厨房》之一至之四
1986
碳铅｜纸本 19cm×34cm
画家自藏

岳父兄弟姐妹有七八个之多。到我们这次去探望时,只剩了一位三伯以及满姑了。三伯是个和蔼的小老头,有一双会剪纸的巧手,当场剪了一张送给我们。他年轻时有过不平常之举。那年北伐军兴,军队路过福田铺时,他撂下锄头便当了兵。几年以后退伍回来,仍在山村里务农。

满姑的"满"字,在当地指兄弟姐妹辈里最小那位。她是此行中给我们印象最深的亲戚。说话中气十足,在平辈后辈里都很有权威。因为是岳父仅存的妹妹,她的亲情发自心底,并一直相陪。满姑时年六十五岁,已守寡,身边也已儿孙成群。她住的是典型的湖南农家,建在山坡上的泥墙草顶大屋。门口有晒粮的空场,坡下便是水田。屋后有自留菜园。

满姑屋子里的家具不多,并且很有年头了。岳父指着有一个幼儿在上面睡觉的成人用躺椅说,这是王兰的大伯父手制的。那个躺椅造型朴拙,但功能齐全,下面还有可以拉出来的踏脚板。很多年后,我以此为题材画了两幅油画,立即被澳大利亚藏家买走了。

满姑的卧室在堂屋的右侧。那里靠墙雄踞一架传统大床。同后来我在另外几家见过也睡过的床一样,那床有木制蚊帐架,正面是用手绘的图案装饰左右及上方的护板,代替阔人家传统的木雕立面装饰。我当时忘了问这床是否也是由她的大哥即王兰的大伯手制的。我想多半也是,且应是她的陪嫁品吧。大伯父据说是这一带有点名气的木匠;那上面的图案,说不定也出自会剪纸的三伯父之手呢。

满姑在她大床前与我们说话,想起一位亲戚的来信,找出来检视以准备给我们看。那一瞬间,我立即联想到十七世纪荷兰画家维米尔的名作《窗前读信的女子》。同样的侧面窗的光线投向主人公,只不过方向恰好相反而已。我心中一动,立即请满姑保持不要动,便拍了三张照片。当时彩色胶卷还很珍贵。我为了记录下光线,不能用

《满姑》写生小稿
1986
圆珠笔 | 钢笔墨水 | 纸本
19cm×17cm
画家自藏

▷ 用三脚架一分钟曝光的结果。油画依此画出

《满姑》
2012
油画 152cm×152cm
画家自藏

闪光灯。依靠三脚架，拍了满姑本人之后，又拍了大床与窗前的桌子。后来我又为她画了两张素描写生。

满姑陪我们到她邻家去走动。那家人刚倾全力盖起了新房，也是泥墙草顶。新房里家徒四壁，只有四面墙上一圈儿镜框，都是亲友邻里送来的贺词。这是那些年的当地风俗。1986年距邓小平改革开放才数年，农民已经有了不少自由，可以包产到户了，人民公社也已解散，但我们所到之处，还是比较贫穷。福田铺距县城几十里地，交通方便，坐上汽车半小时可到。但是城里人的文明与此地山沟里的日常生活差不多绝缘。一切生活用品都是简陋到极点。农民手里显然没有现金可以去城里消费。大立冲村唯一与千篇一律的泥墙草顶农舍不协调的，是对面山坡上一座砖砌瓦顶的现代化小楼。满姑说，那房子的主人是当干部的，有不寻常的人际关系。满姑说时毫无嫉妒之意，只是在告诉我们一件她看来很正常的事。

满姑陪我们走了五里山道到石东庙村，那里有一口水井，是岳父幼时全家用以饮水的那口井。"饮水思源"，王兰说道。这里的风景，岳母也很熟悉。虽然她是大上海官宦人家的大小姐出身，但1949年生王兰的哥哥时，在夫家的山村里住过一段，以避战乱。此前一两年，岳父不愿打内战，从上海的空军机构开小差，去了天津的北洋大学任教，正被国军通缉。

此行最后的一站是四五十里路以外的留田。那里有王氏宗祠。大祠堂建筑完好地保存下来。早年那里是为王氏宗亲子弟开办的小学。那是中国两千年文明传递所依赖的基层结构。湖南省从太平天国、公车上书、百日维新直到新文化运动，陆续涌现的重量级文人，均出自这类宗祠学堂。留田已在湘乡县境内，与彭德怀老家乌石相距不远。西去几十里，便是大儒曾国藩的老家双峰。打听到王氏宗谱在"文革"后仅存两套，

◁ 饮水思源

▷ 满姑

《满姑和她的女儿》
1986
碳铅 | 纸本 19cm×17cm
画家自藏

《正在剪纸的三伯》
1986
碳铅 | 纸本 19cm×17cm
画家自藏

其中之一保存在五里路之外的一位老先生手里，我即请人带路冒雨前去查阅。却不料没有经验，事先未向岳父问清是哪一支脉的，面对差不多一米高的册子傻了眼，悻悻而归。后来族人将岳父所在那页复印了寄过来，方补遗憾。

从留田回到石东庙，满姑带我们去看望她的女儿一家。女婿姓罗，两口子也是种田的老实庄稼人。说起孩子来，他们指着大女儿说："她叫改平，供不起学费，已经叫她停了学回家。"改平一脸愁云，走了开去。我和王兰悄悄商量了，便告诉改平的父母说："千万不要停学，学费我们来出。"这一家人完全想不到我们会做这样的承诺，顿时心情开朗了。

之后三伯、满姑带了我们全家人去岳父的父母墓地上坟。墓碑上方均刻大字："基督徒"。可见早年这里基督教相当普及。在南

《满姑的孙子》（写生小稿）
1993
油画 102cm×76cm
澳大利亚私人收藏

《大伯制作的躺椅》
1993
油画 102cm×76cm
澳大利亚私人收藏

岳山麓，我们遇见早年传统乡民打扮的一队男子执旗打锣，是前往庙宇祭拜鬼神。隔了"文革"，这场景让我颇感新奇。基督不信了，总还要信点什么，于是佛道又回归了。

　　衡山之行结束了。与满姑道别时，我们都以为还会再度相见。但是世事难料，两年多后我便出国到了澳大利亚。我在国内时忙于完成两件大历史画，湖南的印象一直未能画到画布上。所有资料跟我到了澳大利亚，却又不得不以画像谋生，直到1992年才开始画这批湖南与浙江的怀旧系列。几幅中小型的，一边画一边卖出去了，只有这幅《满姑》，画得慢，到1993年时只完成了主体部分。那时我必须把精力转移到澳大利亚的题材上来，便将它搁置了。这一搁置便再也回不来了。1996年岳父母来悉尼看望我们时才知道，继三伯之后，满姑也已经在一年前过世了。

　　2012年初，我将拖了十六年的父母像《双亲》完成后，便决定也将《满姑》完成。完成的过程很顺。只要沉下心来画进去，效果便出来了。我相信如果十九年前一气完成了，水准一定不如今日。因为从2002年迄今十年间，我三度游历欧美，把维米尔存世的三十多件作品中的三分之二，都仔细观看了。《满姑》这幅画，如前所述，彻头彻尾是来自真实的生活，没有一丝是对维米尔的刻意模仿，它只是巧合了维米尔的名作《窗前读信的女子》。但是维米尔是我景仰的大师，也是我技法体系的来源之一。既然在用光上与维米尔如此的一致，自然我在绘制时可以向维米尔学到许多东西。回想二十世纪八十

《满姑》
（局部）▷
2012

年代在中央美院学习时,我还体会不了那些微妙之处,而今却可以在《满姑》这幅作品里一一实践。

《满姑》在我所有的作品里,是很特别的一幅。一般人会以为我是偶尔涉及一点乡村风情画,殊不知这是我的一位长辈亲属的肖像画。它是二十世纪八十年代中期一位普通中国农妇及其生活环境的真实写照。

1990年我在澳大利亚为生存而努力时,王兰带着才满周岁的女儿曦妮在沈阳的鲁迅美术学院教书,一个人忙不过来。在这节骨眼儿上,刚从高中毕业的改平自告奋勇,来信要来帮忙带孩子。改平生平第一次出远门来到了白雪覆盖的东北。她与曦妮和王兰都相处得很好。一年多后,王兰带了孩子来澳大利亚与我团聚,改平到北京与王兰的父母住了一段后,自作主张便南下广州,加入了农民进城打工的洪流。在后来的岁月里,她打过不同的工,又尝试做生意,做失败了,却遇上了意中人,打电话告诉她的姨妈,也就是王兰,说自己是"商场失意,情场得意"。如今她也有了自己的孩子,一家人其乐融融。

可惜满姑已经听不到她外孙女的故事了。

满姑的大名叫王贞媛,生于1921年,卒于1995年。

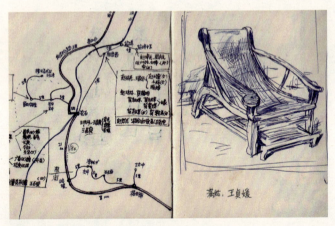

《福田铺地图和躺椅》
1986
圆珠 | 笔纸本 19cm×33cm
画家自藏

双亲

双亲可能是一个画家学徒时期最早的模特儿，但当他真的成为画家时，可能是他最难画得让自己满意的绘画题材。因为他们不是普通的人——对他而言，这是自己生命的来源；又因为他们也是普通的人——对他人而言，他们毫无特别之处。

父母只有我这一个儿子。我还有一个妹妹，她为他们养老送终。在我之前他们也曾生过一个女儿，不到一岁便夭折了。因此我的出生使他们备感喜悦，称我为"宝宝"。但是在他们一生的大部分时间里却不能与我一同生活。在我降生的一年之后，中国发生了翻天覆地的变化。我父亲在上海供职的砖厂关了门。他失业后，到九十公里外的小城嘉兴找到一份会计工作，后来应聘为公务员，在专员公署粮食局继续会计生涯。我三岁时，全家也迁到嘉兴，与二舅一家生活在他新建的房子里。不久我的妹妹降生。给婴儿断奶后，母亲应聘为残废军人速成中学语文教员，到几百里外的诸暨工作了一年多。那所学校一千多学员都是朝鲜战场下来的伤残士兵,连校长都是双目失明的军官。在那段生活里,她加入了共产党。此前一年,父亲也入了党。母亲调回嘉兴后,继续在初中教语文,这成了她终身的职业。接下来有几年时间全家团聚,而且还有亲如一家的二舅全家。七个小孩,包括祖母、保姆等相等数量的大人,热闹的大家庭生活,构成了我童年生活的记忆。

从1959年开始生活有了巨变。舅父被人诬告,他的房子被充公。两家人分别临时租房住。这个案子三年后平反了,但舅舅家元气大伤。1960年,专员公署西迁到湖州,父亲再度独自离家工作。其时三年饥荒已席卷而来。那时,政府机构没有腐败之风,作为粮食局职员的家属,我们一样挨饿。我考入了母亲任教的第四中学。午饭时到母亲办公室里分享一只搪瓷缸里的蒸饭。最糟时仅用一点油炒过的粗盐下饭。食油也是配给有限的珍品。第二年,四中总务科管账的人,一位南下干部,被揭发有贪污行为而被撤职。我母亲早年当过会计,为人正直,被任命代行其职。后来母亲告诉我,这个差使让她备受折磨。每晚"轧账"到深夜,算错了自己贴钱进去。两三年前"大跃进"时四天四夜不能睡觉,批改作业"放卫星"。她因此得了高血压病。带学生下乡劳动时在铁轨上行走,差点儿被火车轧死,方才明白自己的一个耳朵已经失聪,竟至听不到火车汽笛声。她为了回到她喜欢的语文教师岗位上来,便以夫妻团

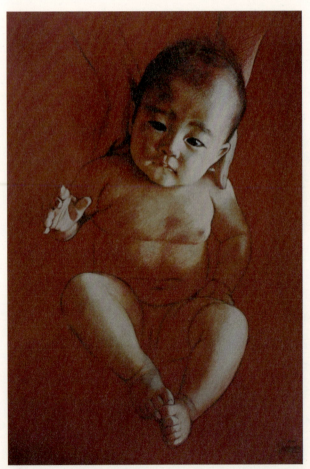

《母亲的双手扶曦妮入浴》
1989
色粉 | 碳铅 | 纸本 65cm×53cm
画家自藏

《母亲》
1969
油画 25cm×19.5cm
画家自藏

《慈母手中线》之一、之二
1974
碳铅｜纸本 18cm×22cm
画家自藏

聚为理由,从嘉兴四中调到了湖州二中。从此我的家便西迁湖州。我舍不得离开一帮同学好友,还有舅舅家的表兄们,便要求留在嘉兴读完初三再去。那年我十二岁,从此离开了自己的父母。过了两年我考取了可寄宿的嘉兴一中,"文革"四年继续留在那所学校,然后便真正远走高飞。先是报名支边,到了离家乡几千里路之外的北大荒工作,后来又到沈阳军区当兵,继而当画家。直到1988年底准备出国留学前,一直生活在沈阳。1988年9月初,我与王兰去北京为岳父庆祝生日,我父亲突然出现了,是工会给了他一张到北京的度假车票。欢聚几日后,我在北京火车站送别他。望着父亲的背影,忽然想起了朱自清的那篇散文。四个月后,母亲与妹妹到北京来送我飞赴澳大利亚。这一别五年,直到1994年方再度会面。

1995年第二次从澳大利亚回家探亲时,我决定为父母画一幅正

《母亲和妹妹在湖州大杂院里的我家厨房门口》
1979
碳铅 | 纸本 22cm × 23cm
画家自藏

式的肖像。其时,我已经开始了自己的肖像画家生涯,正在为一批香港顾客画像。最终我确定的构图是侧面的父亲与正面的母亲。直接的动机是,当我在为父亲画写生时,我母亲正在贪婪地直视她的宝贝儿子。每次我回家探亲,她都会这样看我。第一次我因为懂了一点人生而发现她的这种目光是在1972年,我远赴边疆后第一次回家探亲时。很久的后来,在我自己初为人父之后,才真正明白那种目光中毫无掩饰的关切与挚爱。一个人对于自己的子女,一辈子都会用这种如饥似渴的目光来注视,尤其是相隔几年才有一次为时不长的会面之际。我后来想到,在我决定独自留在嘉兴时,父母表示了多大的理解与宽容。2008年临近圣诞时八十八岁的母亲生命将尽,在屈指可数的日子里,我坐在她病榻边,让她一直看我。在她闭上眼睛时,便拉着她的手,让她安心离去。

我曾是个耽于幻想的孩子,酷爱阅读。父母自小给我的非常有限的零用钱,都被我攒起来买成了书籍。每年寒暑假随母亲回上海探望外婆与叔叔时,我的要求都是去书店买书——当然,主要是苏联儿童文学。记得有一次买到快绝版的盖达尔的《学校》和雷巴柯夫的《短剑》,那种喜悦无法形容。也有一次是买到了查尔斯·金斯莱的《水孩子》,我在舅舅的书柜里读到过这本书的旧版本,买到的新版本里有美丽的插图。当时我十一二岁,非常希望成为水孩子;但读着盖达尔,又想加入红军。有一天,父母心血来潮,把我书箱里的藏书打着算盘核计书价,得两百多元,亦即他们两人两三

▷ 全家的合影
1979年

个月的工资总和,颇为吃惊。他们自己从不买书。

我在五岁时,在幼儿园的墙上应老师要求画了一幅巨大的克里姆林宫钟塔。回家我转述老师与同学的夸奖,大约过于自豪了一点,母亲笑道:"不要骄傲!要谦虚!"当时小娘舅也在旁边,知道了也笑起来。这个教导从此刻入我的脑袋,真的记了近一辈子。

1966年的"文革"动乱开始后,我在头两年里随波逐流,很是出生入死了几回。第一次远离故乡是在那一年年底。写信给父母要了一笔"巨款",大约几十元,与几位互相信赖的同学从被监督劳动的乡村偷跑出来,步行一千五百公里到北京。第二年武斗开始,更是身处险境。现在想来,父母,尤其是母亲,不知她每夜是如何为我担心,她终生都为失眠所苦。父母当时也都备受政治运动的煎熬。母亲记述外婆在上海家门外,常见到有人被拉出来游街,还听说这些人也是党员,便为自己那当了共产党员的一女一儿日夜担忧。我在嘉兴一中眼见邻班的同学斗老师,把他们的头发剃成"阴阳头",也为母亲担忧。后来问她,她说没有被斗。她是语文教研组长与党支部委员,却因人缘很好而逃过一劫。只是有的同事以往得她帮助,

《父母》
1989
色粉 | 碳铅 | 纸本 53cm×69cm
私人收藏

双人像 1989年

达林港夜里没有顾客时画父母

△《天井》
1993
油画 91cm×182cm
香港私人收藏
母亲的姐姐一家在嘉兴的居所

▽《乌镇废门》
1993
油画 112cm×122cm
香港私人收藏
虽然是乌镇的老宅，但与长安老家的宅门差不多

此时却给她贴大字报，让她很伤心。但此事她从未对我说过，是几十年后妹妹告诉我的。

父母都来自一个沪杭铁路边的小镇长安。我的祖父多才多艺，三十岁辞去银行职员工作回家，要发明什么机器，却在两年后因肺病而死。留下未成年的三个孩子，只能早早辍学谋生。姑母去上海做护士，父亲与叔叔都学成了会计。1937年"八一三"日军进攻上海时，我十八岁的父亲正在闸北的一家丝行工作，不巧得了重病。是丝行会计，即他未来的岳父将他背出火海逃生。我的外公后来安家在法租界蒲石路，顶下沪光别墅2号的一、三两层，安置了从长安老家逃难而至的妻子儿女们。日军从乍浦登陆前轰炸海宁全境，盐官镇夷为平地。长安老家的房子中了一颗炸弹，炸塌了一进房子。幸亏母亲与舅舅们都已躲在外面桑树地里，逃过一劫。那房子是租的。房东的一个女儿在逃难中与我二舅相爱订婚，一同跟到上海蒲石路，成了我的二舅母。我的母亲在上海读完中学。她是张爱玲的同龄人，也生于1920年9月、中秋节第二天。所以她的小名叫"月仙"。到了上海要报学名，因为她姐姐，即我的姨母已有学名叫"夏湘云"，是外公从《红楼梦》里借来的大名，于是给母亲取名"夏湘雯"。所以，其实这"湘"字与湖南无关，虽然很多年后她的儿媳妇是祖籍湖南。

母亲后来因家境不宽而从大学肄业，开始当会计谋生。两三年后结婚。她从来没有对我们讲过她的情感经历，就是她自己的回忆本子里，也完全不谈这方面的事。甚至一字未记婚姻的来龙去脉。所以我一直认为她与我父亲的婚姻，并不如我二舅父、二舅母那样浑然天成，多少是长辈的安排。后来，在她留下的唯一一份"思想汇报"底稿里我证实了这个猜测，但她同时评述这个婚姻是美满的。父亲去世多年后，母亲曾向我吐露了她一定是埋藏心底多年的怨言。她说父亲在结婚前许诺她当时唯一的要求：戒烟。但是婚后一直未能践诺，直至七十五岁才在母亲坚持下停止抽烟。

母亲待人温和与通达，在亲戚与同事乃至学生中的口碑都极好。她有两个哥哥，下面还有两个弟弟。大弟弟即我三舅与母亲年岁相近，曾一同开过一个小文具铺来挣学费。三舅在1943年从日占上海逃出，到重庆考入交通大学航空系。他在二十世纪五十年代中期被送去苏联学习汽车制造。回国后成为中国汽车工业的开山元老之一。小娘舅比母亲小十几岁，五岁时得脑膜炎耳聋。他的仅存语言记忆是长安话母语，只有外婆与母亲听得懂。所以他与母亲的亲情极深，一直称她为"好阿姐"。小舅虽有残疾，却聪明绝顶，毕业于颜文樑的苏州美专，后来成了我的启蒙老师。二舅是立信潘序伦的得意门生，与大舅一同被推荐到无锡荣家的工厂任会计师。我二舅母生了五个儿子，每两年一个，最小的与我同年。他们全部称我母亲为"伯"。我姨母的四个孩子，他们也在嘉兴长大，都称我母亲为"寄伯"。我一直不明其意，直至最近从张爱玲的文字里读到她们那代人都讳避用"姨"来称呼亲属。如我称我母亲的姐姐即我的姨母也是叫"妈（第三声）妈"。我母亲的回忆本子也记述了长安人把男性称呼用于女性亲属的习俗。

《租界》
1985
油画 150cm × 150cm
画家自藏

当时，上海中等人家的习惯，保姆们称主人为"老爷"或"少爷"，称我母亲为"少奶奶"。直至嘉兴时期之初，这种称呼也难以改变。这当然会让已成为共产党员的母亲尴尬。在我童年记忆里，她总在纠正她们的称呼。直至找到了合适并一劳永逸的称呼"夏老师"，从此人人都这么叫她。从另一方面来回想，"少奶奶"那种称呼似乎也暗喻了父母亲这类"旧社会"职员背景的共产党员身负的"原罪"。在那个时代，他们差不多每年都要为此用书面或口头检讨来自我羞辱。但在心底里他们保持了从小接受的道德教养。外婆嫁给外公时，外公刚亡故的前妻遗下一个才八个月大的女婴。外婆生了儿子后，一只乳房喂儿子，一只乳房喂继女。她养育的六个儿女，互相扶持，终生和睦相处。我在小学三年级时，母亲送我一本苏联儿童读物《少先队员莫罗佐夫》，里面讲述一个可怕的故事：莫罗佐夫向苏维埃当局告发自己的父亲反对集体化，父亲因此被判刑。莫罗佐夫又因此被自己的祖父母杀害，却成了小英雄。读了这本书我晚上睡不着，听着隔壁父母在讲话，心想如果他们讲的是"反革命"的话，我应该怎么办。一两年后大饥荒袭来，祖母独自叨咕不满的话，我听了害怕，告诉了母亲，却什么事也未发生。

1967年，多年守寡的外婆去世。当时我由于红卫兵的狂热，认为作为"剥削阶级"的长辈，去世了便是，不必去哀悼。但我

▷ 十四岁的母亲

母亲还是急急赶去上海奔丧。她没有一字指责我的少年轻狂，只是用行动示范了什么是人之常情。当时，我叔叔因早年加入过三青团，也被从会计科室赶到铸钢车间去做重体力劳动。母亲也总在这个单身小叔和与他相依为命的老祖母需要时随时赶往上海照料，从无怨言。我九岁那年，大表姐在就读的浙江师范学院被打成"右派"，原因是她与一位同学相爱，同班的团支部书记追她而不得，遂借机报复。她与同被划为"右派"的爱人就此当了二十二年人下人。大表姐唯一可泄心头冤屈的人，便是我的母亲。她俩关了房门，大半天才出来，我们小孩只能听到哭声。那二十二年里，姐姐（我们都这么称呼大表姐）夫妇在自己家族里从未受到歧视。事实上，我家所有的亲属，都有这样那样的政治麻烦，上海的姑母家受到打击最重，1960年姑父被诬判入狱，不到一年便死在江西的劳改农场，遗下四个孩子靠姑母当护士的微薄薪金度日。

父母自己也难以幸免。我父亲的原罪是祖上留下的几间出租房。祖父去世后祖母靠那一点儿房租度日。后来她在一次填表时用了长子的名字来填写房主姓名，此事被人揭发。一个共产党员而有"剥削行为"，在当时是一个不小的罪名。父亲申辩之后，这罪名一度撤销，但一有政治运动便又被翻出来，让他烦恼不堪。在"文革"中，他一度失去干部资格，彻底将户口迁往农村当农民。有两年里我家四人分居四地：我在边疆"屯垦戍边"，我妹妹在城郊一个公社当农民，我父亲也在公社当农民，我母亲一个人留在湖州城里教书。

父亲后来又"落实政策"迁回湖州，到当地钢铁厂当会计主任。在那里又遇到最后一个大难，由于他坚持会计原则，拒绝一位厂领导报销私人旅费，从而招来报复。不过报复另有冠冕堂皇的名义。当时恰逢"四人帮"倒台。我的《为我们伟大祖国站岗》曾因江青的称赞而被大量印刷发行，我父亲把这印刷品贴在办公桌边墙上并以此为荣。于是，他的罪名是"歌颂'四人帮'"。他被工厂私设的牢房关了一年。我身为解放军军人回家探亲亦不得见。一年后，政治形势大变，他才恢复了自由。

父母亲退休后的生活很安宁。父亲的会计业务很受好评，又被聘当了多年顾问。回家赋闲后他学会了做菜。每次我回去探视，他必定亲手烹制火腿炖蹄膀来招待我，这是我与他共同的嗜好。他去世后，我妹妹在我回家探视时继续用这道菜招待我。1984年父母曾来北方探视我，一同下厨为我们做一锅霉干菜炖肉，但因不熟悉那里的厨房，烧煳了。他们当时的懊恼让我至今还难以忘却。那次，我们一同参观故宫时，父亲失手把我相机的闪光灯落在了地上，那时他的歉意更让我心痛至今。那个闪光灯在那时是我的重要财产，其实只值几十元，而且并未摔坏。

他们一生都节俭度日，以至于我小时一直以为我家的家境是中偏上的，其实全靠了母亲的小心持家。幼时跟母亲到菜市场，见到母亲与菜贩讨价还价时，会本能地把手中钱包往身边靠紧，好像对方要抢她钱一般。这个夸张的动作总让我有点好笑。但母亲在生活中对亲友同事又总是乐于解囊相助的。这种美德被我妹妹完全继承下来。后来我从母亲的回忆本子里读到，外婆就是那样节俭持家而又慷慨助人的。

1995年，我为父母的肖像准备了全部素材，包括头部的写生以及一批照片。但当时我还在经济方面的挣扎阶段，没有时间可以来绘制它。1997年，我正在邀请他们到澳大利亚小住时，亚洲经济危机发生，我的香港肖像订件全部取消，经济陷入困境，只好请他们缓行。不料，随即我母亲跌坏了髋骨，又有了小中风，从此不复再有机会来澳。我听妹妹说父亲在被邀当时，曾为能到澳大利亚观光而非常兴奋。但在变故之后，我回家探亲，他们绝口不提自己的失望。

▷ 父母最开心的日子，湖州 1998年

《双亲》▷
2012
油画 122cm×153cm
画家自藏

2000年夏,我应邀回国为军事博物馆作画,忽接妹妹电话,告以父亲得了肺癌,即回湖州探视,与父亲在医院共度两周,即因绘事未终而返京,旋又返澳。次年春父亲即过世了。母亲那一年瘦得不成样子。双亲共度一辈子,虽不是那种情侣型的夫妻,却是相尊相爱从无口角的一对。父亲走后,母亲说:"都说老伴老伴,可是老来无伴了。"妹妹夫妇把母亲接回家里照料,她开始康复,但再未能行走自如。母亲年轻时疾步如风,她快行的习惯传给了我,又传给了我女儿。母亲生命最后十年却不良于行。而最让她伤心的是,在她退休之后,原来的学校自设制度,她的档案被移交给民政局。从此,她被后来的官僚们彻底忘却,任何与她的教师生涯相关的荣誉活动均与她无关,直至2008年底她默默无闻地去世。她任教数十年,桃李满天下。至今,我仍能遇到不少中年人,告诉我,他或是她曾是夏老师的学生。她的学生都喜欢她。

《父亲》《母亲》
1994
色粉 | 碳铅 | 纸本 39cm×23cm
私人收藏

《父亲》《母亲》
1995
色粉 | 碳铅 | 纸本 38cm×27cm
画家自藏

按父母生前与我们达成的共识,我和妹妹将他们的骨灰撒入大海。

母亲去后,我忽然意识到曾有一个人无休止地关注我的成就,时时刻刻在想念我,永远在想着给予我,而不要我回报任何。而今这个人离开了世界,再也不在了。想到幼年时,她在小煤油炉上为我煮牛奶,用热毛巾擦掉我耳朵上的污垢,甚至想到在我做错什么事而她生气拧我的后脖颈,叫作"吃鹅头颈"。从我六岁第一次为自己声辩并非我错,不该受罚那天开始,她再也不体罚我了。在她八十多岁时,我重提这"吃鹅头颈"的旧事时,她却彻底忘却,拒绝承认发生过这种事情。

我于是明白,要从这种伤感里解脱自己,必须完成这幅画了有十六年的《双亲》。

在最后的阶段,我在背景墙上画了他们在1946年4月22日的结婚照。出于巧合,三十六年后我与王兰也是在这一日成婚。当时我还不知道他们的结婚日子。

他们结婚那会儿,母亲在上海常熟路一家照相馆里当会计,因此她的同事用135相机拍摄了全部婚礼场景以及多张正式合影。我小时候常翻阅那本相册。但是在1966年的"浩劫"中,他们自己烧毁了全部结婚照片,以免被红卫兵们发现滋事。可惜,当时我在嘉兴,不然一定会制止他们,虽然我也是一个红卫兵。

三年前,我在姑母家的一位表兄那里发现了这帧久违的父母结婚照片,立即翻拍下来。

画中的父母亲在1995年是七十六岁与七十五岁。我在画完这幅画时自己是六十三岁。画毕之后,左眼视网膜出现裂孔,从此视物有了些障碍。我也步入老年了。

我一直未提父亲的姓名。他叫沈永饴——永远甜。

▷ 父母的结婚照
1946年4月22日

我的启蒙老师

在我的画家履历上，三十四岁以前没有科班训练，只有"自学成才"。但是没有受过正规学习不等于没有老师。凡是曾给予我一次指教的，我都尊其为师，不仅仅是前辈，也包括一同学画的同辈。

不过启蒙老师只有一个。就启蒙的本来意义而言，他不一定要教我技巧，而只是把我从蒙昧状态带入光明前景。

我很幸运，这个老师是我母亲的小弟弟，我的小娘舅。他叫夏治浪。

我虽然出生在上海，但是三岁那年全家就迁到浙江嘉兴。嘉兴在那个时候只是一座小县城，在二十世纪六十年代甚至降格为"镇"。我说的幸运，便是指在我幼年到少年阶段，在嘉兴根本没有"少年宫"这一类现代玩意儿，如果不是因为我有一个专门学画的小娘舅，我与美术尤其油画，是完全绝缘的。直到1966年"大串联"运动搅动了全中国之前，中国城镇居民的大多数，过的是闭塞的生活。在那一年之前，我只随大人去过一次省会杭州。上海是隔一两年要去一次的，因为外婆、祖母都在上海。每次去上海，我都会兴奋得一夜睡不着。嘉兴到上海，那时要坐两三个小时火车。车过松江，就闻到大都会的气息了。直到在外婆家喝到一杯氯气味浓浓的茶水，才知道不是做梦。因此在我前半生里，加氯气的水代表了都市文明。我一直爱喝它。

去上海最大的兴奋点，是可以见到小娘舅。

外婆生了四男二女。几个孩子长大成人，先后离家。陪伴孀居的外婆的，就只剩了小娘舅。

在我对人生最早的记忆里，就一直有一只小板凳伴着我。这是明确属于我的私有财产。它非同寻常，上面用油漆画了一辆小汽车。这是小娘舅特意画了送给我的。大人说，小娘舅在苏州美专学画。因此在我根本不懂"苏州美专"是什么意思时，就记住了这个名称。记忆里还有在上海小娘舅的房间里看到一幅很大的油画，画的是列宁和斯大林，据说是他的毕业创作。这幅画我只见过一次。如果真是毕业作品的话，那么是在1953年，那一年我五岁。因此可以说我从那时就喜欢上了油画，而且知道了它是如何画出来的。汽车凳则让我自幼爱看古董汽车，为我五十岁以后画出汽车系列油画《轮上的世纪》播下了第一颗种子。

大约也在这一年或下一年，我在嘉兴第一幼儿园里得到老师的鼓励，凭看图片的记忆，在墙上一张大纸上画出了克里姆林宫的斯巴斯克塔楼。回家后我很兴奋地告诉妈妈，同班小朋友都叫我"画图大将"。当时小娘舅正好来嘉兴看望我们。他听母亲解说后笑了，用我听不懂的话语说了一句什么，妈妈翻译说：他要我不要骄傲。

小娘舅是聋哑人。

五岁那年他得了脑膜炎，病愈后失去了听力。其实并不哑，但是听不见便无法学习语言。因此他只会讲失聪前学会的母语海宁长安话。除了外婆之外，只有与他最亲近的姐姐，即我母亲能够听懂

◁ 小娘舅 1942年

◁ 姐弟 1938年

他的话。我母亲长他十四岁，在他十六岁之前居住在一起，所以，非常知道他表达什么。他们之间的交流也很有意思。母亲根本不会手语，所以，弟弟是连说话带比画，姐姐就用口型、比画来表达自己的意思，好像永远可以达到瞬间领会的地步。

小娘舅从苏州美专毕业之后，分配到了上海科学教育电影制片厂，担任特技美工。他在那里工作了整整四十年，直至退休。他在2013年12月4日去世之后，单位派员到追悼会上致辞，一千多字的评价全无虚饰之词，评述了他的工作成就与为人品格，最后引述同事们的评价："一位最善解人意的人。"

我注意到悼词全文完全没有提及他是一个聋哑人。而其中描述工作能力与同事人际关系，无一不需健全人的听说交流技能。他以一个聋哑人的先天弱势，做到健全人的最好，背后既有他超常的天分，也有他非凡的努力。我常常想，造物主剥夺了他的听力，补偿给他加倍的脑力。远离嘈杂的世界，利于他潜心研究。虽然他和小舅妈不藏书，但手不释卷。他还自学俄文和英文。当然，生活在上海大都市也是他和小舅妈的幸运，那里的文明程度最适合聋哑人生存。

小娘舅自从做了特技美工之后，便不画画了。至少我没有见他画过。唯一的例外是为了筹措结婚费用，承接了出版社的一套连环画。画的故事改编自苏联作家波列伏依的一个短篇，内容讲第二次世界大战期间大后方的一位苏联老工人与为他做助手的一位德国战俘间的情感互动。连环画出版后，所有亲友人手一册。可惜历经"文革"，连他自己都没有了。

等到二十年后我也要为结婚筹措费用时，就用上了我从他那里偷来的一招：利用电影剧照画连环画。说偷来，是因为当时我见过他桌上一本苏联电影连环画，有一个人物的脸上他加上了一撮胡子，就成了自己连环画里的人物。

小娘舅的结婚，是我们家族里的一件大事，至少在我的童年记忆里是如此。

一个"哑子娘舅"——亲戚们说,很难找到对象。但是小娘舅有极好的运气。就在同一个城市里,有一个女孩子长到九岁时,得了与他一样的病和一样的后遗症。她比他小六岁,同样学了美术。在上海第一印染厂担任花布设计师。

我不知道他们是自己认识的还是由人们介绍的。我只知道,就是全上海市几百万人重新排列组合,这两个人还是一对。人们管此叫作"天造地设"。

小娘舅带着新娘子到嘉兴来做客了。我们和二舅两家人一共有六个男孩一个女孩,再加上姨母家的就快十个了。我们全都惊艳新娘子的美貌!她不仅长得漂亮,而且性格开朗得像阳光普照的日子。小舅妈一下子俘虏了我们全部孩子的心。她在失聪之前已经是小学生,所以她可以用她自己听不到的声音用上海话与我们沟通。

我要公正地补充,小娘舅也是一表人才。他高个子,国字脸,略瘦,后来上年纪了也不发胖。高额头上浓密的头发,近视眼镜片后是聪慧无比的目光。最好看的是嘴部,我画了大半辈子肖像,深知嘴部的要紧。他极具幽默感,折射出内心深处的平和。总而言之,这两个人不可以用"郎才女貌"来形容,两人都是才貌双全的角色。

那一年小娘舅二十五岁,小舅妈才十九岁,我十一岁,1959年。

外婆是八年后去世的。老宅只剩下了小娘舅一家。他们在那几年里生了两个男孩,一个比一个英俊,懂事后便当上了父母的传声筒。老宅是在长乐路的沪光别墅,法租界典型的弄堂楼房,每栋四五个门,每个门进去有三层,每隔半层是厨房洗手间。楼房落成时外公便顶

▷ 1952年夏天的大合影。这群孩子包括了嘉兴大姨母家、嘉兴二舅家、我家和来访的无锡大舅家的几乎全部子女,唯一的长辈是十八岁出头的小娘舅,手抱我的不足一岁的小妹加莘,加莘下面是我

下了 2 号门的三层。后来中间一层分租给了别人，小娘舅的家只剩了三楼的三分之二。所幸朝北的房间一直没有失去。我来到这世界上，从华山医院抱回后，就在那个房间度过了生命的头三年。

外婆去世后，去上海仍是住在小娘舅家。那里是夏家的大本营。其他的舅舅，回上海也去那儿。光是嘉兴的三家，就会不时地光顾。没有床了就搭地铺。小娘舅小舅妈从无怨言。现在回想，实在给他们带来了极大的麻烦。

我每次与小娘舅见面，都是笔谈。见面握手后就对坐下来拿出纸笔。他与我书写都很快。我们写完一张纸，小舅妈就拿去看，然后发表她的见解。这种笔谈，几十年里已不计其数，可惜都没有留存下来。

我说过，启蒙老师不必要教我技法。对我而言，尤其是童年的我，他本身就是一束光，射进我的心房。

1956 年左右，三舅从莫斯科学成归来，为每一家都带来一些小礼物。嘉兴的三家，就由小娘舅送过来。当时我八岁。上海来的客人，多半会坐夜车，凌晨抵达后睡下。所以凡是这样的客人来了，我们小孩都眼巴巴地看早起的大人轻声细语，自己也不敢乱跳乱跑，只等客人起床出来。

三娘舅给我的，对于我而言是大礼物了。它们是一枚苏联少先队的徽章，一块粗粗的橡皮和一支可以画出褐色的铅笔。

这些礼物伴了我很久。我还可以分享表哥们共有的一本厚书，是大开本的精装儿童读物。里面有我崇拜的作家盖达尔的小说章节。可惜不会俄文。只会看图。

三娘舅给小娘舅的礼物，是后来我去上海时看到的。那是一本精装大画册，大概是德累斯顿美术馆藏画。记忆中都是文艺复兴以来的名画。我看到时还在读中学，老实说看不懂。那时的我真的一

《1958》
2010
色粉｜碳铅｜纸本 39cm×23cm
油画 102cm×71cm
私人收藏
此画是我和小妹的自画像，追忆了住在嘉兴舅母家的岁月

嘉兴二舅家，左起，后排：小娘舅、二舅、大哥、二哥，中排：小舅母、二舅母、芸屏姐姐，前排：三哥、五哥、我、小妹
1959 年

无所知。

那本画册我只见过一次。以后问起，小娘舅说在"破四旧"时上交了。

直到 1969 年，我二十一岁时，有三个月机会可以进入浙江美院的图书馆看画册，那时，我的关注仍局限在苏俄绘画里，还没有延伸到西欧美术。

我从小知道我长大了要当画家，但是在嘉兴没有可能受到规范的训练。初中时尚有美术课，任教的是浙江美院毕业的丁济生老师。他鼓励我们画石膏，但是一个暑假过去了，我也没有画一笔，没有兴趣。现在回想，真是辜负了丁老师的期望。我有一次去上海，小娘舅要上班，给我纸和铅笔，让我写生一双手的石膏模型。他回来后见到我的作业极为失望，发现我根本不知道如何画素描。

近读《丁丁历险记》之父、漫画家埃尔热的访谈录，他回忆自己幼时听课时手总在书本上涂画，老师以为他走神未听课，考问之后发现他并未影响听课。他如此痴迷于画"小人"，但真的被父母送去画石膏柱子时，他逃走了。他直接成了连环画家。

我非常相信他说的是实话，因为我也几乎从来没有经历过从石膏到静物的训练。我也是从小手不停地乱涂乱画画出来的，甚至老师以为我没有认真听课的情节也是一模一样。

小娘舅有三册早年学美术的练习本，每一本都用软铅笔非常有秩序地描绘各种动物与欧洲景物。那种画法十分严谨，但是与我长大后见到的苏式素描方法迥异。这三册习作后来赠给了我。其中无意间存了一个秘密，直到他去世后才破解。

1965 年我开始读高三，准备毕业了报考美术学院。小娘舅将他全套油画工具送给了我，包括一个可折叠的轻便画架，一只小画箱，内有他早年用剩的油画颜料。我记忆最深的是其中有一支透明无色的颜料。多年后才知道那是罩染时使用的。另外还有一本商务印书馆在 1917 年出版的透视学。我在暑假里把透视学弄懂了，后来一直使用而未曾忘却。1974年画的《为我们伟大祖国站岗》，画家（观者）的视角是无法写生或者拍照的。有深究者问之，我开玩笑说是坐了直升机拍的照片。其实，就是用绳子拉透视线弄出来的。这方面小娘舅自己一定玩得更得心应手，因为他拍了不少得奖科教片，如《南京长江大桥基础施工》《地壳运动》《高空气球》，等等，都离不开透视学科。

我得到油画箱之后，初试油画颜料，立即认定它比水彩画容易掌握。当时指导的入门书只有艾中信的《怎样画油画》和苏联温涅尔的"材料使用"小册子。我没有耐心去画静物与风景，立即用这些颜料画了一幅创作构图：《谈心》。画的是两位同学在交谈政治话题。当时在1965年年底，"文革"风暴正在逼近。两年以后，"红海洋"狂热席卷全国，各单位争相绘制毛主席巨幅画像，为此本来买不起一元钱一支油画颜料的美术小学徒们，个个得到机会一显身手，攒下剩余的颜料画习作，油画从此在全中国普及。我不再满足于小娘舅赠送的小画箱，自己制作了带三条腿的大画箱。我的画家生涯就此开始。美术学院上不成，画家还是当成了。

回想起来，我的学画之路与小娘舅的学画之路截然不同。原因就在时代大变。老上海学欧，新中国崇苏。"文革"伊始，我成了"极左"的红卫兵，居然把画架视为不革命的象征，画大画时钉两根木条支撑。

1974年秋天，我的《为我们伟大祖国站岗》入选全国美展后，我利用一个月的探亲假，先在北京中国美术馆看了美展，再到上海去拜望小娘舅。小娘舅见我学画有了成绩，比我母亲还高兴。他带我去上海科学教育电影制片厂，把我介绍给他的同事们，其中有严颐和申世原两人，很热情地带我去陈逸飞家。这是我结识逸飞的开始。

当时，我把创作《为我们伟大祖国站岗》半年里画的构图稿与速写素材等贴了一个八开的大本子，有好几十页，并注上了札记式文字。这一大本东西小娘舅留了些日子，拿去给美影厂的美工师韩尚义看了。他是我知道名字的艺术评论家。等我回到兵团后，见到

◁ 伟坚结婚，左起，前排：三舅母、三舅、小娘舅、小舅母，后排：大媳妇纯虹、大儿子伟民、二儿子伟坚、新娘子　1997年

了《文汇报》上发表的《为我们伟大祖国站岗》一画及韩尚义的画评《钢铁边防新意浓》。虽然《文汇报》发表此画已在江青表扬它之后，但是韩尚义文章应该在此前已经写了，因为他在浏览了我的剪贴本时已经对我表示了由衷的称赞。

唯一一见面就对我的画提出批评意见的是小娘舅。他一见我的这幅画的图片，就用手势比画，认为透视有问题，江面显得不是平的，而是有些卷上来。我们用纸笔讨论了此事。我认为透视本身没有问题，而是画面的视域大于正常的视域。好似一眼看不到的上端与下端都进入了画面。他并不同意我，一直坚持是有问题的。

《为我们伟大祖国站岗》历经沧桑，最终在 2009 年由嘉德拍卖。很幸运被上海的收藏家王薇买去。2012 年底王薇与她丈夫创办的龙美术馆揭幕，我在澳大利亚，没有出席。本打算一旦回沪，一定请小娘舅夫妇去看看此画——他们从未见过原作。但是仅过了一年，未等我回去，小娘舅便去世了。

妹妹打电话告诉我这个不幸的消息时，我正在忙于绘制巨幅历史人像组合《兄弟阋于墙》的第二部分《救亡》。当时已在八块画布上起毕线稿，共计有一百三十个左右的人物，并且上了底色，开始画油画。那天晚上，我忽然想到有一组人物应该加入进去，就是埃尔热和他的中国好朋友张充仁以及《蓝莲花》里的主角丁丁与小张。《蓝莲花》是《丁丁历险记》里唯一描绘了二十世纪三十年代中国，而且抨击嘲弄了日本侵华军人的作品。张充仁当时在布鲁塞尔皇家美术学院留学，帮助埃尔热画出了这套有地道中国背景的不朽之作。后来张充仁学成回国，在上海开设了"张充仁画室"。未几，淞沪抗战爆发，三年后比利时被德国占领，两位朋友失去了联系。1949年后，张充仁的姓名改用汉语拼音，更是等于改名换姓，因此直到1978 年埃尔热才找到了张充仁。

我的女儿在长大的过程里，与丁丁交上了好朋友。我们全家都成了"丁丁"迷。因此也知道了著名画家张充仁与丁丁的这段缘分。

但是我在结构《救亡》时竟然没有想到应该将丁丁也放进去。

次日一早,我立即到画室里检视全画,最终找到一个最佳位置:就把这对异国兄弟画在日本将军土肥原贤二的上方,埃尔热手持一页丁丁,上面正好画着暴跳如雷的日本将军,一样的服饰、一样的小胡子。

我立即将张充仁和埃尔热两人画上。

几天后,妹妹来电话说,小娘舅葬礼上,原上海科学教育电影制片厂,现上海广播电视台的悼词里提到小娘舅在考入苏州美专之前,曾经在一个什么画室学习过。我请她将悼词传送给我。

见到悼词后,证实了小娘舅是在张充仁画室学习过,从十五岁到十六岁。

我翻查日记,想到将张充仁入画的那夜,确是小娘舅去世当晚。而那时我根本不知道他们之间的师生关系。

冥冥之中——就是这四个字:冥冥之中。

我想起那三本素描练习本,那个谜解开了,原来那必定是在张充仁画室学习时留下的。它展现了来自比利时画派的素描训练方法。可惜来不及向小娘舅本人求证了。

1982年秋我终于结束了自学的漫长旅途,考入了中央美术学院油画系第一届研修班。开学第一天,班主任李天祥老师对我们说:"从今以后,你们便是科班出身了。"

油画系对我们这批已经硕果累累的回炉画家十分体恤,了解我们对名师的渴求之后,决定让大部分油画系教授轮流来教我们这个班。有几周,是我仰慕已久的罗尔纯老师教我们。他是唯一一看出我实在不懂如何画素描作业的老师,因此直接在我的素描人体上,把我画得不好的一个膝盖擦去,用非常柔和的色调画了一遍给我示范。有一次闲聊,说起他是苏州美专毕业的。我说,我小娘舅也是从那里毕业的。他问,他叫什么名字,然后说:他是我的同班同学,人很好。

……………

△ 2007年底,我全家探望小娘舅夫妇

△ 2007年底,与女儿在我的出生地长乐路613弄沪光别墅2号门口弄堂里留影

△ 2010年

《救亡》
（局部）
埃尔热和张充仁

王兰的天地

王兰有自己的天地。她不愿意承认与我合作了连环画《西安事变》，尽管她曾用一个暑假独自西行为画《西安事变》搜集了大量素材。那会儿她还是沈阳鲁迅美术学院版画系二年级的学生。中国的大门就在那一年向外打开了。美术学子们被各种印刷精美的画册所展示的世界弄得眼花缭乱。学业进程的航标急剧地转换着：从柯勒惠支一直转到毕加索，接着又从非洲木雕转回到陕北剪纸。他们幡然醒悟到：原来"重要的不是画什么，而是怎么画"！对于学画伊始便在被圈定好的题材范围内，由被决定好的主题领着兜圈子的他们来说，这个叛逆的认识召唤来一场席卷画坛的革命。而王兰与她的同学们一样从这一认识开始了新的追求。人们也由此开始谈论起这一代人与中老年同行的"代沟"。这种谈论似乎仅仅是昨天的事，新的一代又从所谓"85美术运动"中崛起了。似乎要证明"否定之否定"三段式的权威性，今日的画坛宠儿们高举起"观念艺术"的大旗，画

《王兰》
1975
油画 | 纸本 55cm × 39cm
画家自藏

出了一条新的"代沟"。看来这一次王兰的艺术是在沟的另一边。相对于"观念艺术",我想她的创作可称是"情感艺术"吧。从作品面貌看,较接近于稚拙派艺术。但无论如何,"否定之否定"的过程同样体现在她的身上。今天的她已经认识到"画什么"与"怎么画"同样重要了,只不过这个"画什么"不再是由别人来指定,而纯粹出于个人的选择。这二者互相制约而又互相激发着,使得题材选择同造型风格紧紧地纠缠着构成一个艺术家的个人世界。这种认识标志着王兰在走向成熟。但她不认为已经有了自己的"世界",因为在艺术史上,这个词首先意味着一种不与前人重复的独特风格,而她距此还差十万八千里。于是我以"天地"来形容她这个尚处于胚胎的个人世界。

王兰的天地与我的天地绝然不同。如果说我喜欢画地狱,那么显然她是专画天堂的。她笔下出现的多是大自然中无忧无虑的生灵:草木田园、鱼虫鸟兽。即便是人,也都与自然融为一体,傻气得可爱。造型无论多怪,也总在眉眼中透出几分善意来。总之世界上的一切邪恶都与她的天地无缘。在她的天地里周游一遭,你便会想象作者在顺境里长大,不知忧愁为何物。的确,艺术与它创造者的关系很复杂。有的人处境凄惶,作品便也透出几丝悲凉;有的则正相反,王兰便是。她是借着艺术的表现,来补偿自己在现实中不能得到满足的愿望。艺术是她进行心理自我调解的机制。同时她还认为,艺术也是让人们善良起来的一种方式,而歌颂自然与人的和谐的田园诗,显然比说教更能感化人。对于现实世界中的恶,王兰感受得太深。

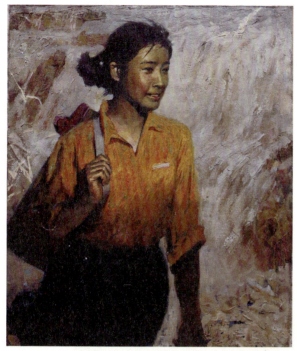

《鲁美学生王兰》
1978
油画 79cm×61cm
画家自藏

《我的朋友们》
1980
油画 153cm×51cm
画家自藏

她自幼家处逆境，十六岁到北大荒兵团当了九年农工，因为家庭出身而受过许多侮辱及打击。经历使她疾恶如仇。但倘说她艺术中的天地与她身处的世界绝然不同，则她艺术中的天地与她内心的世界是浑然合一的。她是个天生的和平歌手，因为她心底里充满了善，这我清楚。她甚至用一种极端的态度厌恶战乱，充满纷争的人世也使她厌烦，所以她更愿与草木生灵为伴。说来，她原也同大自然更近一些，九年农工生活养成了她对天、地、生灵的热爱。这种热爱甚至也许来自遗传：她父系的全部亲属世代都是农民。她与生灵们彼此间的和谐与默契常使我吃惊：三只非她豢养、打得不可开交的猫，一见她来竟会抱

▷ 此猫名叫大毛毛

◁ 兵团战士王兰16岁

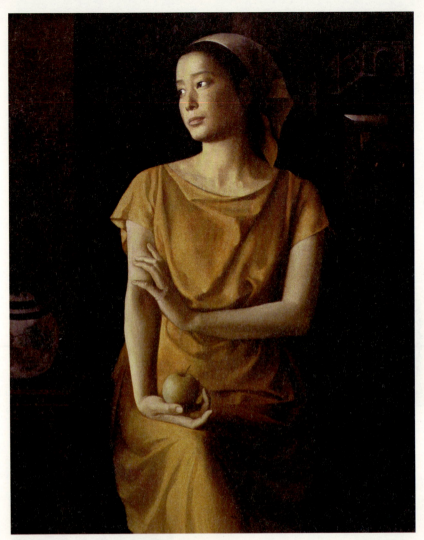

《青苹果》
1986
油画 100cm×81cm
美国私人收藏

成一团睡在她腿上；一只作家虚构的狗、比姆的冤死，会招致她伤心彻骨地痛哭；看见有人锯树，便好似锯她的骨头；看见有人打鸟，便恨不得把炮仗扔到他头上。由此可知道，在她画中出现的每一棵草木，每一只甲虫、蜥蜴身上，倾注了她多少的爱心，以至于会违背艺术关于宜藏不宜露的法则而径直在画中刻上"爱鸟"二字。这么看来，支撑起她这个天地的第一根支柱是：童心。

◁ 1980年在沈阳
▷ 1981年在绍兴写生

九年的农工生活也养成了她勤奋苦学的好习惯。这可说是构筑她天地的第二根支柱：踏实。她擅长于实干，拿起斧子、刀凿，可以对一块顽木敲打一个整天以至一个月。这是一种普通体力劳动者的基本素质，同时也是艺术家必备的素质。因为艺术劳动便是一种手工劳作，一秒钟的灵感要用一个月甚至更长久的单调劳动来变成实体，并没有外界所想象的洒脱。在做学问上，她最忌讳半瓶水晃荡。也许是她那一代人的共同特征，也许是她自己的特点：与饱读中西哲学、美学经典的新起一代不同，王兰崇尚艺术实践而鄙薄玄学清谈，工于形象探索而疏于理性思辨。这是她的不足，也是她的长处——要看就什么而言。但这并不意味着她忽视书本。例如她读赫伯特·里德的著作入迷，《现代雕塑史》中国尚无版本，便整本地复印回来研读。但她似乎只关心与艺术创造直接有关的那部分理论。用她自己的话说："离开了创作实践，那些抽象的、五花八门的概念多么容易使人头昏脑涨啊！"说到底，画家只需以画来表达自己的一切思想，所以对于一心只想创造作品的她来说，这种爱好的限制反而是幸事，因为可以使她集中全部的精力去研究造型艺术这门没有底的学问，而不必脚踩两只船。她在造型艺术方面的研究心得，也从来都是默默地用到自己的作品中去。我从未听到她夸夸其谈过什么。

　　踏实之外，第三根支柱是悟性，这也是艺术家的基本素质。踏实靠后天磨炼可得，悟性却全赖天赋，这是无须回避的事实。一个造型，何以"增之一分则太长，减之一分则太短"，其微妙处全凭悟性而无以言传。悟性与踏实陪伴她度过学习生涯。自1974年回家探亲时，由中央工艺美院的李学淮老师开蒙学素描，到次年由北大荒版画家郝伯义老师领进版画之门，再入鲁迅美术学院版画系师从李福来老师开始科班训练，到毕业于全显光老师的工作室，直至师从路坦等老师读研究生，她前行的脚印清晰可辨，为成为一个艺术家打下了基础。每一位老师都为培养她付出了心力，她亦以寸草之心拳拳相报。俗话说："师父领进门，修行靠自身。"王兰的修行

《王兰》
1989
色粉 | 碳铅 | 纸本 77cm×53cm
画家自藏

办法，是盯住两种大师：一种是知名的大师，远的不说了，如最喜欢的有毕加索、莱热、夏加尔、摩尔等；另一种是不知名的大师，就是中国民间艺术、非洲和美洲原始艺术以及世界儿童艺术的创造者们。她读画很用心，既看，也临。体会到了，便融入创作。造型是诸多造型艺术语言及手段中最主要与起决定作用的。每位大师的艺术风格，最终都体现在他们独特的造型之中。譬如把毕加索的作品去掉色彩、黑白，只留下造型，我们仍可一眼认出这是他的作品。我看王兰最下功夫，也最收成效的正是造型。我虽不能说她已经锻造成自己独特的造型，但她确实已开始在作品中的造型上打下自己的印记。尽管人们尚可辨出其大部分造型脱胎于何处，至少她已经在前人不曾系统涉及的一些题材领域内初步形成自己的造型，如鸟的造型。

　　构成王兰天地的材质是多样的。有几年她涉足于木雕及陶艺，后又从驰骋多年的黑白世界进入色彩世界摸索。这些领域于她都是陌生、新鲜而神秘的，因此强烈地吸引着她。我们不必把她的学步之作看得过高，但其中确实也有一些好东西在闪光。这多赖于她在造型上的进步。其中木雕为最好。从刻木刻而发展到打木雕，似乎也顺理成章。同时也是受了同代人曹力的影响。由于有着生活的丰厚积累与造型上的修养，她善于从一块块不同形状的木头上"看出"一个造型，然后动手打掉很少的多余部分。有时这种渗透主观意念、富于现代趣味的造型，同木块的天然形体结合得如此的好令我叫绝。如"簪花仕女"的耳环，人们难以想象它原来竟恰好是一个节疤环，环内是尘封的烂木，现在变成一朵花。她的全部陶塑作品只是在短短二十多天内做成，其中几个人脸为最好，尤其是那张大绿脸，怪异中几分傻气、一丝悲哀，有她师承原始艺术的踪迹，又分明是她内心的外化。

　　王婆的丈夫来替她卖瓜，难免妇唱夫随。不过，对瓜的来历比别人清楚些，种瓜的诀窍也旁听了不少。同行们若有兴趣一读，便是最好。

王兰的世界

　　　　　　　　　　　王婆的丈夫又来替她卖瓜了。距上一次吆喝，一晃已过去了二十二年。二十二年绝不是一个短时期，足够一个婴儿长大成人。事实上，我们的女儿已长大成人。对于一个画家来说，这么长久的实践，其作品足以建构起只属于其个人的世界。由于不能摆脱妇唱夫随之嫌，我仍要遵循上一回吆喝的原则，只是就我所知介绍"瓜的来历"与"种瓜的诀窍"，至于瓜们的甜否与口感，则应三缄吾口。

　　二十二年前，1987年，王兰刚开始她研究生的阶段。鲁迅美术学院版画系要创建丝网专业，她作为丝网版画研究生，实际上是为学院建立起一个初具基本设施的工作室。除此之外，她实在心不在焉。她的导师路坦，被"文革"摧毁了健康，才五十出头，此时却正步向生命终点。路坦非常欣赏王兰的才华，并不在乎她用什么方式去表达。这一老一少，一个出不了家门，整天只用一根火柴烧完两包香烟，另一个也总是在家里画她的画。空置的专用教室被鸠占鹊巢，成了我完成大画《红星照耀中国》的乐园。王兰当时迷恋于木雕，以至于雕塑系请她客串为雕塑学生教素描。1988年，有半年光景，王兰完成了可能是她一生中最巨型的作品，为大连青年宫设计并制作了二十三米长、三米高的木雕壁饰《我们的太阳》。有个把月，她从街上请来了五位江南小木匠，跟着她打几百件木雕。这件作品为她赢得了第七届全国美展的银牌。去大连安装这件作品时中途翻车，折我一肋，一两周后她怀上了我们的女儿曦妮。为此有一年她未敢碰做丝网的化学药品。因此我想她的硕士学位大约来自与丝网八竿子打不着的木雕与壁画。我只能猜想，是因为在她同时得到学位与女儿时，我已远走天涯海角，在悉尼开始了新的生活。

王兰比我晚三年才带了女儿踏足异乡。这三年里，她从木雕与丝网重返画桌。王兰醉心于中国古代版画插图的两大册选集，从中获得不少灵感。王兰的美学趣味追求非常明确：宁拙勿巧，宁丑勿美，宁涩勿甜。

这种古典题材加上原有的乡土题材，共产生出几十幅色彩鲜艳无比的小画来。这批画，由于用记号笔画在玻璃卡纸上，见光色褪，而遭到压箱底的命运。但每每看见，总叫人眼睛一亮。

王兰是带了这样一批作品来到澳大利亚的。其中还包括两件大幅的布上绘画：一套从韩滉《五牛图》变化过来的现代版《五牛图》（明显可见毕加索的影子），一幅彻底中国民间造型化了的（诺亚）《方舟》。

《我们的太阳》
1991
油画 112cm × 112cm
画家自藏

王兰抵澳之前，我携了她的部分作品在悉尼派亭顿区为她找代理画廊。大约找了十家均被谢绝，让我真正失望至极。但出现了第十一家，考文垂画廊欢迎她加入。考文垂先生当时已在轮椅上不能起立。他的形象不止一次出现在阿基鲍尔肖像奖展览上，有一次为其作者挣得那个如雷贯耳的大奖。他本人早已是悉尼艺术界的名人之一。王兰在那里展出了两次。直至考文垂先生去世，画廊关门为止。后来她在百利斯顿画廊展过一次。

王兰是1991年底抵悉尼的，至1997年定居于悉尼南郊的邦定纳艺术村，五年多的时间，是她创作生活的一个过渡阶段。一方面，中国的题材还在延续；另一方面，异国情调开始涌现。1993年第一批在考文垂展出的作品，是布上绘画的房子系列。这批作品与王兰此前此后的作品均不同，即没有生物性生命出现（如果我们承认房子也有生命的话）。一方面这是新来乍到，对外国环境的一个直接反映；另一方面，这些半抽象的、有时昏暗低迷的色调也间接反映出当时她的郁闷心情。在澳大利亚的头几年，王兰的日子很辛苦。除了抚育幼年的曦妮之外，她外出做一份清洁工，又去一个小学教每周一日的中国画课。与此同时她学习英语，还马上学会了驾车。早年艰难的家境养成她自强自立的个性。很快，她确立起在澳大利亚生活的自信心，并且深深爱上了这个新的家园。

1997年，我们在大悉尼的南郊海滨小村邦定纳买下了住房，从此结束大半生的漂泊，定居下来。6月初搬入新家，6月28日王兰生日那一天的夜里，一头顶着美丽大犄角的公鹿闯入后园，直奔王兰床头窗外示爱，把一棵剑兰用角捣得稀烂之后，心满意足地离去了。这显然是个吉兆，从此以后王兰的艺术走入了顺境。房子占地正合中国的"一亩三分"。从此，她的艺术创作分成两大块，其中一块便是栽种植物花草。从前在鲁迅美术学院校园居住时，树木花草也不少，但随了校园建设，树木日渐稀少。有一棵大树面临砍伐时，她去找校长哭诉求情，但没有奏效。现在关了门自己做主人。

他人画龙我点睛

王兰
《幸运的坠落》
2006
丙烯 | 画布 121cm × 106.5cm
画家自藏

家中有两棵几十年的松树，树上负鼠潜行，什么鸟都来落脚。当年上学时她刻了一张巨大的木刻，树上停满了鸟，画名就叫"爱鸟"。如今，她亲手栽下的一棵白兰花，长成了三米高的小树，每日傍晚，一大群叽叽喳喳的本地八哥钻进去过夜，见人也不走。大群的鹦鹉天天来要面包吃，实在喂不起了，认养了一只脚有残疾者一天喂几次。喜鹊、乌鸦、鸽子，都是天天飞来走去。彩色鹦鹉偶尔成群飞来，煞是好看。只有黄颊的黑色大鹦鹉很少到松树上落脚，只是"阿依呀，阿依呀"地成群飞过。难得其中有一对停下来一次，总要拿了望远镜细看。至于澳大利亚的国鸟库喀巴拉,每日早晚会站到电线杆上,一站三五只,然后,一、二、三!好似发了个口令,同时一下子发出"咕咕咕,咯咯咯,哇哈哈哈"的大笑来,伴随远去林中的白鹦鹉——喀喀杜们的"嘎!嘎!"形成黄昏交响乐。如此周而复始,到了白天,便又是喜鹊们的互相问候:"How are you?""好朋友好朋友!"(上海话)"好哇好哇!"以及鸽子飞起时金属般的响动:"呛嘟嘟嘟——"白鹦鹉们在画室边的柏树上嗑"瓜子儿"——实是乒乓球大小的柏树果。于是,王兰头上的屋顶便不停地有人在敲锣打鼓:"嘣!嘣!嘣!"

家里喂着一只黑白花猫,又领养一只大白狗——学名却是"金毛寻回猎犬"。花猫渐老,偶尔却要证明一下并不老,于是叼来一条活生生的小蛇扔在家中走廊里,或者衔来一只半死的老鼠放在饭桌上。比利,那只大狗,见人就讨好。小偷来了一定也会摇尾乞怜。所以偶尔园中来客:蓝舌蜥蜴,或者近两米长的"高安娜"——澳洲大蜥蜴,都不把它放在眼里。到了晚上,全村都是鹿群的天下。留下遍地黑枣般的屎粒,并不脏。有时可以从窗口欣赏负鼠——泡萨姆们的杂耍:在一根电线上疾行,一不小心倒栽葱,之后照爬不误。

家宅地下都是黄沙。但王兰种出了一米长的冬瓜。门口一株大昙花,一年不知开花几次,一开好几朵。半夜大开,早上已耷拉下来,王兰便摘下煮汤给女儿吃。原来的房主留下一架蓬蓬勃勃的紫藤,春夏开得欢,"落花满阶紫不扫"。园中还有一棵大树,明明是佳格兰达却就是不开花,别人家里一树紫云时它却长出绿叶,只开上几朵紫花证明自己也是佳格兰达没错。紫藤于是为它补拙。

王兰种的马蹄莲、薰衣草,都是欣欣向荣。不过种得最多的还是各种各样的兰。毕竟是同类嘛。

曦妮有了弟弟比利

家

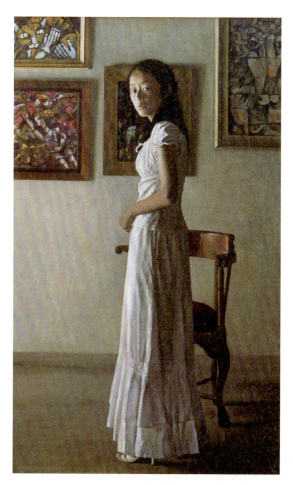

《曦妮》
2005
油画 183cm×112cm
画家自藏

《曦妮和比利》
2006
油画 167cm×91cm
画家自藏

　　家宅地处高坡。南窗面对国家公园的山林，东窗越过对街邻居的屋顶，可以看见蓝色的海平面。时或有小如玩具的远洋货舱慢慢驶过。其实，从家门出去走上十分钟，便可走到这东海岸的峭壁上，脚下是不知多少万年前升起的砂岩，又被海浪冲刷成波状。面对的是塔斯曼海，其实就是太平洋的一部分。查对地图，可知假若视线可以贴了地球表面打弯儿，那么一直要到智利的圣地亚哥才登陆。可惜，事实上借助于望远镜极目远眺，也仍是蓝色的海水。赶上运气好时，倒可以看见路过的鲸鱼喷出的水柱，以及它们快乐嬉戏时露出来的大尾巴。

如果出了家门进国家公园不向东而往南走，十几分钟可以登上一个几十米高的山顶，那里有一个折断了的陆标。这个山顶是方圆数公里的制高点。刚搬来的头几年里，被一场百年未遇大火烧毁的山林植被尚未复原。极目四望，灌木丛林连接大海。北坡下横卧仅长两公里的邦定纳村，自家的房顶亦在其间。门前那条马路笔直北伸，直至沙滩，与隔了两重海湾远远的机场跑道恰成一线。无论南来还是北往的飞机，都要以邦定纳为圆心绕弯降落或远去，然而又高到听不见它们的轰鸣声。村子北临哈肯港湾，四个沙滩如同村子伸开了长臂，将港湾环抱其间。那些沙滩，便成为假日来戏水的城里人的乐园。

读者一定会奇怪我怎么忘了王婆的瓜，而离题万里夸起自己的新居来。其实这才是最要紧的事。王兰的画都在《王兰》这本书里，看得见。看不见的是种出这批瓜们的瓜地。没有地哪来的瓜，是吧？

从那个山顶上，用肉眼便可看见一只黄绿两色的小轮船不紧不慢地从北边城里驶来，在邦定纳村心脏处的码头接送旅客后，再不紧不慢地驶回去。这只一小时走一个来回的轮船，在这条四公里长的航线上已行驶了七十年。它是澳大利亚最年长的古董渡轮。这也是邦定纳唯一与外界联系的公交工具。

上班的人、性急的人、办事的人，当然可以驾车进城。不过先要在山林里转悠至少二十分钟。自愿选择了这个小村定居下来的居民，都对这二十分钟无怨无悔，相反，都说："enjoy it——享受。"因为在那二十分钟里，天地间只剩下驾车人与万古不变的原始山林，迫使你重返大自然的怀抱。为了这份享受，当萨瑟伦郡政府提议为邦定纳居民架一座跨越哈肯港湾的大桥时，全体居民一致否决。搬来一两年后，王兰也就与所有老资格居民一样，在山林里驾车飞驰自如。

邦定纳村的居民，连同它的卫星村麦阳巴的居民，一共才两千人左右。其中,据说大小艺术家,从业余爱好者一直到全国著名的人士,将近有一百人。我在村里的画展上数过,参展的有六十人,而我认识的有几位并未送作品。

我们下决心定居于此,便始于这个村里最杰出的战争画家乔其·盖托斯在1996年邀请我们来做客。乔其的冒险故事,容我在《乔其家的下午茶》一文里再仔细道来。

邦定纳的奇人不止乔其一个。有一位穷困潦倒的老先生每日里搭了一条浴巾下海游泳,见人就谦恭有礼地打招呼。他是画家。他请我们去做客,那是他租的房子,他在洗衣房里作画。"我离了两次婚,房子都给了她们",他苦笑说。后来他死了,村里的一条小路用他的名字命名:鲍伯·布氏巷。

另一位天天下海的鲍伯——鲍伯·斯蒂尔,常来我家带比利去散步的,则是一位失业的飞行员。他飞了大半辈子,终有一天从天上栽下来,摔断了脊椎。医生断言他会瘫痪,他却重返蓝天。见到王兰坏笑地揶揄他的失手,他郑重声明失事时不是他在驾机。有一天他带来一位坐轮椅的客人,便是那位闯祸的生死之交。

甚至以那张不平凡的照片风靡全球的两位四十年前伦敦青年中的一位,现在也定居在邦定纳,职业是土著艺术的专家与策展人。在那张照片上,两位留着1970年时兴长发的小伙子从敞篷汽车的座位上回身冲镜头傻乐,在他俩中间是一只巨大的猫——一头雄狮,两只大脚掌趴在汽车的后备箱盖上。

大约,与动物有点缘分的,喜爱大自然的人,都愿意住到邦定纳来。乔其则把它视作自己的避难所与恢复元气的地方。他每日潜水,为了保护一同潜水的儿子,曾在水下拳击鲨鱼。

乔其的近邻,是一位得过两次大奖的画家鲍勃·马钦,长得活脱一位圣诞老人。他前半生是装饰艺术家,现在的风格是稚拙派倾向的风俗画。画室里一幅不卖的巨作是他搬来此地不久遇到的那场百年不遇的山火的场景。虽有几分惊心动魄,却仍是一曲大自然的

◁ 悉尼《晨锋报》记者拍摄的在邦定纳与同村名画家合影,左一是乔其和小狗欧勿斯,右一右二是鲍勃和英格夫妇 1997年

赞歌。本来，山火便是澳大利亚自然中的正常生态之一。画中大喊大叫的喀喀杜们着实教人爱怜。鲍勃的夫人英格是丹麦人，在伦敦的年月里与鲍勃共坠爱河便结成了终身伴侣。英格在自家园里建了电炉，创作的陶瓷作品，都是斯堪的纳维亚古老传说中的古灵精怪。

乔其的另外几个邻居，也都是艺术家。其中有罗伯特·威尔森，是传统的风景画家，澳大利亚自然风光的歌手。他的夫人陶莉丝是美国来的画家，姓卡明斯基，一看便知祖上来自白俄罗斯。陶莉丝的风格与罗伯特相近，但常画带人物的城市景色。

搬入新居的第一年里女儿发烧。打电话请村里医生来看。来了一个高个儿年轻人，脑门高耸。他说，他也是艺术家，叫劳伦斯。怕当艺术家无以为生，才学了医。后来我们去看病，遇有要解释身体某部位的情况，劳伦斯随手勾勒出那部位的素描，张张如文艺复兴大师的手迹。劳伦斯行医、画壁画、弹琴、写诗，还是电脑行家。他来自南非。他的夫人玛丽，是新西兰来的艺术经纪人。

新居左邻强·法伦是核工程师，右舍勃列登·柯滕是民航机师，两家人都给予我们百般关照。对门邻居，女主人丽兹也是艺术家，烧陶瓷，也画画。他们请我们过去喝咖啡，给我们介绍在座的朋友，原来是邦定纳最成功的画家盖累·西特。盖累在1993年夺得阿基鲍尔奖，名声大振。盖累的女儿与我们的女儿在村里小学同班。这是他第二次婚姻的孩子。夫人尤蒂丝是匈牙利科班出身的雕塑家，盖累在欧洲遇见她并爱上了她。

盖累在得奖后画价节节攀升，每次画展全部作品一抢而空。他在邦定纳村里翻造了家居与画室，并特为尤蒂丝建造了一座颇有特色的工作室。可是当工作室竣工时，尤蒂丝病倒了，是癌，随后就去世了，不到六十岁。这是2007年的事，我们搬来第十年。

经政府批准，在邦定纳码头边的草地上立起了石座，上面安放了尤蒂丝的一件铜铸作品：一个少女坐着，眼望着大海。尤蒂丝生前，便希望在这个地方造一个雕塑。在她去世后，这个愿望实现了。邦定纳人都知道这个故事。盖累担心到处乱涂乱画的青少年会破坏这座雕像,但两年过去了,她依然安详地坐在那里,石座也整洁如新。在雕像旁我遇见了尤蒂丝的女儿——我女儿的同学丽拉。丽拉说她在学习做一个艺术家。

当然,我已一下子讲到了搬来十年后的故事。再把时光拉回到1997年。搬入新居才一个月,王兰在考文垂画廊举办了一次新的个人画展。这次展品中有不少中国古典文学题材。考文垂先生很喜欢其中的一幅,将它印成了请柬卡片。

这批作品,以及同时进行的乡土系列(我给它们取名为Pastoral,即牧歌),是她经历了房子系列之后,真正进入到色彩探险的旅程之中。出现了大量新的出乎意料的色彩组合。这两种题材,她用符号笔画在卡纸上时,只能面对造型与平涂色块组合两个问题,

王兰
《牵马女孩》
1999
丙烯 | 纸本 60cm×60cm
中国美术馆藏

△《马克和克莱尔》
（邦定纳的邻居之一）
2001
油画 110cm×80cm
澳大利亚私人收藏

▽《坦姆莘》
（邦定纳的邻居之二）
1999
油画 91cm×91cm
澳大利亚私人收藏

而现在使用丙烯时，这种自我设限已然被突破。与二十世纪八十年代她最早的一批丙烯画相比，十年以后的作品耐看得多了。除了色彩组合的复杂之外，运笔也疾徐有致，并且开始注意色层的美感，即所谓表面结构。她开始尝到用小刮刀在画纸平面上堆砌颜料的快意。中国题材的人物，出现了骑马鏖战的古代将军，刘、关、张与吕布打成一团。这是她三十多年作品中罕见的阳刚场景。不过，其实与真实的血战毫无关系，只不过是京剧戏园子里的表演而已。她绘制时的快乐来自那些与《牧歌》中的牛马同样憨厚的大头大鼻大耳的大将军造型以及从民间木版年画中借用并发扬光大的城墙造型和仿宋木刻汉字。

进入二十一世纪后，中国古代将军与仕女们从王兰的创作里消失了。这是她完全融入到新环境里的一个明显标志。不过我相信说不定什么时候她又会回到这个母题上来。

2001年，邦定纳一麦阳巴的部分艺术家自发地组合成一个取名为"Art Trail——艺术寻踪"的松散联盟。它的方式是每月的第一个星期日，参与的艺术家向公众展示自己的作品并出售。王兰与我是第一批成员之一。事实证明这是一种成功的生存与发展策略。将近九年来，一直有十五至二十位艺术家参与其中。这项活动伴以有效的广告，以至每次开放日都会有几十甚至近百位来访者，大部分来自悉尼城各处，偶尔也有海外来客。其中多数是艺术爱好者。

此外，邦定纳—麦阳巴的艺术家每年有两次周末村展，一次在社区中心，一次在邦定纳小学，这已是长久的传统。我们搬来时，组织的核心人物是退休的策展人白蒂老太太。近年新生的一代接了班。展览办得正式又热闹，是全村艺术家与居民的节日。

王兰的作品无论在开放日还是村展上都很受欢迎，尤其是她表现田园生活的作品。村展每人可展四幅，她的画常常都被人买去。开放日也常有人买。王兰的画幅面不大，创作过程难以重复。因此从新世纪开始，她停止了在城里画廊的展览，否则过于忙碌。而王兰的另一个哲学是对一切"比赛"不感兴趣，更愿意在一种放松的心态中顺其自然地创作随心所欲的作品。这种主动加被动的选择，

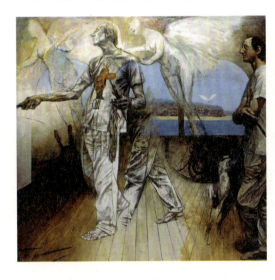

《盖累·西特》
2001
油画 198cm × 213cm
澳大利亚私人收藏

《村展开幕》
2009
色粉 碳铅 纸本 53cm × 76cm
澳大利亚私人收藏

◁ 一个画展的开幕式 2012年

使她事实上生活在一个相对封闭的小环境里，自得其乐地画想画的画。这是一种"奢侈"的生存方式，因为艺术的至高境界便是田园牧歌式的生活，加上随心所欲的创作活动。失去的是世俗的名利，而王兰恰好没有这种追求。澳大利亚正是这样一种艺术家的乐园。当中国同行从北半球远望时，以为在这块土地上没有如欧美那么热闹。但一旦如我们扎下根来，方知按它两千万人口的比例，它的艺术家数量远远大于中国。而大部分的澳大利亚艺术家，如"艺术寻踪"组织里我们的同行一样，都是在这种"自得其乐"的创作状态中。

在二十一世纪头十年的作品里，王兰反复地描绘人与自然的主题。人物几乎完全由一个金发女子所代表，正如鸟也没有明显的分类，成了一种"概念化"的鸟，由于常有大大的冠，几乎有一点鸡的模样。此外就是马、牛、猫、蜥蜴等各种动物也是"概念化"的动物。对这批作品，我一概以"Harmony"（和谐）名之。

有几幅画比较直白地表达了她对于邦定纳生活的心满意足。那些画中，那只大鸟把花束扔下人间，而人间的房子，明显便是我们的家居。有一幅出现了"Bombora Ave"的路牌，这便是我们那条街。

这种母题的相对固定，并不表示她的停止与重复，而是一种让她自己更把心思专注于绘画本身，探索乐趣的过程的方式。她始终是一个对"怎么画"看得重于"画什么"的画家。这种过程类似于中国传统水墨画家的创作过程。水墨画家们，无论是潘天寿还是黄宾虹，当他们在一张宣纸上落笔看着一个墨团向四周渗开时，才决定下一步向何处发展构图。王兰通常是在基底（厚纸、纤维板，或者画布）上用丙烯色与底料画上完全抽象任意的底子，再在上面画有形象的线描，然后开始作色彩的探险——没有路线图的一种临场发挥。这种探险的结局便是一幅作品。这是她无法复制自己作品的主要原因，通常由于收藏者的要求而不得不重画某一个构图时，她也只能画的部分相似而已。

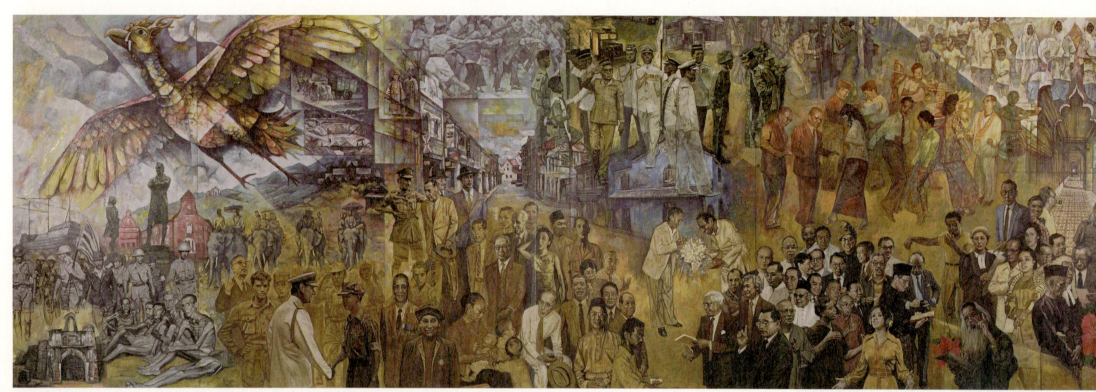

沈嘉蔚 王旭 王兰
《默德卡》（独立）
2008
油画 244cm×1464cm
马来西亚怡保公司藏
格列格·维特拍摄画照

▷ 创作《默德卡》
彼得－拉斯本摄
2007年

◁ 在画室准备开始绘制《默德卡》
彼得－拉斯本摄
2007年

王兰在澳大利亚的头十五年里只重回过一次大型壁画的委托工作。那是为悉尼栾特维克儿童医院绘制的壁画，大约有三十平方米，用的是丙烯，时在1997年。但在2007年至2008年，她有了一次大显身手的机会。

一位多年来支持我创作的企业家叶林生先生是马来西亚华人，他具有独特的马来西亚国家观。他委托我绘制一件描绘马来西亚独立以来半个世纪里的历史人物画。此事拖了十年，在2006年开始着手。鉴于题材的复杂与构图的庞大，我决定请王兰与王旭与我合作。王旭是多年的同行朋友，与我共同负责历史人物（最后增至二百六十一人）的绘制，而王兰则负责人物之外的全部背景以及一部分背景人物，占全画总面积约二分之一。

工作铺开之前，这种合作的前景颇不明朗。因为王兰与我及王旭的个人风格相去甚远，结合的途径如何，效果如何都很难预料，也可说是王兰爱说的一种"探险"。但是我非常乐观。基于这是一件壁画式的作品，画面构成必定有平面展开的因素。其中的复杂形象是超时空的拼组，因此给王兰施展的空间相当大。尤其是，当我在吉隆坡马来西亚国立博物馆看到那个马来王子娶亲仪式使用的神鸟模型时，想到它不仅是画面需要的一个展示马来西亚两大主要民族马来人与印度人文化象征的极佳形象（因为它源出印度教神话，后又进入了马来伊斯兰文化），同时恰好与王兰最拿手的鸟母题相契合，成为壁画占尽先机的龙头，而相应的华人舞狮压轴成全画凤尾。所以王兰的发挥，已达她平时风格的极致。但令我出乎意外的是，她有四处补白，竟一反她通常的"变三度空间现实为二度空间画面"而创造了四个纵深透视点。形象地说，在我起稿时是横向铺排人物，未及其余。最终画面的格局是几乎没有纵深或只有很浅透视缩减的人物组合。如果由我来补白背景，绝无胆量去破局。恰在期间我有一个月回中国配合拍以我为主题的纪录片。王兰在这一个月的空当里施展法术，将画面彻底改观，而且是突破了原有的格局。她的补白，从内容上说，创造了浓厚的马来西亚地方特色：古色古香的街道、房屋与店面，对应现代化了的高速公路与单轨列车等等。而一箭双雕之处，在于四个透视纵深使得画面突然发生了质变，大大加强了我希冀的超现实感，更可能也出乎她自己的意料。在全画正中宣布大马成立的东姑与分立新加坡的李光耀之间，她是用了一栋古老华人房屋的长廊创造了一个尖锐的"时光隧道"，于是立即为马来西亚与新加坡的共同历史加了一个意味深长的注脚。简直似乎是我的一个神来构思，殊不料是王兰的无心插柳。我在其上用一个印度神庙的穹窿造型加上一组马来女学生的造型彻底完成了由王兰开始的这一处隐喻。

王兰的平面处理手法便使她的透视纵深完美地统一到壁画整体中来。我想比较准确地描述应该是"两度半空间"。

我认为这件名为"默德卡"（独立）的壁画是我们三位作者合作成功的标志性作品，也是王兰个人艺术生涯中的又一个里程碑。

△ 周思的评论

在这件作品接近完成之际，我们一家三口在 2008 年的头两个月有过一次欧洲之旅，并经旧金山返澳。同年 9 月，王旭、王兰和我又有了一次反向的全球之旅，先到美国西、东两岸及加拿大大湖区，再到新加坡与马来西亚。

两次环球行，王兰与我共看了四十多个博物馆，大部分都是顶级的美术馆。对王兰而言，这一年是她生平第一次旅行欧美的大开眼界之年，也是她得以与她向往多年的大师，如保尔·克利、马克·夏加尔、巴勃罗·毕加索以及许许多多她喜爱的画家们，通过原作神交的一年。

值得一提的逸事是，行前请我们的女儿曦妮自选一个地方，满足她的愿望。学法语的她上网发现一个叫圣保尔·德·旺斯的小山村，是在尼斯附近。网上介绍是一个俯瞰地中海，有城堡、石板小路与古色古香房屋的古老山村。因为是女儿选中的，查好了途径，排好行程，便没有去深究。只当是一路博物馆看下来，到一个风景优美的旅游胜地散心。

一路历经柏林、慕尼黑、维也纳、威尼斯、罗马、佛罗伦萨，再坐一夜火车，清晨抵达尼斯，找好旅馆便直奔汽车站。庆幸只需一欧元便可坐一小时巴士直达圣保尔·德·旺斯。

在那个小山村我们完全迷醉于古老的街景，它本身便是一件杰出的艺术品，超过沿街无数商业画廊的吸引力。以至于我们几乎没有认真地进入任何一家画廊与店主们聊一聊，更没有深究为何有这么多画廊，一天很快地过去了。我们三度穿过整个村子，到了它的尽头，被远处的山海直至阿尔卑斯雪山所吸引，尽头是一个墓地。我没有进去，王兰则跨进了大门，在那儿感到一种神奇的肃穆，收住脚步，站立了一会便退出了。

天黑才下山。回到旅馆，女儿细看带回来的资料，忽然告诉母亲："妈妈，夏加尔就埋在那儿。"女儿没想到王兰和我如听了一个响雷，立即跳了起来。

没有可能再回去了，明早必须出发去巴塞罗那。我非常后悔，作为"导游"，我是大大失职了。也难怪，夏加尔的中文资料，我只有他一本自传，写到"二战"为止。王兰是夏加尔迷，只迷在他的作品上，却从来不去深究其生平行踪。我们居然都不知道他一生中最后的十九年是定居在圣保尔·德·旺斯，而且就埋在那墓地里。而马克·夏加尔，几乎是王兰神交最深的大师之一。

　　于是我对王兰总结说："第一，夏加尔一定感应到了你对他的崇拜，所以通过授意你的女儿来把你引到他的故居之地、他的身边；第二，夏加尔一定不满意你只对他作品感兴趣而不对他本人的生涯做综合研究，所以惩罚你，让你差不多已经到了他的墓前而不告诉你他就躺在你的眼前，而且还要事后再让你女儿告诉你真相，好让你尝尝后悔药的滋味。"

　　我要补充说明的是，那时曦妮刚刚中学毕业，随我们欧游中途才从网上查到她考取了悉尼的美术学院。而直至那时，她对艺术和美术史差不多还没有入门。

　　我向王兰和女儿保证说，我们将来还要来法国，还要到尼斯，还要到圣保尔·德·旺斯来。

　　我们也还有很多旅行的空白。我们准备下一次要去英国、北欧与东欧。尤其是瑞士的保尔·克利博物馆尚未去看。而保尔·克利是王兰列在首位的崇拜者。

　　好了。我的啰唆就此打住。希望我已经大致说清了，王兰的世界里包括了什么——在她创造的世界里、在她身处的世界里。

生死二十载

牛年岁末的一日，我赶去悉尼南区一家医院，与多年老友孙宇诀别。孙宇是国画装裱大师，二十年前夫妇双双被新南威尔士州美术馆从北京聘来任保养部高级技师，是老馆长爱德蒙·凯本的爱将。一年前查出肝癌晚期，全馆同事震惊。年届五十，英俊潇洒，一表人才，无人相信他会一病不起。但残酷的死神粉碎所有朋友包括他自己的希望。元旦之后病情急转直下。大夫告诉他的至亲，大限就在两三日之内了。

死神的颜色是柠檬黄的，它挤满了孙宇的眼眶，从那里直视我。我对它并不陌生，二十年前它也是从另一位朋友的眼眶里瞪着我。那位朋友姓陈，同行圈内人人知道他，都叫他"老陈"，反忘了他的全名陈铸傲。

老陈来自上海。1989年1月8日我乘国航班机飞抵悉尼，还未去语言学校报到，便被朋友带到"瑟刻勒·凯"，也就是"环形码头"的肖像写生画家云集之处当"见习生"。在这群互相以绰号称呼的

◁ 孙宇组织了在曼德拉画稿限量印刷品上再创作的活动

◁ 我的这套再创作为曼德拉儿童基金会筹得十万英镑

同行之中，唯一享有尊称"老陈"的，是一位三十多岁，四方黑脸，身材魁梧的汉子，讲一口浙江口音的上海话。老陈原是上海某出版社的美编，来澳已整两年。在这批街头画家中属于最老资格几人中之一。老陈知我画名，相识后立即邀我加盟他的宿舍单元。当时我急于安身，便在一天下课后赶去新居会他。

按约定，他站在海德公园东南角一座火炮的炮台边上等我。带上我转了两个弯拐入下坡道，他指着街角围墙说："这是一所德国中学。"后来我发现那是著名的悉尼文法学院。老陈把"G"开头的"文法"当成"G"开头的"德国"了。我的新居，便在相邻的街角上，斯丹利街10号，一栋古色古香的十层住宅楼。电梯上到五楼，走过长长走廊，老陈打开了其中一扇门。进门面对油烟满布的厨房，一种奇怪的气味扑面而来。许多年后我才知道这种味道叫"烤蟑螂"味（"barbecue cockroach"）。左拐是厅，有一张单人床和一张长沙发。厅侧一门里是房间，刚好放下一个双人床垫，留出过道，可以进厕所。

当然，一切家具都是从街上捡来的。

老陈睡房间。我睡厅里沙发。第三个人叫陈元，南京艺专毕业的，来了才半年多，扔下了刚刚出生的儿子与老婆远来天涯海角，让他牵肠挂肚。陈元见我带来一盘民歌联唱盒带，立即塞进他的机子。从此房间里天天都是"妹娃子要过河哎——"，或者"编，编，编花篮……"，很多年以后，我忽然发现蝇头小字印在唱带盒上的歌手姓名，竟然是俞淑琴。而在之前的几年里，俞淑琴的大名已无数次在澳大利亚华文报上亮相，与各种"国际比赛第一"联为一体。她也来了悉尼。

陈元长得活脱一个孙道临再世，只是终日愁眉苦脸地想家。有一日他在红灯区揽人画像，来了一位酒气扑面的妙龄白人女郎，坐下叫他画像。画着画着，那位女郎竟坐到他的大腿上来了。我们的"孙道临第二"坐怀不乱，硬是把那张像一丝不苟地完成了，挣到了三十元钱。第二天那个女郎又出现了，却对陈元视若无睹，因为她酒醒了。

我也加入了画像的行列。第一对猎物是一对年轻的日本游客，我用五十元的满价招呼他们坐下了。感觉到身边的老陈带点忌妒的眼光，但他慷慨地借给我当时我尚未购全的彩色粉笔。我紧张地开始工作。身边的人声汇成一片轰鸣，退到远处。待我完成了，老陈大声喝彩。不一会，周围的同行人人低头工作。我接下来再也接不到活儿，却对五十元收入心满意足。毕竟，比我下飞机口袋里的四十五元还多五元呢。

我每天清晨起来，上午去英语学校上课，下午与晚上去环形码头工作到十点多回来睡觉。而老陈早已不再上学，只为了维持签证，他去戏剧学院注了册。天晓得他如何应付过来，有时会掏出一本英文字典来，查"邮局"怎么拼，因为要上邮局寄信。

老陈与其他同行在半夜结束环形码头工作后还要钻进地铁，转战红灯区英王十字街。往往在我睡醒一觉时发现厅里灯火通明，老陈从冰箱里取出一碟大虾在那里享用，墙上挂钟指向三点。

老陈的母亲在几年前死于肝癌。老陈在厅里一角放置了她的小小遗像，永远点燃一支香，有时拜几拜。

老陈有家人，在上海，儿子四岁了。老陈的梦想是挣够了钱，把家人接来，让儿子在澳大利亚上学。但是如何能来，他不知道。

白天他躺在长沙发上，对我诉苦。他说他已攒了四万元了，就是不知道哪天能把孩子弄来。

老陈画的头像总是只画拳头那么大，在八开纸上只占中心一小块地盘。他的画实在无法让我恭维，但是永远有顾客坐下来，而且当他紧张工作时，后脑上也像长眼一样，随时知道会有人可能坐下来。这时飞快地结束手中那张朝顾客亮一亮，说："Right？"（好吗？）——这是他说得贼溜的几个单词之一。另一个是："Portrait？"（画像吗？）人人传诵他的一个笑话，说他在红灯区画到下半夜火车都没有了，

《小姑娘》
1990
色粉｜碳铅｜纸本 42cm×29cm
私人收藏

（右页）
① 《澳洲老人》＊
② 《女子》＊
③ 《新喀利多尼亚法国老人》
④ 《澳洲男子》
⑤ 《亚洲女孩》
⑥ 《岛国小女孩》
⑦ 《印度女孩》＊
⑧ 《漫画夫妇像》
⑨ 《美国男音乐家》
⑩ 《美国女音乐家》
1990（＊=1989）
色粉｜碳铅｜纸本 42cm×29cm
私人收藏

△ 有天关门前画了这个四岁的小姑娘

◁ 我们合了影

二十年后她来我的回顾展找我相认，高出我半个头

①

②
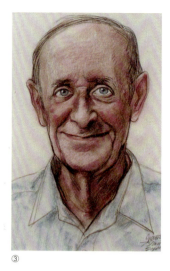
③

④

⑤

⑥

⑦

⑧

⑨

⑩

◁ 给一对夫妻画漫画

▷ 一对美国黑人音乐家

① 《一对白人夫妇和他们的印度养女》
② 《锡克人》 *
1990（ * =1989）
色粉 | 碳铅 | 纸本 42cm×29cm
私人收藏

只能招呼出租车。他一扬手口中吐出的不是"Taxi"而是"Portrait！"（肖像！）。半个月后的一个夜晚，我在招呼出租车时竟然也吐出了"Portrait！"，这才知道那并非笑话。

有一个晚上，大家都拉不到活了，互相画漫画取乐。我画老陈，他很像电影《小兵张嘎》里的那个胖炊事班长。我一边画他一边画一个顾客，一边回头招呼另一位看客，画题是："吃着碗里的，看着锅里的。"老陈爱不释手，大笑道："这就是我！这就是我！我就是这样的！"

一个多月后，我搬到了附近一个独居住房，同时进了达令港商场里与朋友合租店面画像，离开了街头群体。老陈叫人来住所杀虫，清出了两簸箕德国蟑螂尸体。新房客又来了。第五个挤入的是帅小伙张树国。他是鲁迅美术学院毕业的雕塑家，来自我的"老家"沈阳。我请老陈多多关照他，老陈收他当了徒弟。陈元则下定决心放弃澳大利亚的前途，飞回南京与老婆儿子团圆了。

张树国长得颇像一个美国演员。后来我弄清那个演员名叫施瓦辛格。"施瓦辛格第二"远比"孙道临第二"受欢迎，张树国到处交好运。有一次，弄错了人行绿灯方位，一脚跨向死亡边缘，被身边一人一把拉回。那是位香港白领男子，他成了张树国的保护神，送了张树国一架顶级的尼康 F5 相机。

老陈突然出事了。

张树国打电话急急把我召去。老陈躺在悉尼医院里。张树国说，前一晚他俩在环形码头画到半夜，老陈上厕所去，半天没出来。张树国发现他昏倒在里面，将他背出来，电召救护车。老陈苏醒过来阻止道："要付钱的，不要叫了。"

医院诊断是肝癌，已经扩散。肚子打开又缝上了。医院通知一个慈善机构，那个机构与上海驻澳大利亚领事馆联系，全线绿灯，他的夫人两天后便抵达悉尼医院。

夫人还很年轻，脸色苍白，绝望的神情让人不忍多看一眼。

老陈由夫人陪着回住处住了几个月后便不行了，送进了圣文森医院的绝症病房。他决定回国看中医。临行之日，朋友和我开车接他去机场。看他颤巍巍套上长裤，天使般的护士把两大瓶吗啡交给他夫人。他眯起柠檬黄的眼睛，笑眯眯地说："先到歌剧院拍照。"来澳近三年，他日日在环形码头画像，竟无一刻去近在咫尺的歌剧院拍一张照片。我为他照了一个胶卷，他心满意足。

四天后他在上海去世。

澳大利亚领事馆破例允许他夫人在办完后事后再度来澳。那是在 1989 年年底，他夫人到达令港找我，给我一大盒炭精条："这是老陈留下的，他再也用不了了。"说着眼泪便淌了下来。

十年后我在一次聚会上见到了他夫人和长大了的儿子。他俩定居悉尼北岸，他儿子在学画。

张树国去美国做冰雕，留在那儿了。他先是因恰在老布什政府划定的日期前抵美，便自动获得绿卡，后来又认识了一位美国白领，没料到那人是纽约世贸大厦一位管事的人，邀请他进世贸大厦底层开了一间画廊。张树国在那儿挣了一些钱后还想着回国做雕塑，于是在两年后请人接手那间画廊，自己到深圳大学里建了一个工作室。

两个月后，世贸大厦被炸成了废墟。

◁ 1989 年 9 月 9 日悉尼机场与老陈诀别，右一是张树国

乔其家的下午茶

我画过两幅《下午茶》，故事要从画于2005年的《下午茶之二》开始讲起。

先说说画里两个人物是谁，他们在哪里喝茶。画上的地点是悉尼南郊深藏于国家公园海角的邦定纳村里，画家乔其·盖托斯家的后阳台。对谈两人，土著人名叫麦克斯，但所有人都称他为"Uncle Max"，即"麦克斯大叔"。他是悉尼南城著名土著聚居区红坊的社区工作者。在我画了这幅画后过了几年，有一次查尔斯王子访澳去红坊看望当地居民，麦克斯大叔作为土著长老主持欢迎仪式，赤脚端一盆烟柴绕场一周。我是在电视里看见这一幕的。

与麦克斯大叔对谈的是女主人加百列·道尔顿，是乔其的妻子与工作伙伴、艺术策划人。

乔其是当今全世界独一无二的艺术家。他在迄今二十多年里活跃在全世界爆发最血腥冲突的现场，同时用速写、日记、照相机与摄影机记录下人道悲剧场景。在间隔的日子里回到画室绘制出巨幅

《下午茶之二》
2005
油画 153cm×137cm
澳大利亚私人藏

油画,甚至与加百列共同拍摄制作了好几部极有分量的纪录片在世界各地展出与放映。奇迹般的,他本人毫发无损,至今仍在阿富汗或者巴基斯坦流连忘返。

十多年前,乔其还常参加一些艺术奖大赛。我从 1989 年初头一次去新南威尔士州美术馆看这样一个大赛展,便喜欢上他的作品。不过直至 1996 年,在墨尔本国立美术馆的一次展览上,我们才作为比赛"对手"而互相认识并表达对彼此的钦佩之心。回到悉尼,我的个人画展开幕,便请他与夫人来指教。这是我第一次见到加百列。加百列是《圣经·旧约》里大天使长的名字,因其独特,我便记住了。这对夫妻与我和王兰有一处相似,即女高男矮。虽然乔其没有像我这样矮得更悲惨。乔其属牛,小我一岁。天生的潜泳好手,身强力壮如牛。加百列有浓密的亚麻色长发,虽比我们都高一点,但目光永不俯视,随时都是那种想要为人提供任何帮助的神情。她的蓝眼睛清澈见底,坦诚至极。

此后不久,我和王兰接到他俩的邀请,请我们多找几位中国画家同行,去邦定纳他们家做客。当时我们住在悉尼近郊马列克维尔,开车去从未涉足过的邦定纳约需一个多小时。临时约了肖鲁、谢慧海、李宝华等同行。

从南下伍龙岗的动脉要道一号高速往东拐入保持原始地貌的国立皇家公园,在山里绕了几个大弯,竟见到了蔚蓝的塔斯曼海。山海之间是安静的邦定纳村。乔其和加百列的家高踞路东,离小小的商店区不远。走进他家底层,主人招呼我们再上一层。上去一看,竟已有六七位澳大利亚人围桌而坐,正起身相迎。同时,我们的眼光完全被五颜六色所吸引,真是"目不暇接"。这是乔其新增建的一层天窗画室,四壁挂满他的色彩浓烈的大幅作品。那些客人经介绍,竟是每人一个行业,有卧龙岗大学美术学院院长,有国会艺术收藏顾问兼评论家,有坎贝尔市美术馆馆长,还有一位画商。有一位是华人,即极有名望的摄影家杨威廉,他是乔其的好友。后来乔其的邻居、画家鲍伯·马钦与他的雕塑家夫人英格也上楼来加入。

原来这不是一次普通的聚会。从来宾身份便可看出主人的深意,他们是想实实在在地帮我们这批立足未稳的中国同行一把。一坐下,来宾们便问了不少问题。当时中国画家开始在澳大利亚崭露头角,因此他们对我们有很大的好奇心。我们的英语不灵光,只可用"招架"形容。聚会的一个确切的结果,是计划下一年在坎贝尔市美术馆举

▷ 王兰与加百列 2010年

《目击者》
(乔其·盖托斯在卢旺达)
1998
油画 198cm × 213cm
画家自藏

办一个中国画家联展。

　　座谈结束,听说我与王兰正在计划买房子,主人立即推荐说,邦定纳房子很便宜,并马上带我们去参观。事实上,我们内心已经爱上这个艺术家的"殖民地"了。

　　第二天,我画室里的传真机吐出长达一米多的纸带来,上面是加百列手写的昨日座谈记录!她办事的认真劲儿让我感佩。大半生

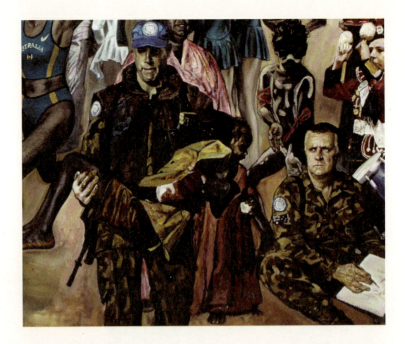

《世纪更迭时》
1998
(局部)

▷ 图左手抱伤童的澳大利亚联合国军战士依据乔其(右下方)的照片画成,该照片被联合国用作维和海报。这位战士在1996年牺牲。

在中国度过的我,只见过官方办事才会有会议记录,而这个座谈会完全是民间自发的。我一直保存着那份记录,可惜字迹褪色,已难辨认。

半年以后,我们果真在邦定纳买到了理想的住房兼画室,成为乔其一家的村邻。从搬入那天开始,我们两家便频频互访,开始落实那个中国画家联展。我与他们商妥了大约十三四人的名单。出乎我意外,加百列坚持要一个一个地拜访他们的工作室。记得有一天,加百列参观了郭健的画室,兴冲冲地赶回来告诉乔其说发现了一个很像乔其画风的画家。乔其也立即赶去看了,夫妇俩喜形于色。这大约是郭健时来运转的日子。以我的经验判定,通常一个集体展览,只会有一两位参展者就此崛起。郭健成为这个展览的明星,我打心眼儿里为这位小兄弟高兴。郭健是北京中央民族学院美术系的1989届毕业生,参加过1979年中越战争的退伍老兵。他来自贵州省山区,

▷ 乔其家的聚会
1996年

是布依族人。

　　这个展览，加百列从发起到完成，倾注了全力，是不折不扣的策展人。但是当最终由坎贝尔美术馆接纳，列为该馆的正式展览后，她全身而退不要任何名分，而由该馆的工作人员顶替为策展人。她与乔其高高兴兴地出席了开幕式，与大家共同庆祝大功告成。真是由衷地"不问收获，只管耕耘"。这个展览被《悉尼晨锋报》用几乎整版的篇幅刊出著名艺评家强·麦克唐纳的评论，被我的主要赞助人叶林生先生看到，赶在展览闭幕的最后一刻去观看，大为赞赏之余，向全体画家与麦克唐纳发出邀请，设宴庆贺。但因加百列与乔其躲在暗处不为他所知，所以没有被邀。我于是在悉尼的中文周报《澳华时报》上发表了长篇报道，来宣扬乔其夫妇的功德。

　　在与他们的交往中，我慢慢知道了乔其夫妇的许多往事。乔其二十多岁时属于悉尼著名的"黄房子"先锋艺术家群体。他迷于木偶戏的制作与表演。有一次在邦定纳表演时断了车轴，逗留时日后迷上这个依山傍海的小村子，成为第一个定居此地的艺术家。加百列当时正与朋友住在村里，她爱上了乔其，从此夫妇买下了现在的房子，建立家庭。早期的作品，是利用这里海滨的峭壁，以及水底世界的景观而拍摄的两部纪录片，由此开始共同的艺术生涯。

　　他们的年龄与我们相仿，他们的一儿一女，年龄也只比我们的女儿大一两岁，可见他们也是三十多岁才要孩子的。而在他们自己尚无孩子的那些年里，他们曾收养了三位家在内陆的土著少年，供他们居住与上学，直至完成高中学业后，才送他们回自己的家乡。麦克斯大叔，则是这三个少年的"Uncle"，我不清楚该是"舅舅"还是"叔叔"。由于他是这三个少年在悉尼的唯一亲属，麦克斯也成为这家人的一分子，以至少年们离开后，每逢圣诞节，麦克斯大叔也会来邦定纳做客，待上两三天才回红坊。

　　乔其有一次告诉我，他有八分之一的土著血统，即他的曾祖母是土著，他很以此为傲。但是他母亲并不这样想，所以他答应家人

◁ 叶先生的庆功宴 1998年

不张扬此事。我想他收养土著少年，是对这一血脉的珍视。他与加百列很高兴有我们这一家中国朋友，也高兴和我们分享他们与土著的紧密联系，每有土著亲朋来访，都招呼我们过去，安排我画写生。大约在2000年左右我为麦克斯大叔画了一幅精细的色粉头像，又拍了一些照片，是他与加百列在喝茶。麦克斯有点沉默寡言，喝茶时也很少说话，加百列说得多。

加百列持家，为常年满世界跑的乔其提供全面的后勤支持。他们家的风格是典型的澳大利亚乡村知识分子工作室，除了小小的卧室外，都是工作的空间。儿女的住房被父母画了满墙好玩的壁画。孩子稍大，父亲负责带儿子下海冲浪潜水，母亲负责带女儿学习骑马。加百列来自内地农村，是与马一同长大的。

他们家从临街进去后要拾级而上，但背后可以由一条邻家共用车道开到车库前。车库被乔其占为画室与画库。画室与住家之间的园子又是凹下去的，来回要上下阶梯。住家的厨房外即是画中小小的木质阳台，英文是所谓的"deck"，如船桥的甲板。它与画室隔了园中树木相对。每到暮色降临，树上栖息的泡萨姆（学名"负鼠"）们便来厨房玻璃门外的阳台上讨食。加百列每天都喂它们。后来我接触的澳大利亚朋友多了，谈到泡萨姆，十

《麦克斯大叔》
1999
色粉｜碳铅｜纸本 42cm×29cm
画家自藏

人有九个都不喜欢它们，为它们头痛，因此我才意识到喜欢这种长得像几分猫的"负鼠"的我们这两家人实乃少数。泡萨姆们受宠若惊，知恩图报。到了下半夜，便在乔其晾在屋顶上的未干新作画面上跑来跑去，帮主人完成他的画作。乔其作画常用手指及手掌与笔刷同上，因此泡萨姆的掌印有异曲同工之妙，相得益彰。

不过，我在这幅《下午茶》里画上泡萨姆是有一点儿"超现实"，因为只有天色渐暗它们才会出现。而且此时的加百列怀里还有一个小淘气，他家的宠儿贾克·拉索尔犬埃尔维斯——歌星"猫王"的大名，波萨姆们有点怕它。

我很少画风俗画。我在村里年展上初次展出它，被同村老画家罗伯特赞为"真正的澳大利亚风俗画"。

《下午茶之一》则画于2001年。画上右边那个胖胖的小姑娘娜奥密，现在已经出落成一个仪态万方的大姑娘，个头超过了母亲，一头金发，还带回一个加拿大的小伙子。娜奥密此前在加勒比海的南岸住了几年，现在已经成为有自信心的艺术家，画装饰风格的绘画与素描。男朋友是以写作为业，俩人都是自由职业人，因此计划满世界走，把悉尼与温哥华的双方父母家当作基地。小两口与母亲加百列来我家午饭，畅叙甚欢。

加百列与乔其已在三年前分手，这是最令所有他们的好友伤感的事情。好在一双儿女已经长大成人，体谅与理解父母双方。哈利，他们的儿子现在是电脑工程师，开着工程车到处跑。乔其在昂克利夫的穆斯林聚居区买下一个工厂厂房，实现了他的画室梦。而他的主要创作基地尚在阿富汗的贾拉拉巴德。两地的工作室都取名叫"黄房子"，其典故是二十世纪七十年代初一群悉尼的前卫艺术家将他

▷ 墨尔本国际室内乐演奏节邀请二十位著名画家装饰大提琴，义卖所得奖励青年音乐家。乔其、鲍勃和我也应邀完成装饰。2001年

《下午茶之一》
2001
油画 91cm×183cm
澳大利亚私人收藏

们的共用工作室命名为"黄房子"(Yellow House),在澳大利亚艺术史上留下浓重的一笔,而乔其正是在那座"黄房子"开始他的艺术生涯的。他曾在新"黄房子"画室开了一个创作回顾展,还放映了他的纪录片新作《爱在城市》。在那里我们一家遇见娜奥密,她向我们展示了预备送阿基鲍尔奖比赛的父亲肖像。这是完全用乔其的风格完成的作品,与她通常的装饰风不同。画上的乔其披头散发,胡子乱长。乔其的右侧是一个小女子,当然是娜奥密自己,左侧是伴了娜奥密长大的小狗埃尔维斯。

说起埃尔维斯,有一段经典故事。那是在娜奥密十岁时的1996年春天。澳大利亚的开春是在每年的9月份。邦定纳村周围国家公

◁ 和加百列与乔其的最后合影 2008年
▷ 和乔其重逢 2014年

园的丛林里,万物苏醒。蟒蛇冬眠醒来,腹中空空,急着要吞一个大东西充饥。一条这样饿急了的蟒蛇便闯进了乔其家的后园。随着埃尔维斯的尖利惊叫,娜奥密冲出来一看,小狗的后半个身子已经不见了,变成了长长的蛇身。原来它已经被吞入蛇腹,仅靠撑开的前脚卡住了蛇口才争得了求救的机会。娜奥密来不及害怕,抓起一根木棍便去击打蟒蛇。蟒蛇被打急了,一松口,埃尔维斯脱离了蛇口,蛇立即逃之夭夭。一家人此时围住埃尔维斯,它全身都是蛇的唾液,臭气熏天。幸而除了几个牙印,没有大碍,洗澡压惊之后,便又自得其乐去了。埃尔维斯历经此劫后再无遇险,幸福地生活了十六年才寿终正寝。

那条蟒蛇后来又钻进了另一户人家的后园。第二天早上那户人家的孩子到后院兔笼里喂兔子,却发现兔子变成了一条大蛇蜷成一团在呼呼大睡。孩子惊呼起来,大人过来寻思好久才悟出来:是大蛇进笼里吞吃了兔子,腰围与兔子一样粗了,自然就爬不出来了。主人只好自认晦气,打电话报告给公园管理部门,公园开来一辆越野车,把笼子里的蟒蛇请出来,再开到公园深处放了生。

在我的《下午茶之一》里还有两位土著妇女,这是乔其一家亲

在乔其的黄房子回顾展上

如家人的土著家庭成员,亦即麦克斯大叔的亲姐妹。她们没有如麦克斯一般成为悉尼的城市居民,而是居住在"outback",即土著聚居的荒僻内地。这对姐妹的姓名是凯特·尤洛(Kate Eulo)与鲁比·尤洛(Ruby Eulo)。她们每年会来探望乔其一家与麦克斯大叔。加百列知道我想见见她们,所以特地打电话让我带了画具过去。在乔其家阳台上她们悠闲地坐着喝茶,让我画写生。娜奥密买来了冰淇淋,坐下陪她们吃。

后来我在创作这幅油画时,为了传达那种悠悠的时光,将三个人放在略有变化的透视环境里,即将我的视点转移三次,这从阳台的地板木条走向可以看到。这样,埃尔维斯出现了三次,而远景海湾里那条老式渡轮(它的年龄比我还长九岁)也出现了三次,徐徐向邦定纳开来。

这幅画一完成,赶上邦定纳小学举办的全村画展。画才挂上,便被村里一位收藏家丹尼尔·菲兹亨利(Daniel Fitzhenry)预订了。他是海底测量师,有钱,盯住了乔其一家,不仅收藏乔其的作品,也收藏了哈利的一幅处女作,甚至把乔其一条浸满了颜料的工作裤也搜罗去挂了墙上。墙面挂满了,便挂到天花板上去。不过这一次丹尼尔还要等上一年,因为这幅《下午茶之一》被选入一个名为"肖像 2001 年,一次澳大利亚人的探索"(*Portraits 2001, An Australian Odyssey*),由新南威尔士州特维德河地区美术馆(Tweed River Regional Art Gallery)主办的全澳巡回展。乔其的一幅肖像也被选入此展一同展出,他画的是伐尔玛·尤洛(Valma Eulo),正是《下午茶之一》里那对姐妹的姐姐。

梅柏尔

"小胡阿姨家的伯母",就是梅柏尔。这个长长的拐弯抹角的称呼,是我女儿专用的。她初次见到梅柏尔时才两岁半,下飞机不过三天,记不住伯母的洋名,却记住了阿姨叫小胡。其实这是本末倒置。因为小胡是梅柏尔的房客,倒该被称为"梅柏尔家的小胡阿姨"。

梅柏尔是有中文姓名的。每当报纸上报道什么学术界活动时,有位陈顺妍博士,那就是她。不过,在大部分朋友与学生中,只有MABEL这个洋名字,才会与她对上号。因此我宁愿用中文来音译她洋名。

在梅柏尔的众多中国艺术家朋友中,我是很晚才与她相识的,只比我女儿早半年多一点儿。那时梅柏尔在澳大利亚汉学界的中国研究会会长任上,正组织该会的双年盛会。会场就设在她任教的悉尼大学。盛会节目之一是一个旅澳中国画家的联展,梅柏尔请研究生阿基鲍尔协助组织。阿基鲍尔是位高个儿的腼腆小伙子。他是位

◁ 梅柏尔和作者夫妇 2011年

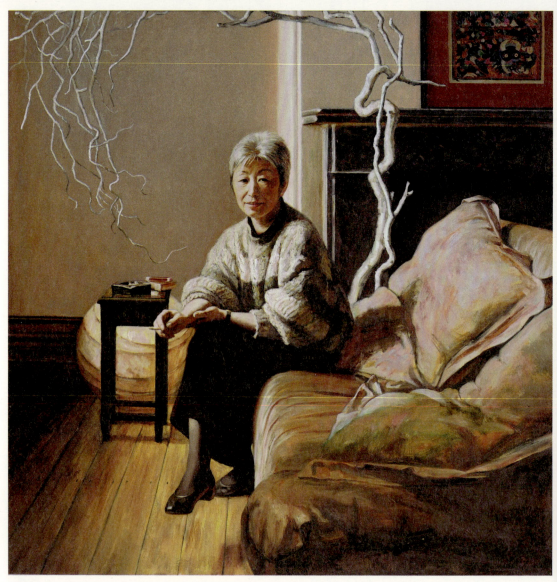

《梅柏尔》
1991
油画 137cm × 137cm
画家自藏

钢琴家,却又学起了中文,且一发不可收,研究起什么韩非子来。阿基鲍尔请了十几位中国艺术家到他在格林尼治的家里聚会商谈画展事宜,其中大多数已是他家的常客。我是头一次涉足这个圈子,还有点懵懂,光知道有一个画展,是这个阿基鲍尔在张罗。

开会时我才注意到有位五十岁左右的小个儿华人妇女在忙着做各种琐事，记录各人的送展画作标题，核对已打印出来的英文简介，等等。我想这准是一位秘书，在帮阿基鲍尔工作呢。我在中国的大学里，认识不少这样的系秘书。

　　后来晚会发展到喝酒聊天时，我既不善饮亦无熟友，正在一边发呆，有位安静地坐着的女同胞跟我打招呼，自我介绍姓胡，从成都来的。四川人？这真是少见。一聊，竟然是四川美术学院油画系毕业的。她的同班同学中，有不少是我的朋友，于是一见如故。小胡是专业的贵州苗绣收藏家，应邀来澳展览，借住梅柏尔家。"梅柏尔？"看我一脸茫然，她倒奇怪起来："怎么，你不认识梅柏尔吗？"她指指挤坐在她身边的那位秘书模样的女士说："她就是梅柏尔呀！阿基鲍尔的老师。"哈！可真是没想到。

　　第二天小胡打来电话，说梅柏尔想和她过来看看我的画。那时，我与朋友黄河刚租下雷芬附近一幢可以俯视整个齐彭代尔区的大房子，一边等家属来团聚，一边过画室瘾。那房子与大学相距才一公里，如果没有树叶障目，几乎可以望见梅柏尔的家。

　　当梅柏尔看到我为北京革命博物馆画的历史画《孙中山创立中国同盟会》的照片时，随口发问："他当时真的在东京吗？"我明白她并非是认真地问，但在不经意中，带出来一个学者从不轻信的治学态度。

　　当晚又送画展所需材料去，竟见到梅柏尔亲自把全部参展者的文字材料译出并打印出来，再由小胡帮助拼贴排版准备付印。这是一件非常烦琐的工作，而由她这位会长动手来做，真使我意外。

　　有一些人名要翻成汉语拼音，我正要告诉梅柏尔拼法，她说不必了，边说着，双手已飞快地打出一串一串准确的字母。我完全被惊呆了，因为我从小学拼音，又在北方生活近二十年，至今还弄不清一些卷舌音与舌尖舌根音，而梅柏尔是澳大利亚生的广东裔，她是怎么学的？"吃的这碗饭嘛！" 梅柏尔手不停地回答道。一会儿打完了，靠到椅背上舒展了一下筋骨，呷了一口醇酒，然后点着了一支烟。

这时已9点多，我刚要告辞，电话铃响，小胡接了说："来吧！"转身对梅柏尔道"是李梁，问还有没有饭吃"。梅柏尔笑了。小胡说："先别走，李梁也是画画的。"一会儿李梁来了。他的画室在格立勃，走过来只需几分钟。他坐下便狼吞虎咽起来，李梁是上海人，一聊彼此也有不少共同的朋友。闲谈中李梁向梅柏尔要几本杨炼的诗集。梅柏尔顺手也送了一本给我。打开一看，是梅柏尔译成英文并自己出版的，装潢简朴大方，配有李梁的抽象水墨插图。小胡在一边说，杨炼是在她之前住在梅柏尔家的，现在去了欧洲。

会期临近，梅柏尔白天在大学里忙着张罗，把与校园隔街相望的家开放了让我们出入交画。海外与澳大利亚各地的汉学家们陆续到达，梅柏尔家成了第一接待站。她楼上的三间睡房，女儿与小胡各一间，她把自己的一间让给北京大学的乐黛云教授住，自己搬到楼下书房去睡。不久乐老师的丈夫汤一介先生也到了。从捷克来了汉学家加力克先生，他居然还记得我故乡嘉兴的粽子，他是在三十年前去过的。

会议与画展开幕的前后两夜，梅柏尔在她家大宴宾客，小胡掌勺，大显身手。不大的院子与客厅、饭厅里，挤满了说英语的华人与讲中国话的洋人。梅柏尔让我为客人们画漫画，这帮助我迅速地融入这个有趣的圈子。有一对夫妇，长着一把中国人少有的大胡子的余明达和他的澳大利亚妻子德妮丝，成了我的好朋友。余明达与我同龄。后来有一次他谈起梅柏尔，说十多年前他还是梅柏尔的研究生时，梅柏尔的女儿索妮亚与我现在的女儿那么大，当时，梅柏尔为了在学术上提高自己，发奋努力，几乎顾不上照顾女儿，以致女

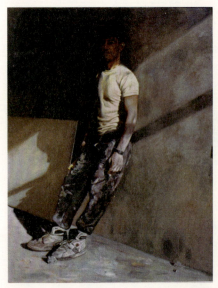

《霍伊》
（霍伊是在我的画室隔壁装修房子的小工。梅伯尔参观画室时，我正在画这幅画）
1992
油画 183cm×145cm
澳大利亚特维特河谷地区美术馆藏

儿生她的气。当然，现在索妮亚自己上了大学，体会到母亲的苦衷。于是我明白为什么梅柏尔如此精通汉语拼音，而拼音对于汉学家来说只是 ABC 而已。梅柏尔的专长是鲁迅研究，并涉猎从晚清经济史到中国现当代文学史这一宽广领域。

当我为宾客们画漫画时，注意到一张很特别的脸，五官有几分像杰姆斯汀——那位女孩子们的偶像明星，但前额与耳朵却不相称地大了几号，使我大为开心，一气画了好几张。他要过笔来，以日本式的书法在纸上写了"大巧若拙"，署名姜苦乐。梅柏尔介绍说，

《穿和服的姜苦乐博士》
1992
油画 198cm × 112cm
中国私人收藏

《对位》
(余明达和德妮斯的双人肖像)
1995
油画 213cm×137cm
画家自藏

他是英国来堪培拉国立大学任教的约翰·克拉克。两年后，我画的姜苦乐博士肖像入选阿基鲍尔画展，成了我来澳大利亚后事业上的转折点。不过，在当时我首先想到要画的，却是梅柏尔。

梅柏尔的肖像完成于那次盛会的几个月之后，是我在澳大利亚第一幅恢复原有水准的油画作品。当我反复描绘那张慈祥的脸时，吃惊地发现竟与鲁迅有几分相似，也许是同样抽烟过多的原因吧。梅柏尔给我的印象如此之深，以至我放弃不画微笑的初衷，而画出一个人人熟悉的好客的梅柏尔来。

"不要画抽烟吧！"梅柏尔哀求道，"我明天就要戒了。"

"我不信你戒得了。"

"你画了抽烟，会选不上的。"几天后梅柏尔又换了个方式吓唬我。

"没有烟就不像你了。"我铁石心肠般的答道。

转眼间这都已经是三年前的往事了。几天前梅柏尔打电话过来，说她女儿要另立门户，家里不少东西要处理，让我们过去看看有哪些喜欢就拿走。晚上下班回来，看见我女儿几乎埋在玩具堆里。

"是小胡阿姨家的伯母给的。"

其实，小胡远嫁新西兰，儿子也快一岁了。梅柏尔也有了心上人"好人戴维"——这是我对DAVID GOODMAN的译法，成了"戴维家的伯母"了。不，等等，看我犯了与女儿同样的错误。应该是"梅柏尔家的戴维"。因为戴维是个上门婿。

戴维也是个著名汉学家，与梅柏尔门当户对。

戴维·古德曼与我在作品前对话 2012年

梅柏尔和我 2010年

吉利安

2002年10月我在4A画廊做《再见革命》展览时,画廊的主持人阿伦·司徒(Aaron Seeto)告诉我,我的一件代表作被一位新西兰女士买走了。阿伦没有义务告诉我买主是谁,我也没有追问。此后的八年里,我与买画的主人毫无联系。直到2010年海瑟尔赫斯特地区美术馆(Hazelhurst Regional Gallery & Arts Centre)要为我举办绘画生涯五十年回顾展时,我才请求阿伦为我寻找这幅画的主人。因事隔多年,阿伦费了很多时间才找到那位女士并发来了她的电邮地址。我激动万分地向她发出电邮,邀请她来参观展览。

吉利安·迪恩(Gillian Deane),这是她的姓名,立即回电说她和她丈夫会择日前来。

于是我与他们首次相会于我的回顾展展厅。吉利安个子高高,长我三岁,风度优雅。她的丈夫一头白发,浓眉下一对大眼睛在厚厚的眼镜片后面显得炯炯有神。他叫劳德里克(Roderick Deane),

▷ 出席梅柏尔组织的我的回顾展 2012年12月

经济学家，新西兰国家美术馆（Te Papa）的前任主席。夫妇俩家在新西兰，但是在悉尼临近歌剧院的楼群里有一套公寓。劳德里克虽已半退休，但在悉尼这边的伍尔伍兹公司担任董事，所以一两个月要过来住几天，出席会议。

迪恩夫妇兴致勃勃地仔细观看我的每一件作品，并且提问请我解答。当时我应一位画在《红星照耀中国》里的红军人物的子女之邀，刚刚完成了原作四分之一规模的变体画并列入此展。劳德里克对这幅画涉及的历史非常有兴趣，听我滔滔不绝地讲解。

看完展览，我们到美术馆的咖啡厅坐下共用午餐。其间，劳德里克说他有两个请求或者说建议：一个是想请我为吉利安画一幅肖像，为此他们要请我去新西兰做客画写生；另一个他是刚刚才想到的：因为看画时他问我，这些历史画背后的故事，我有没有文字的记载，我答没有。于是他说，能否由他俩资助，请研究者来采访并写下来。我觉得他的想法很好，同意朝这个方向去努力。

几个月后，我应邀飞抵惠灵顿机场。吉利安开车来接我，她身穿一件黑白条纹相间的上衣，颇有印象派时代的韵味。我们在市区载上刚开完会的劳德里克，便北驶七十公里，来到他们位于北岛西海岸的家园。他们的家建在一个山岗上，连同绿荫环绕的巨大野地。劳德里克说这是当年他送给吉利安五十岁生日的礼物。朴素别致的房子里，正中是一个室内游泳池。建筑师为此获得一个优秀设计奖。巨大的玻璃窗面向海峡对面的开披提岛（Kapiti Island）。

我请吉利安在窗前宽阔的木质阳台上坐下准备写生，不料两只一团乌黑的拉布拉多幼犬扑上我的胸口，对准我的脸颊一阵热情洋溢的狂舔！劳德里克大笑着喝止它们的欢迎仪式。在那一瞬间，我决定要把这两个小东西连同它们的父亲，第三只黑色拉布拉多犬，统统收入将来的画面。

回到悉尼，我发现很难找到合适的人选来写下我的历史画背后的故事，而且即使找到了，由我用蹩脚的英语叙述了再由人写出

◁ 祝贺我获 2016 年加里波利艺术奖

▷ 观看《革命》

来,又打了双重的折扣。最终我忽然觉悟过来,其实最合适的人选是我自己。唯一需要的是请一位英文翻译。劳德里克立即同意。我有一位二十年的老朋友余明达十分乐意做这件工作。他刚刚退休,有时间。他早年是梅柏尔即陈顺妍教授的中国文学研究生,梅柏尔在学界享有盛誉。事实上,我与他俩刚刚有过合作,一同翻译出版了我编撰的画册《王兰》。现在这次是规模更大的合作。梅柏尔担任英文终审和全书的编辑。明达的译文也由我们共同的老朋友德妮丝校阅。

转眼时光已经过去了三年,陆续写下的二十篇《画里画外》总共已有十几万汉字。在此期间,为吉利安·迪恩夫妇全家五口创作的肖像深受欢迎,而画里的主人公现在已经受封为劳德里克爵士和吉利安·迪恩夫人(Sir Roderick and Lady Gillian Deane)。我告诉他们,在我所有的肖像作品里,我最喜欢的就是这一幅。

◁ 劳德里克和吉利安、梅柏尔等来画室观看吉利安肖像
2011年

《当吉利安为她的肖像摆姿势时,劳德里克在调教小狗》
2011
油画 167cm×153cm
新西兰迪恩夫妇收藏

寻根，在伍龙岗

这是一个关于格布（Guboo）的故事。但在谈到格布之前，先要讲一下比利。比利是邦定纳艺术家中的一个。艺术家多少都有一点与众不同的地方。但如果与比利相比，其他艺术家都变得相同了。比利是一个当代的堂吉诃德。他挑战的风车是以可口可乐为象征的一切垄断资本主义大公司，包括圣诞老人以至圣诞节等一切商业化的产物都是他势不两立的敌人，别的邦定纳汽车屁股上都贴一块"减速"（Reduce Speed）的警示牌，他则用竹竿与铁丝在破面包车头袋鼠杠上绑了一大块标语牌，上书：Reduce Greed——减少贪婪。比利本人可以成为另一个故事的主角，但今天他只是配角。

有一天，比利对我说，他认识一位土著长老，村里另一位画家凯斯想画这位长老的肖像参加阿基鲍尔特奖比赛，求比利带凯斯去引见。比利问我是否愿意同去，他加上一句："他的外祖父好像是中国人。"这一句话立刻使我着急地反问："什么时候动身？"

于是，比利开着他那辆"向贪婪挑战"的面包车，带了凯斯与我上路了。凯斯是一位四十出头的文静小伙子。我这么说是因为我当时已五十出头，胡子一小把。比利则六十出头了，一脸灰白络腮胡子。而凯斯嘴的四周没毛。

上车时，比利给我看了一些泛黄的印刷品，是一些类似绿色运动的宣言和一本残破的二十年前的摄影画册，里面有山林和头上扎了一根布条的土著男子。比利说，这便是今天我们要拜见的那位土著长老和他的文章。他的全称叫格布·泰德·汤玛斯（Guboo Ted Thomas），但人人称他格布，是土著语的一个尊称。十多年前，比利在邦定纳为格布举办了一次派对，庆祝他的七十五周岁生日，那么如今他应该九十周岁了。近年来老人定居在伍龙岗。

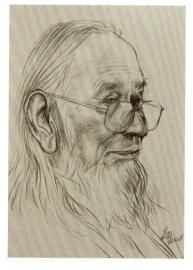

◁写生 1 ▷写生 2
1998
碳铅｜纸本 42cm×29cm
画家自藏

邦定纳到伍龙岗可以沿海一路过去，经过一连串风景如画的小镇，四五十分钟便进入伍龙岗市中心。在市中心不远的一群单元楼里我们停下车，一个胸前白净长须与后脑勺白色长发一齐飘动的老人拄杖在楼前迎接我们，并引我们步入他居住的住所。比利说这便

《格布》
1999
油画 198cm×213cm
澳大利亚新金山图书馆藏

是格布。我却非常意外地发现他与中年时黑白照片很不同的是，格布有一张非常中国人的脸，他几乎就是一位中国老人。

除了动作稍微缓慢之外，光从脸上是绝看不出格布的真实年龄的。他的脸上神采焕发，没有太多的皱纹，肤色只比华人略深一点，长有宽阔的天庭，略陷的眼眶可能是脸上唯一显示与澳大利亚土著血脉相联系的地方。他有一个大多数中国人都会羡慕的高挺的鼻梁和锐利的鼻尖，加上薄薄的嘴唇与有力的下颔，使他的脸以中国的标准衡量，也是非常英俊的。只有双手才更为像土著一些，因而更有力、更入画——在我们画家看起来。我想，如果他的外祖父是中国人，那么这遗传基因太强一点——因为才四分之一。

似乎要回答我的心头疑问，也许是看我盯着他好一阵发呆，老人亲切地凑过来俯身在我耳边说："我妈妈是中国人！我给你看她的照片。"说完便走到内室去取照片，而比利与凯斯听了都意外地沉默了一阵。

照片是翻拍后放大的。原照我有点怀疑是不是乡村画家从照片临摹过来的画像，因为比例上有点不准。那是人工着色的，一位亚洲女子身着白色西式长裙。但那张脸的确令我信服是格布的母亲，几乎是一个模子刻出来的。

从年龄推算，格布应生于1908或1909年。在那之前七八年，刚独立的澳大利亚联邦颁行了白澳政策，华人的数目在澳大利亚已大幅减少。而自淘金时代以来，澳大利亚华人中男女比例一直是极端悬殊的。因此华人与土著女子同居的情况较为常见。据长年研究土著生活的同行周小平告诉我，在土著中有华人血统的人为数不少，但多是父系方面。那么，格布的母亲如何会嫁给土著男子，应该有一个比较特殊的故事。这也许将永远是一个谜。格布没有说，我也不便问。但我并不对那段历史太感兴趣，我只是对这段历史的结果——格布太着迷了！

我非常庆幸与比利和凯斯同来。比利口若悬河地与格布聊天。

他还带了食品，因为他是素食主义者，所以准备的食品也是面包夹香蕉与别的水果。格布吃得很高兴。而凯斯则一直在认真地画一幅写生像。这样，我便挑了一个侧面坐下，一边旁听比利与格布叙旧，一边画速写，时不时地还看看四周墙上的图片。其中有一张上面有彩虹与鹰的图案，那是"原住民长老世界和平理事会"的标志，与一句口号并列："JINTA JUNGU"（团结一致）。

从他们的对话中，间或也从回答我的发问中，我知道了格布的更多经历。他是土著尤因族的长老，自幼在新南威尔士州南部海岸威拉加湖的土著聚居地长大。但在他有了明确的自我意识之后，便开始他的寻根探索。他把妈姆布拉山（Mumbulla Mountain）视作自己部落的真正故乡，并从几十年以前便开始积极地为土著人的平等地位与权利奋斗。他对我说："我们有自己的法律，与白人的不同。我们的法律来自山林。"他写了不少宣言式的文章印成传单，我看内容基本与绿色和平运动相近，主要是呼吁保护自然环境。他的活动超越了国界。1984年曾应邀访问美国，成为达拉斯市印第安人的客人，并被一个当地城市授予荣誉市民的称号。他还去过荷兰，去过印度和许多别的地方。有一份宣言甚至是为苏联切尔诺贝利核事故悲剧呼吁人类尊重自然。大约十年前，他成为巴哈伊教徒。这是一个源自伊朗，集基督、伊斯兰和佛等几大宗教教义于一体的和平主义宗教。近年他一直在呼吁和解——Reconciliation：土著与白人的和解。

格布与比利不时地因回忆往事而兴奋，每逢此时他的双臂便在空中划出虚幻的图形。为他的手势着迷，我急急地取出相机不停地按动快门。后来我才明白这是很犯忌的事，一般土著人都不喜欢被人拍照。凯利在画完素描后非常郑重其事地请求格布同意他拍照，然后非常小心地拍了两张，而我竟如此冒失。比利拐着弯儿提示我犯错了："你怎么就像个日本游客一样噼里啪啦个不停？"于是我有点不好意思，但格布却不以为然地说："拍吧！拍吧！"我突然意识到：当我满不在乎地拿出相机就拍，和他破例地让我随心所欲时，我们彼此都把对方当作了自己的同族人，同胞。

的确，在这几小时相处中，我始终处在一种奇妙的感受中。我似乎是在自己的老家，在拜访一位家族的长辈。格布对于我是如此亲近，似乎他便是我的某一位伯父，或者再长一辈，某一位叔公。虽然他讲的是土著的方言，整个儿就是土著文化的代表，但是那张中国人的脸，却每时每刻把我拉回到这种错觉之中：这是我的某一位长辈……

种族的认同是一种奇妙的感受。作为一个世界主义者，我的博爱观点常常被自己的同胞所斥责，那么，为什么当我面对有一半中国人血统的格布时，还会那么激动呢？也许，种族——民族——家族，这种一脉相承，使得同胞之间有一种家庭成员的亲切感，是与生俱来的。也或许相反，正因为格布身上还有另一半是土著血统，而使我意识到他是一个象征：现代澳大利亚人的血液里，正是混合了土著、白人、华人和其他人种的不同血脉。作为一个新近才加入这个澳大利亚大家庭的成员，我在格布身上寻到了作为一个澳大利亚华人的根吧。

在凯斯郑重其事地提出给格布拍照时，格布走进内室，再出来时，穿上了一件用红、黄、黑等不同颜色拼制成的厚厚背心，上面还绣了一些螺纹图案，别了一枚他参加的和解运动的纪念章。比利不怀好意地问道："这是你的哪个女人为你新做的？"格布含糊其词地应了声"她做的"。比利说格布有不少女人。这倒不难理解，因为他这一生太漫长了。

格布看到我画的像，又走进了内室，拿出来两幅他的写生头像："这是我女儿画的，这是我另一个儿子画的。"这使我十分意外，画得虽还不十分入门，却都挺像，而且都是用的西画法。看我们欣赏，干脆带我们进入内室，那儿还有另一幅他女儿画的肖像，用油画画的。他又一一展示他的"作品"：一些单页的宣言和一大本文件夹。

翻到其中一页是"格布之歌",当年某一位记者记录下来的。格布兴头上来,与比利一道吟唱起"格布之歌"来,那些我不明其意的土著词汇与强烈的节奏使我入迷并久久难忘。

临走前,有人敲门,进来一位年轻白人女子,开朗的模样如带进一缕阳光。她与众人一一打招呼后,便如自家人一般走到厨房洗起我们用过的碗碟来。像回答我们的疑问,她边洗边说:"格布是我的爸爸,我们大家都喜欢他,希望他长寿。"比利出门后说,她大概是格布儿子的女朋友。格布在伍龙岗是与他一个儿子同住的。

一个月后,格布与他的追随者去南岸一个山林里举行一年一度的"和平野营"并庆祝他九十周岁生日。我因有事无法参加,回来后比利告诉我,格布心脏病发作,"已经死了一次",但抢救过来了。"也许熬不过今年",比利忧郁地说。我听了说不出话来。

2013年补记:

格布在九十二岁时去世。我将1999年画成的油画《格布》交给他的一个儿子带去放在他的追思会上,之后将它永久陈列在尤因部落土著人的文化中心里。但是在2009年年初,那个中心关闭了,我与比利驾车南下三百公里将它取回。在那一年3月它亮相在中国美术馆,紧接着在5月这幅画参加了澳大利亚华人画家在北京798艺术区内举办的群展《回乡》。我决定将它永久陈列在墨尔本的新金山中文图书馆新楼内。在它即将离开我的画室时,一位有一半华人血统的独立策展人 Imogen Yang 带领她的摄录小组采访了比利。采访在我的画室里进行,比利就坐在《格布》画前。采访的主题便是格布的生平。采访中途比利一度哽咽,众人沉默良久。

格布的儿子来访,左一是比利·斯诺 2001年

《格布》由孙浩良创办的新金山之家永久收藏

墨尔本市长是个华人

2003年3月，我接到一封墨尔本市市政厅的来函，大意是告知市政厅决定为墨尔本市历史上第一位民选市长，也是第一位华裔市长苏震西先生绘制一幅正式肖像，经过评审小组的挑选，从九名候选画家中决定推荐我为市长画像，但须在最终决定前与市长本人见面。

7月中旬，市政厅安排了来回机票，当天往返悉尼—墨尔本市。中午与苏市长会面。这是我第一次与他相会。

苏市长的竞选新闻，以往在报上见了不少。但百闻不如一见，尤其是这次相见，我是以肖像画家的角度来观察他的。苏先生的脸相，头一眼看去是圆圆的、一团和气的好好先生；再细看时，才看到脸颊上微突的颧骨，不大多见的浓眉下，双眼皮的大眼眼角略向外侧上挑。最有特色的是在线条粗犷的鼻子底下，凹凸分明的鼻唇沟与上唇，同倔强的嘴角构成了一种鲜明的个性。五官显示出这个人深藏不露的决策能力与领导魅力。后来在我作画时，想到倘若他穿上将军服，头戴大檐帽，活脱是一位将军。在我大半生里，画过不少军人，这种感觉是不会有错的。

苏市长与我一见如故。请我画像的事似乎在见面前便已敲定。我们除了谈一点日程安排外，便是互相谈身世。他长我两岁，年轻时只身从香港来澳大利亚上大学而留下了。我俩都是第一代的华人移民，自然惺惺相惜。我们各有自信与自豪的理由：他是由白人为主的选民一票一票选出来的市长，而我被选为委托画家，也是由专业机构从九名澳大利亚画家中选出来的，都是凭实力竞争的结果。如果说碰巧是由华裔画家来为华裔市长画像，那么这个事实只能有两个结论：一个是澳大利亚的主流社会已完全接受多元文化主义；另一个是第一代的华人移民干得很棒。

我们确定了这幅肖像将是等人大的全身立像。这项工作从8月初开始，至月底画了大约六七成，再在11月中旬至月底加工完成了肖像。为了能方便写生，我是在墨市完成此画的。承中央美术学院的同班同学、多年好友贝家骧提供了他的画室，使我如在家一般方便。苏市长日程排得很满，不可能日日为我坐着被画，所以我采用的是变通办法。头几次写生都是画习作，包括素描、头像与全身习作，同时拍下细节照片。画布上主要凭借素材工作。最后一次写生是在苏市长办公室会议厅完成的。他们在装配外框之后，将会举办一个悬挂仪式，也会开放给公众观赏。创作全过程由陈静女士的助手王越和赵小左拍摄下来，准备制作她新移民文献纪录片系列中的一集。新金山文化公司的老朋友孙浩良老师、《大洋时报》冯团彬老总与阿木主编给予不少帮助。尤其是《明报月刊》特约记者王晓雨，提供给我他写的苏市长特写长文，帮助我从深层观察与理解我的作画对象。墨尔本还有许多朋友给我关怀与帮助，使我的工作既顺利又愉快。

在11月下旬，我的工作接近结尾时，墨尔本的英文大报《太阳先驱报》刊发了苏先生、我与作品的合影，配文的标题是"三万澳

《苏震西市长》▷
2003
油画 198cm × 122cm
墨尔本市政厅藏

习作
1999
油画 61cm×30.5cm
画家自藏

元为市长画油画像"（*S30000 for Mayor in Oil*），标题即可看出报道与评论的重点。这一点上我很钦佩澳大利亚传媒的监督责任感。但正如市政厅官员读后所说，评论是相当"正面的"（"more positve"）。与此报道同一个版面，还有一篇拿苏市长身披的负鼠皮调侃的专栏文章。

苏市长与我首次见面时，便提出要在画中画入一张负鼠皮。负鼠，英文名possum，一种大小与尾巴像猫，而嘴尖如鼠，长着一对大眼睛的澳大利亚本土动物。早在我来澳之初，每日深夜下班回住处穿过海德公园，最大乐趣便是与在垃圾箱上啃苹果的这些小家伙逗着玩。有时拍拍它们的屁股，看它们惊惶地爬上树干，再回头瞪着我。它们是我的宠物。但在这里，负鼠皮具有不同的意义。作为传统中的猎物，澳大利亚土著是有权任意捕杀负鼠的。而且土著部落在采用现代文明生活方式之前，用多只负鼠皮相缀而成的皮披肩是他们主要的御寒服装。苏市长在就任墨尔本市长时，土著一位部落长者将自己的负鼠皮郑重地赠予苏市长。这是目前尚存的二十块分属不同部落长老的负鼠皮中的一块。这样，苏市长作为第一位民选市长便具有双重的合法权力来源：一个由墨尔本市选民赋予，另一个由澳大利亚最古老的那部分居民所授予。这是为何苏市长希望画上这块负鼠皮的重要原因。

在动物保护主义普遍为人们接受的当代，毛皮服饰是较敏感的，所以我并未立即决定是否画上负鼠皮，虽然从"政治正确性"的角度考虑，动物保护意识与土著和解进程同为"政治正确"的话题，但相比之下，后者远比前者重要。因此我是倾向于同意苏市长的建议的。更何况从画家角度说，毛皮的质感与市长金链的金属质感相辉映，是极好的描绘对象。

十分凑巧的是，就在与苏市长会面之后几天，我在悉尼的国际

◁ 为墨尔本市长画像 2003年

▷ 老同学贝家骧（左一）为我提供了他的家作为我的墨尔本工作室

素描研讨会上听肖像艺术馆馆长安德罗·赛耶斯介绍土著十九世纪素描作品的讲座，见他打出的幻灯片中有好几张描绘了披负鼠皮舞蹈的土著生活场景。休息时我便认真向他请教。他听后毫不犹豫地说，这是极好的想法。他补充说，唯一前提是征得土著长老的同意。

于是我心里有了底，再跟苏先生一说，他马上征得了长老的首肯。接下来的便是技术层面上的处理。我认为最理想的安排是让画中的市长直接披上这张皮。结果获得满意的效果。

由于市长身着正式礼服，佩挂金质市徽与金链，加上土著负鼠皮，均为最隆重场合的穿着，画像便具有某种象征意义，不再是日常生活中的一瞬间，因此，在动作上我也以象征为主导，将他的右手按在胸前心口，赋予一种向选民宣誓效忠的联想。

脸部表情，也寻求一种庄重严肃的状态。但同时我还是在温和、平易近人方面找到了平衡。如果近观他的嘴角，可见一丝微笑，而退后远看，则变得肃穆一些。

我将象征性贯彻到背景处理上。摒弃传统肖像的市政府环境描绘，借助中国传统人物肖像空白背景手法，我用抽象的墨绿色过渡到下部的深红色地面作为背景。色彩的灵感来自市政府会议厅的地毯与沙发，但墨绿色已有了对墨尔本市古老传统与青春活力的双重暗示。

将来有一日，市长与我本人均已不在这个世界上，只有这件作品会向后代们讲述我们双方的故事。

《其乐融融》
（画中的老朋友孙浩良夫妇向苏市长推荐我作为他的肖像画家）
2009
油画 112cm × 122cm
私人收藏

结缘澳大利亚国家肖像馆

2015年11月初,《澳大利亚人报》一连数天刊登大广告,告知公民们国家肖像馆于11月10日举行高登·达令追思会。广告实际上是我的油画《高登·达令肖像》的头像局部,十分醒目。

高登·达令是澳大利亚著名的企业家与慷慨的艺术赞助人。1990年,我抵澳的第二年,注意到一个不同寻常的展览在堪培拉开幕,展名叫"非凡的澳大利亚人",副题引我注目:"朝向建立国家肖像馆",大声疾呼仿照英伦先例,建立本土的国家肖像馆。在高登·达令夫妇的努力下,经各方游说,1998年时任总理霍华德接纳了提议,暂借旧国会大厦的一层空间,创立了国家肖像馆。

高登·达令是该馆首任董事会主席。继任的是他的夫人玛莉莲。高登·达令本人以九十四岁高龄而终。追思会的规格很高,创馆时的国家总理霍华德夫妇出席了,现任总理特恩布尔夫妇也出席了,特恩布尔总理还做了主要致辞。意外的是,总理致辞的后半段突然

《高登·达令》
2006
油画 167cm×137cm
澳大利亚国家肖像馆藏

提到了我的名字,除了点明高登·达令的肖像就是出自我的手笔之外,还特地提到我曾一连画了两位他的家人:一位是他的岳父汤姆·休斯大律师,另一位便是他自己的夫人露西,而且也画了在座的霍华德前总理,等等。特恩布尔总理当时刚刚走马上任,公务繁忙,讲完话立即离开了。继他之后,反对党发言人和肖像馆馆长致辞也重复了对我的表扬。

事实上,追思会的地点就在国家肖像馆的大前厅,其名字正是"高

与达令夫妇在达令肖像前合影

登·达令大厅"。大厅的进门左侧是接待柜台,柜台后大墙面上挂着与报纸广告相同的高登·达令头像大特写及其生卒日期,而柜台对面隔了会场,即右侧墙上,便挂着这幅图片的原作——我于2006年绘制的高登·达令全身坐像。

在高登·达令追思会开过之后不足一个月,12月6日在同一个大厅里,又召开了一个追思会,这次是哀悼国家肖像馆的前任馆长安德鲁·赛耶斯。如果说高登·达令夫妇是肖像馆的设计师,那么安德鲁便是其工程师。这一场追思会的气氛要低迷得多。因为安德鲁是英年早逝,只活了五十八岁。

我在澳大利亚不足三十年的艺术生涯里,有一半时间与国家肖像馆结缘。那是在1998年12月,我连续第六年入围阿基鲍尔肖像奖之后,有一天接到一个陌生人电话,就是刚刚上任的国家肖像馆馆长安德鲁打来的。他问可否访问我的画室,我当然极表欢迎。不几日他便来到了。这是个生气勃勃但又有克制力的绅士,刚刚四十出头。他看了我的作品及幻灯片之后便告诉我,肖像馆打算请我为现任总理霍华德夫妇画像。他说圣诞将近,假期内总理住在悉尼总理府,我会被安排去写生。

这自然是一个十分震撼的安排。因为迄今为止,尽管我已经得过一个大奖,上了报纸头条,另外也出现了私人的赞助,但尚无任何公共的肖像委托。如今一上来就是国家总理的肖像,当然是极大的专业上的成就。

不过我太无经验,高兴得有点太早。

馆长离去后,一个月不见动静,圣诞早过了,连中国新年也过了,没有任何后续音讯。我就知道此事已黄,只是不知何故。后来才知道,有一个权力高于馆长及董事会,就是霍华德总理本人。我指的不是作为总理的公权力,而是指作为一幅官方肖像画的像主,他具有保留最终挑选画家的权力,或者说是权利吧。原来总理夫妇在许多年前因为双方孩子就读同一个幼儿园而结识了一位女画家。这位女画

▷ 安德鲁·塞耶斯

家名裘，我也熟识，因为她在1990年得了比阿基鲍尔奖奖金高出几倍的另一个肖像画大奖——道格·莫兰肖像奖。她的确也画得非常好。因为是二十多年的友谊，霍华德夫妇便改变了肖像馆长的建议，委托裘来画他们夫妇。

2003年，安德鲁又打电话给我了，他说他对我十年前画的穿黑色和服的姜苦乐博士的黑袍子很为赞赏，这次他想请我画一位同样穿黑袍子的大律师。

这个电话开了我承接公共肖像委托的先河。从此开始每年都有不少于两幅这类委托画作，直至今日。

这位大律师汤姆·休斯时年八十一岁，是尚在执业的最高龄的大律师。我查了他的履历，他是资深自由党人，曾在二十世纪七十年代出任政府的总检察长。在他年轻时，是第二次世界大战里的战斗机飞行员，一位战斗英雄。

《大律师汤姆·休斯》
2003
油画 122cm × 91cm
澳大利亚国家肖像馆藏

《汤姆·休斯》
2004
油画 167cm×167cm
新南威尔士律师协会藏

当时我已经了解到国家肖像馆的操作：画谁、陈列谁是由馆方出于国家历史层面考虑决定的，但钱是由赞助人出资的。而汤姆·休斯大律师肖像，则由其女儿女婿出资。因为人人都知道其女婿特恩布尔是极为成功的商人，家住悉尼最昂贵的地段派普角海滨。其实特恩布尔更为著名的是其政治身份。他不到四十岁便成为澳大利亚共和主义运动的主席，当时这个运动是跨党派的。我在阿基鲍尔展上看到过著名漫画家比尔·里克画的特恩布尔年轻有为的形象。但在此时特恩布尔已经加入了自由党，而且人们都在猜测有朝一日这

▷ 2003年 特恩布尔夫妇为休斯肖像揭幕

个年轻人会当上澳大利亚总理。

特恩布尔有一个同样强势的夫人露西。露西已当了多年的悉尼市政厅议员,并成为悉尼历史上第一任女市长。

为休斯画肖像很顺利。他有一张斗牛犬般的脸,在法庭上咄咄逼人,冷若冰霜,因此而有"酷冰"的雅号。我提议再为他画一幅在法庭上侧面的肖像,为此我跟他出庭,看他法庭上的表演。这第二幅画像入围了2004年阿基鲍尔展,随后被新南威尔士律师协会收藏了。我在收藏仪式上见到了露西。露西知道我刚为墨尔本第一位华人市长画了官方肖像,便问我是否愿意为她也画一幅挂在市政厅的肖像,我当然同意了。此后两三次出入她在派普角的豪宅。露西拒绝穿传统的市长大袍子,而选穿一件在香港买的半礼服式女上装,黑色暗花纹。这对夫妇对中国很有好感,儿子在学习讲普通话。她安排我为他们的儿子画了一幅头像速写。后来这儿子娶了一个华人媳妇。

再说回休斯的肖像。有一次我去堪培拉的国家肖像馆,安德鲁馆长见到我,便向我表演霍华德总理几天前来馆见到了我画的休斯像时的样子。馆长夸张地后退两步,瞪大双眼说:"喔!就跟真的一样!"霍华德与休斯是老同事和忘年交,所以对此印象深刻。从那一刻我便深信,总理将来会选我画他离任后给议会大厦的官式肖像。果然如此,不过那是四年以后的事了。2009年那幅霍华德肖像画得很顺利,如果不算上我的一次粗心大意的话。为画像安排了四次写生。有一次安排在某一个周二,但是我记成了周三,而

《露西·特恩布尔》
2004
油画 167cm × 91cm
悉尼市政厅藏

《霍华德总理》
2009
油画 122cm×96cm
澳大利亚联邦议会大厦藏

且疏于检查挂历上的记载。到了周二,霍华德的秘书打来电话:"十点过了,嘉蔚在哪儿呢?"电话是我太太接的,她慌了:"哟!他正在画室屋顶上清理雨水槽呢!怎么约的是今天?那怎么办?现在开车过来还得两个小时呢!"那边秘书叹了口气说,那只好重新安排了。

▷ 写生前总理霍华德 2009年

转过年来，2004年中期，澳大利亚举国关注的新闻是，澳大利亚的灰姑娘玛丽与丹麦王太子弗雷德里格正式成婚了。婚礼播了四个小时，我也从头看到尾。

到了年末，安德鲁馆长打电话来："我们要送几位画家的材料给丹麦王室，让他们挑一个画家来为国家肖像馆画一幅玛丽王妃的肖像。你能马上寄一份材料来吗？"我立刻寄出了，后来一直不见动静，只知道2005年2月下旬玛丽夫妇要来澳大利亚官式访问。

突然间，几乎与馆方通知同时，所有的澳大利亚英文报纸都在头版报道，丹麦王室挑中了我来为玛丽王妃画像。随即又接到丹麦王室方面的电话，指点哪些规则要遵守，左保密，右保密，等等。只有三个小时安排我写生与拍照，时间在3月1日上午。

我想，我是画家去工作，就穿工作服去见王妃吧。我把这个决定告诉了助手王兰——我的太太。于是她也穿着比较随便。但是一到王妃下榻的香格里拉饭店，见到打扮得如同新郎一般光鲜靓丽的安德鲁，我便知道自己的着装失礼了。事已至此，不去管它了。电梯停在三十四层，出来后就见到梳妆打扮得赛过天仙的王妃。好在王妃虽然经过了四年严格的王室调教，身边陪着一位严厉的公爵夫人女官，但还是出色地保留了澳大利亚姑娘的纯朴与平等精神。因此整个上午都既紧张又合作顺利。写生时我对王妃说："我有一个专业上的问题，请问您的身高是多少？"她答道："174厘米。"令我大出意外的是，此刻她竟撩起裙裾指着高跟鞋说："还要加上鞋跟的高度。"我猜想，在我身后的公爵夫人一定在懊恼自己的主人兼学生失礼了。安德鲁一直有礼貌地在场观看。王妃对我的写生非

与王妃合影 2005年

为丹麦王妃玛丽画像 2005年3月1日

《玛丽王妃》
2005
碳铅 | 色粉 | 纸本
42cm×29cm
丹麦王室藏

常满意与喜欢，在结束合影时问我，将来能否将这幅写生送给她。我与政府有合同，一切素材都归肖像馆保留。我便看向馆长。安德鲁反应很快，立即点头同意。

出了饭店大门，发现窄街对面一字排开，站了上百个摄影记者。有的记者便马上过来采访，但是受了王室警告，我只得回答无可奉告。第二天报道集中在我的牛仔裤与衬衫上。

专门报道丹麦王室新闻的御用记者安娜与汉娜比较机灵，早已弄到我家地址而在我画室守候了。所以她们做了详尽的报道。之后是澳大利亚报纸的几轮报道。其中一篇我的故事引来了一位电影导演，他将是另一个故事的主角。

玛丽王妃的肖像在堪培拉揭幕之后，成了肖像馆镇馆之宝，澳大利亚观众们反应热烈。馆长与高登·达令夫妇立即着手安排去哥本哈根举行一个巡回展，展出包括这件作品的澳大利亚肖像画。时间是在2006年4月。

在那里又与高登·达令夫妇相聚，因为他们是澳方代表团的领导。玛莉莲问我是否愿意为肖像馆绘制高登·达令的正式肖像。我当然同意！

又一次与玛丽王妃相聚，王子还是头一次见到。他身穿一件藏青色手工缝制的西服，像一头豹子那么剽悍与灵活。明明在我前头走着，突然便一个转身与我握手，热烈地表

△ 原国家肖像馆（旧联邦国会大厦）正门外。玛丽肖像深受公众喜爱。2007年

◁ 英国威廉王子来观看玛丽肖像 2014年4月

▷ 姆·休斯像 威廉背后也是我的作品，即汤

达他对他妻子画像的喜爱。安德鲁信守诺言,将已装入镜框的那幅写生送给了王妃。

回来后完成了高登·达令肖像。其时,由于馆长的夫人佩里在总理办公室工作,帮助说服了总理批准建造国家肖像馆新馆,已经征集了设计师竞标。中标的设计做了一个模型。我明白这是高登·达令长达十多年的梦想,所以便将那模型,亦即未来的肖像馆俯视形象画在了他身后背景上。

四年内一气为肖像馆创作了三幅肖像,安德鲁馆长既满意,又在喝茶时暗示我到此为止了,馆方不会给我新的委托。我心领神会,澳大利亚上百位肖像画家眼睁睁拿不到委托,我不能这样霸道。

馆长在新馆方案批下后便成了工地总监督。新馆在旧国会大厦正面相隔两三百米的一块空地上拔地而起。2008年12月肖像馆正式迁入新馆,举行了盛大开馆仪式,新老总理悉数出席。工党在一年前取自由党政权代之,新总理是中国通陆克文,他的夫人成为肖像馆董事会主席。安德鲁的事业也达至顶点。由于将国家肖像馆从无到有,再到新馆建成,他的领导力充分展现,在几十个馆员心目中他就像一个人人喜爱的大哥哥。2010年,新的任命下达,他被任命为有两百多馆员的国家博物馆馆长。他的告别晚会令我感动,馆员们做了一个幻灯片,用电脑合成几十幅他的肖像照片,大厅高墙上的安德鲁头像的表情便由喜到怒,由怒到大笑地变换,众人大乐。吃饭时安德鲁告诉我,下周他就要出访北京。前任国家博物馆馆长留下的第一件要他接手的工作,便是安排澳大利亚中国年节目:接中国美术馆馆藏作品展览到堪培拉国家博物馆展出,目前立即要带澳大利亚国家博物馆的土著艺术展去中国美术馆展出。安德鲁知道我在中国的代表作是《红星照耀中国》,他主动提议到,他要把这件作品放入选项,运来澳大利亚展出。

他到北京后,认识了中国美术馆馆长范迪安、副馆长马书林,而且正值王兰也在北京,他们四个人一同吃饭,谈论了2011年的《新

◁ 新馆落成,与时任总理陆克文交谈　2008年12月

境界》大展。安德鲁回到澳大利亚,正值我在海瑟赫斯特地区美术馆举办回顾展,他特地赶来悉尼为我的开幕式热情洋溢地致辞。

2011年9月,《新境界》展品启运前有朋友告知说《红星照耀中国》只拟运一半来展。《红星照耀中国》共长十一米,分六块画布。它在国内巡展时常常只展三分之一。安德鲁一听急了眼,立即打电话向北京询问。北京说,我们是好意,怕你们没有这么长的墙面。安德鲁斩钉截铁地说:"我们要为它专门造一堵墙!"

结果是,展厅里的确专门有一道为它设计的墙面。展览开幕式令我感动,中国美术馆来了正副馆长数人,都是我的老相识。澳大利亚方面专门组织了大学出面的学术研讨会。展览持续了四个月之久。

安德鲁·塞耶斯
《自画像》
2014

2013年,忽然报纸纷纷报道:安德鲁辞职。记者采访,他说因妻子调去墨尔本工作,他不愿两地分居,故放弃了这一个令人仰视的职务。真正的谜底直到第二年才揭晓,2014年道格·莫兰肖像奖入围作品里,安德鲁的全裸自画像入围亮相。原来谜底是:安德鲁要圆他自幼就有的艺术家之梦,他不再为人做嫁衣了,他要粉墨登场。

他再接再厉,2015年一幅美术批评家朋友的肖像入围阿基鲍尔展。我一见这消息突然有了灵感,要画一幅安德鲁这位老朋友的肖像参加2016年阿基鲍尔展,画他全裸着在画自画像,他主体是背影,镜子里是他陪我见王妃时那个光鲜靓丽的青年才俊。

我兴奋不已,立即先上网查安德鲁的资料,见到他改行成为自由职业画家后记者对他的长篇报道。读着读着,我忽然感到全身

▷ 澳洲国家博物馆《新境界》美展发布会,左二起:澳国博物馆长安德鲁·塞耶斯,中国美术馆馆长范迪安、副馆长马书林
2011年10月

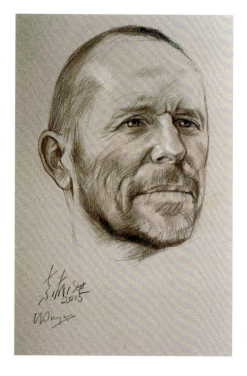

《安德鲁头像写生》
2015
碳铅｜纸本 50cm×30cm
澳大利亚私人收藏

发僵，不相信自己的眼睛，报道白纸黑字印着他对记者说：他十四年来年年跑马拉松，最近一次跑完后不适，去看医生，医生检查后告诉他，他不幸得了第四期胰腺癌。安德鲁告诉记者，你自己去查资料看这是什么意思。

后续报道说，安德鲁在得知自己的生命只剩几个月之后，先是与妻子去欧洲参观美术馆，回来后准备办一个自己的最后个人画展，定在 2015 年 11 月开幕。

我在 2015 年 6 月阿基鲍尔展开幕式上找到了安德鲁。他剃了光头。他听了我建议后说，我给你特许，你画吧，我给你做模特。

后来他约我 8 月底去墨尔本他家，那时他有一个治疗空当。8 月 30 日在他家，火炉前他脱光了衣服，顽强地站立了好久。他的标准体态是永远挺直脊梁，那一天他同样腰板笔直，只是他变换姿态时

◁ 安德鲁与王兰在中国美术馆 2010 年

的动作慢得出奇，看得出他完全凭超人的毅力在坚持。9月1日在他的画室，我画了一幅他的素描头像，并将它留给了他。我还赠给他一件礼物，是一块制作精良我一直舍不得用的大调色板。我说，我从你的画室照片上看到你没有好的调色板，你留着用吧！他很喜欢地收下了。

8月31日高登·达令刚去世，当然安德鲁也知道，但我们不谈任何关于死亡的话题。虽然我们都知道死神就蹲伏在旁边，伺机出击。他说到他从孩提时就想当画家，现在他的梦想实现了。但我见到他的鼻子、眼眶忽然红起来，便知道他没有说的是，可是这个梦这么快就结束了。他控制了自己的感情，我们换了一个话题。

我身后的画架上，是他的最后一幅创作，也是自画像，画他在得知快死时，去做了最后一次潜水，请他女儿拍了照片，就画自己潜在水下，气泡上升。题目是"下潜"，英文是"diving"，与"死亡"（dying）谐音。

我素描完成后，他已筋疲力尽，但他极具克制力。我立即与他告辞，明知这是诀别了，五周后他去世了。当时我正在中国。

我的油画完成了，但是无论阿基鲍尔奖还是道格·莫兰奖，均拒绝入围这幅画。我觉得很对不起他。虽然我不认为是我画得不好，而宁愿猜测是展方对死者的尊重，不愿展示他的裸体。

安德鲁本人一定不赞成这种尊重。他几次对我抱怨，说媒体在发表他那副裸体自画像时，都故意切去了有下体的那一小部分。

安德鲁生在英国，随父母移居澳大利亚。他是一个美术史学者和一个优秀的策展人。但是，他只想当画家。在他终于成为一个画家时，他丢弃了西服，留起了胡子，完全变成了另一个人。上帝只允许他当三年的画家，他在这三年里成为一位知名画家。

他的个人画展在他死后一个月如期举办，作品全部卖出。

他的自画像《下潜》入围昆士兰大学美术馆2016年度自画像奖比赛。

《安德鲁·塞耶斯》 ▷
2016
油画 183cm×137cm
画家自藏

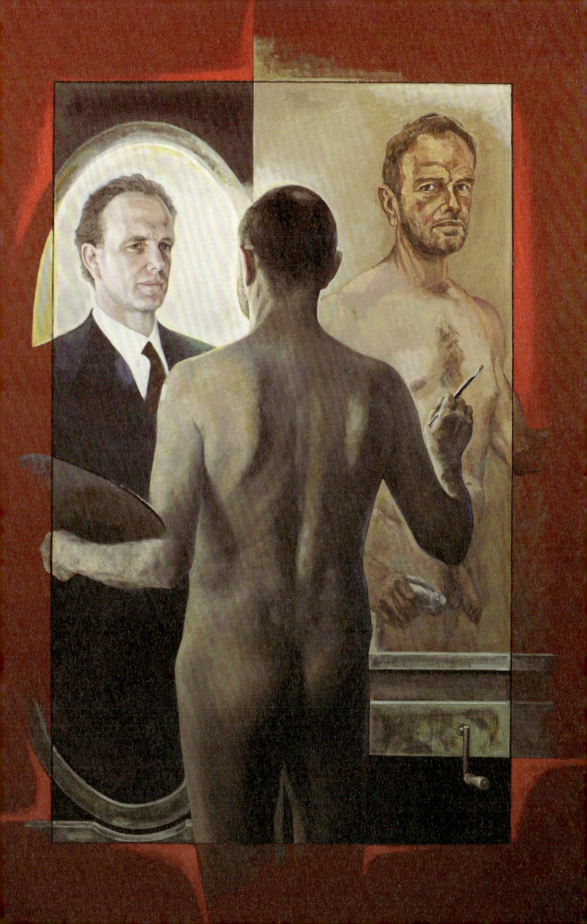

在澳大利亚的自画像

《在澳大利亚的自画像：戏仿约翰·汤姆森》是我最重要的作品之一，于 2010 年完成，是该年在澳大利亚的海瑟尔赫斯特美术馆隆重举办的《沈嘉蔚艺术生涯五十年》回顾展的压轴展品。2011 年这件作品入围阿基鲍尔肖像奖。在这一年与 2012 年初，这件作品在澳大利亚各地美术馆巡展。

我曾创作过多幅各具特色的自画像，其中有几件已进入公私收藏。包括阿瑟·罗宾森艺术收藏、梁洁华艺术基金会、白兔美术馆以及昆士兰大学美术馆等著名机构。但与其他自画像不同的是，《在澳大利亚的自画像：戏仿约翰·汤姆森》记录了我在澳大利亚二十多年生活的艺术成就，是一部浓缩的澳大利亚文化史和华人史。它不仅展示了画家主要的艺术成就，而且有意思的是，就在创作期间，它本身已经进入到画家生活之中，又成为我在澳大利亚的故事的延伸部分。当这件作品尚在画室里时，它已经两度成为澳大利亚英文

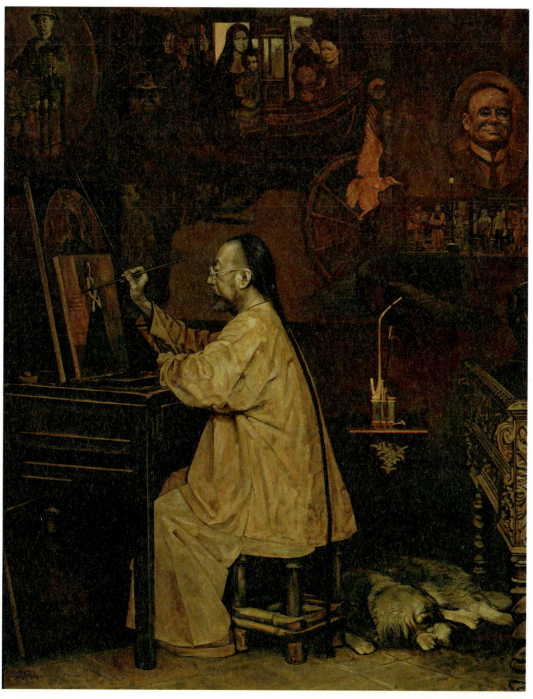

《在澳大利亚的自画像》
2010
油画 213cm × 167cm
中国私人收藏

大报的图片新闻。

2010 年 7 月 21 日的《悉尼晨锋报》在头版刊出我的大幅照片,报道我应邀为澳大利亚国会大厦绘制了前任澳大利亚总理霍华德正式肖像的文化新闻。在这张照片中,我身后是接近于完成的《在澳大利亚的自画像:戏仿约翰·汤姆森》。

与此同时,澳大利亚著名摄影家格列格·维特到我家里做客时来了灵感,他把我们一家子包括老狗比利都拉到这幅自画像前拍了一张照片。这张有着古典油画般色调的照片,在第二年入围澳大利亚全国肖像摄影奖并受到好评。澳大利亚唯一一份全国性大报《澳大利亚人报》于 2011 年 3 月 29 日的艺术版面上刊发对这次评奖的专题评论。版面安排富有深意:格列格的这幅沈家合影占据巨大的版面,在它下方小小的一幅才是获奖作品,全文配图仅此两幅。艺评人克里斯托弗·阿伦写道:"格列格·维特的一幅小型肖像照非常杰出,那是沈嘉蔚和他的妻子王兰、女儿曦妮以及爱犬比利一家子。这幅照片仿佛在与画家调色板上的泥土色调相媲美,并将人物置于画室里正在画的自画像之前。画家身着牛仔裤与皮夹克,面对着维特的相机。而在他的自画像里,他却是穿着中国传统服饰,正在绘制一幅萨金特风格的丹麦王妃玛丽的全身像。"

这幅照片现在永久陈列在澳大利亚国家肖像馆,与我画的王妃肖像比邻。

为什么我在这幅自画像里要把自己画成一个殖民地时代留着长辫的华人画家,就像约翰·汤姆森的著名照片《香港画家》主人公一样呢?

细解此因之前,必须先介绍汤姆森的照片。

约翰·汤姆森(1837—1921)是英国著名早期摄影家。他于 1872 年出版的《中国与中国人民》展示了他于那几年在清代中国旅行时拍摄的风土人情。这些照片至今仍在中国流传,被公认为记录中国十九世纪风情的经典。其中一张题为"香港画家"的照片,自

《这不是照片》
2005
油画 167cm×305cm
画家自藏
这是拍摄全家福的
格列格维特的肖像

二十世纪八十年代初第一次见到，便给我留下了深刻的印象。照片里这位相当于我的曾祖父一代的同行，正在简陋的画室里绘制西洋风格的行画。墙上挂着他完成的作品，身后小桌上摆着他的水烟壶。画面气氛安宁，画家正在一丝不苟地绘制一幅小型肖像。

但只有在我第一次见到这幅经典照片的十五年之后，才意识到可以取而代之，将自己画成一个十九世纪的殖民地华人画家。当时

《沈嘉蔚全家福》
格列格·维特 摄
2010

我刚刚在澳大利亚站稳脚跟，获得了一个大奖。但我没有急于动笔。时光又过了十五年，我的生涯里有了更多的故事，于是一切水到渠成。

在这整整三十年里，作为一个专业历史画家，我的创作和研究，与三位活跃于十九世纪后半叶的杰出澳大利亚人发生了密切的关联。这三位人士在世的大部分时光，尚在澳大利亚获得自治以前。在十九世纪，澳大利亚与香港均为大英帝国的殖民地。我花费大量时间阅读相关的历史文件和图片资料，以至于有时感觉自己的前生便是活在那个年代。最终我拿起画笔，把自己画成了拖着细长辫子的十九世纪华人。我属鼠，而那条辫子如此的长和细，以至于我更喜欢戏称它为鼠尾，而非英文中的"猪尾"。

现在要讲讲那三位杰出澳大利亚人的故事以及他们与我在澳大利亚艺术生涯的关联。

细看《在澳大利亚的自画像：戏仿约翰·汤姆森》一画的左上角，可以看到一位华人绅士。他的姓名是梅光达，英文里把"达"变成了他后代的家族姓氏。光达生于1850年。九岁时随伯父来澳大利亚淘金，不久由辛普森家庭收养并接受了良好的教育，成人后成为富有的商人。他在悉尼经营茶室和茶叶生意，娶了一位英裔夫人。他在家里开派对，背诵彭斯的诗歌，跳苏格兰高地舞，用社会主义的方式对待自己的白人雇员。由于帮助清政府解决了外交难题，他被中国朝廷授予四品顶戴，而澳大利亚的白人则将他视为自己人，他在主流社会里享有仅次于总督的名声。当时的澳大利亚正是排华浪潮席卷的年代，因此他的成功不可思议。悉尼市中心于1898年落成的维多利亚女王大厦里，光达开设的"精英大厅"成为悉尼的社交中心，而他本人则成为这座大厦的灵魂人物。

我在1995年便根据所读到的英文历史记载，为华文报纸撰写了长文来介绍这位澳华先驱人物。1998年我完成了三联画巨作《世纪更迭时》，由一百多位澳大利亚精英人士的肖像构成，而光达处于全画的核心位置。我还创作了这一题材的其他作品，包括一幅也是

▷《香港画家》
约翰·汤姆森 摄
1872年

《在澳大利亚的自画像》
2010
（局部）▷

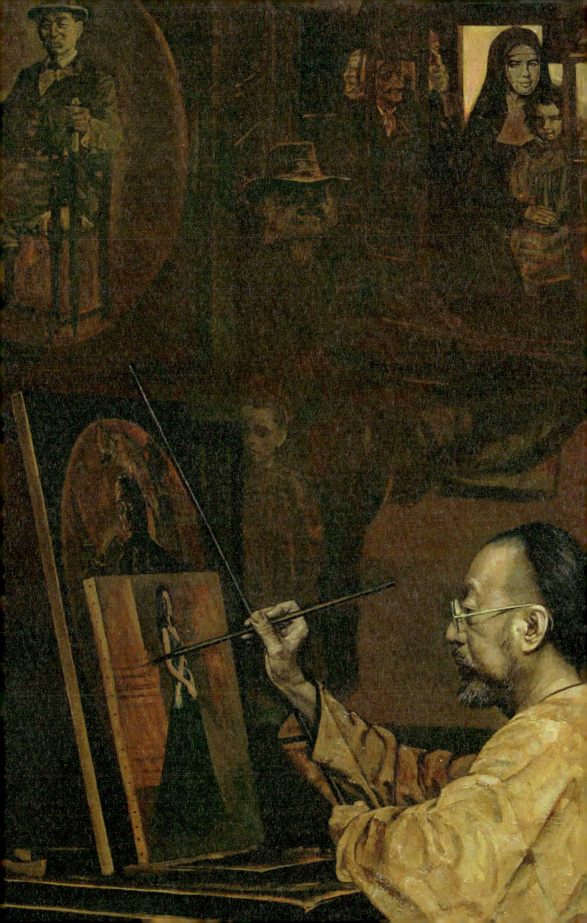

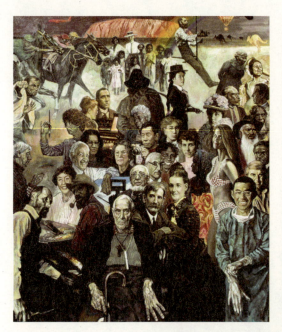
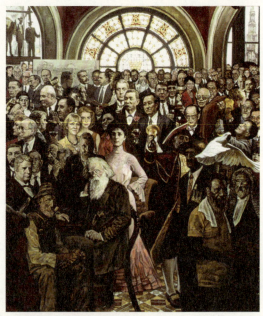
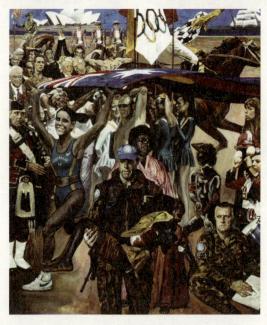

《世纪更迭时》之一、之二、之三
1998
油画 213cm×183cm
画家自藏

清朝装束的自画像，画于 1999 年，标题是"刹那间回到 1900 年"，背景便是光达茶室所在的悉尼国王街。这幅自画像后来随了澳大利亚肖像画展去哥本哈根的丹麦历史博物馆展出。

事实上，《在澳大利亚的自画像：戏仿约翰·汤姆森》的英文标题，便是"自画像：光达的同时代人"。

光达在他事业顶峰的五十三岁那年遭遇飞来横祸，他在维多利亚大厦的办公室里遭小偷袭击，被铁棍击头，从此一病不起。在他生命最后几个月的 1903 年初，他接到一封电报，得知著名的记者莫理循马上要来澳大利亚探亲，而他在悉尼登陆后第一个想见面的人，便是光达。

光达扶病在维多利亚大厦的精英大厅邀请了许多华人朋友招待莫理循，聊了通宵。中国在两年前发生了"庚子事变"，义和团与八国联军的战乱，莫理循是亲历者，甚至一度误传他已经被杀。莫理循带来了第一手的详尽信息，远在天涯海角的华人们如饥似渴地倾听着。

莫理循回到北京后，发起联名信，向清廷推荐光达，认为他最宜出任中国驻澳大利亚大使一职。清廷果然下诏做出如此任命，可惜此时光达已经死于伤病。

这里，第二位杰出人士已然登场，他就是本书中《中国的莫理循》中的莫理循。

我在 1995 年创作的《中国的莫理循与我》自画像入围次年阿基鲍尔奖后，由莫理循的侄孙比尔·佛列斯特买下后赠给阿瑟·罗宾森律师行。我后来发现，创作此画所依据的照片，即 1894 年莫理循在云南和中国苦力的合影，与梅光达在相同年代里于悉尼与他的

《梅光达》
2003
油画 183cm × 122cm
澳大利亚科技文化博物馆藏

△ 左起：莫理循、梅光达和叶林生

《悉尼 1894》△
2006
油画 183cm×213cm
澳洲中国建设银行藏

《云南 1894》▽
2006
油画 183cm×213cm
澳洲中国建设银行藏

白人雇员的合影，堪称完美的一对。无论在构图形式上、人物种族的对照上，乃至着装的互换，都奇妙地对称。这导致我在 2006 年完成了双联画作《1894 年》。这件作品入围 2007 年舍尔曼奖。此前一年，我已获得过此奖。

《在澳大利亚的自画像：戏仿约翰·汤姆森》里，画面右侧中部便是这一对照片的图像。

现在再来看《在澳大利亚的自画像：戏仿约翰·汤姆森》正中上方占据最大面积的一幅画。它叫"澳大利亚的玛丽·麦格洛普"，我创作于 1994 年，并在 1995 年 1 月获"玛丽·麦格洛普"艺术奖第一名。这一个成功是我澳大利亚艺术生涯的转折点，使我立即从街头画家跃升为媒体关注的人物。二万五千元奖金也使我摆脱了经济困境。

玛丽·麦格洛普是澳大利亚第一位罗马天主教修女。这位苏格兰人后裔也是一名优秀的中学教师，她成为修女后创建了圣约瑟夫修女团。当时，澳大利亚人中的天主教徒比较贫穷，玛丽一生奔波各地，为他们创办学校。我将她比作中国的武训。她比光达年长八岁，生于 1842 年，死于 1909 年。她生平坎坷，曾受教会误解而受到不公正待遇。但她最终受到全澳大利亚社会的尊重。1994 年，罗马教会宣布玛丽·麦格洛普为准圣徒（十五年后玛丽受封为正式圣徒）。澳大利亚天主教会此前无人被封圣，因此，这个消息对澳大利亚人而言意义重大，举国欢庆。澳大利亚政府、教会与社会各界联合设置了一个一次性艺术奖来激励艺术家创作颂扬玛丽题材的作品，用以筹办一个美术展览。

我在 1994 年 9 月花了三周时间去阅读英文资料并形成构思，又用另外三周完成了这件作品。我当时认为作为维多利亚时代的故事，最好用维多利亚时代油画的风格来表现，从而"补画"一幅本应由汤姆·罗伯茨（与玛丽同时代的澳大利亚最杰出的人物画家）绘制的画作。这种构思拉开了与其他四十多幅入围作品的距离，一举得奖。

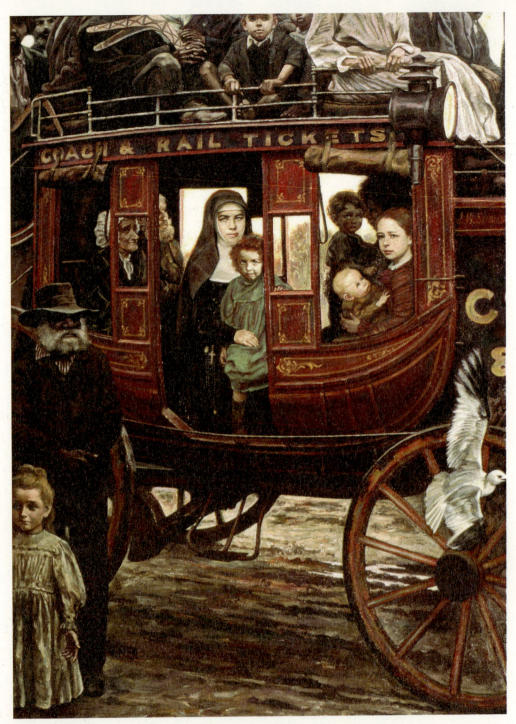

《玛丽·麦格洛普》
1994
油画 153cm × 122cm
香港私人收藏

我在澳大利亚艺术生涯的两个亮点,各与一位名叫玛丽的澳大利亚女士相关。除了修女玛丽之外,还有一位当今的丹麦王妃玛丽。《在澳大利亚的自画像:戏仿约翰·汤姆森》里,画家正在绘制的,正是王妃玛丽的肖像。

当今世界的灰姑娘故事就发生在澳大利亚悉尼,我居住的城市。2000年奥运会时,一个酒吧里一位叫玛丽的姑娘与邻桌的丹麦运动员聊上了。当他们发现彼此已陷入情网时,玛丽才知道那个小伙子名叫佛雷德里克,丹麦的王太子。四年后全澳大利亚人从电视里观看了他们的婚礼。又过了一年,2005年2月,新婚夫妇正式访澳。澳大利亚国家肖像馆馆长安德鲁·塞耶斯决定不放过这个机会,他建议丹麦王室挑选一位澳大利亚画家为玛丽画一幅肖像留在她的祖国。王室选中了我。时隔六年,已经当上四个孩子父母的王室夫妇再度访澳,其时王妃肖像早已成为肖像馆最受欢迎的藏品。我接到总理办公室的电话,邀请我全家出席堪培拉国会大厦欢迎丹麦贵宾的午宴;还有来自国家肖像馆的电话,邀请我在王室夫妇前来欣赏自己肖像时作陪。2011年11月22日,画家与他的模特王妃相会在作品前,王子笑得合不拢嘴。我赠给玛丽我的回顾展画册,里面不仅有王妃肖像,也有那幅正在绘制王妃肖像的《在澳大利亚的自画像:戏仿约翰·汤姆森》。

在我这幅非同寻常的自画像中,右边上方有一幅身着硬领礼服的男子头像,这是在同自己多年的批评家朋友开的一个玩笑。强·麦

《习作》
2005
油画 45cm × 35cm
澳大利亚国家肖像馆藏

会见王妃 2011年
澳大利亚国家肖像馆照片库

玛丽和佛雷德里克王储来访

与玛丽王妃重逢在肖像馆

克唐诺是《悉尼晨锋报》艺术专栏批评家,我们十多年的专业缘分,始于他对我在 1995 年获奖作品《澳大利亚的玛丽·麦格洛普》的负面批评。强认为那幅画太过维多利亚式的伤感,但很快他就发现我并非学院派老古董。那幅模仿维多利亚风格的画只是一种伪装。1997 年我的《七幅自画像》获得强的高度评价。那件作品只差一点得了阿基鲍尔奖。自那以来,强一再表达出他对我的艺术的充分理解,并在 2010 年为我的回顾展画册撰写文章时,对我的艺术追求做了全面的评介。

我在这幅自画像里保留了汤姆森照片里的水烟壶。在我的童年记忆里,祖母曾用这样的壶吸水烟,甚至还为我表演过如何点烟。三十多岁就去世的祖父也用这样的水烟壶,这是祖母说的。祖父多才多艺,他的创造力隔代遗传给了我。但是"大跃进"年代里民间铜器被全部征集走了,从此人们不再抽水烟。

在自画像的下部,我为自己最珍爱的子女保留了充足的空间。女儿穿着十九世纪的衣裙,她的肖像在画桌下面,画面右下方。"儿子"比利躺在身后的地上。十多年前我与妻子、女儿带了幼小的金毛寻回犬比利去兽医站登记,特意在"比利"后面加上了"沈"姓。回到家里,比利缠着八岁的女儿玩,女儿累了,对比利说:"姐姐不跟你玩了。"而画中的比利,已经是十二岁的老"人"了。

在自画像的画桌上,躲在画家正在绘制的王妃肖像背后的另一幅画,也就是 1999 年画的《刹那间回到 1900 年》。画中的画家隔了老远,盯着观众,仿佛在说:

"慢慢看,这里装了太多的光阴。"

◁《丹麦王妃玛丽》
2005
油画 213cm × 137cm
澳大利亚国家肖像馆藏

强·麦克唐诺 2008 年

丁丁来自丹麦国

这位"丁丁"名叫爱司本，因为长着一头往上翘起的软发，活脱那个埃尔热笔下的漫画少年。我认识爱司本时他已经五十出头，不是少年了。不过当时澳大利亚的中央电视台ABC播出一部新拍的文献片名叫"镜中女孩"，讲的是一位在二十世纪七十年代极其震撼澳大利亚文化圈但不幸英年早逝的女摄影家卡萝尔·杰勒姆斯的故事。导演请卡萝尔当年的男朋友爱司本来回忆她，所以出现了不少爱司本的镜头，伴以"前男友"的称呼。每当我和爱司本与各个文化部门谈事，对方都会冒出一句"前男友"。爱司本便每每装出苦笑的鬼脸。卡萝尔拍过一张被认为是二十世纪七十年代最经典的照片，叫"凡尤街"，前景的半身女孩与她后面的两个男孩都脱了上衣半裸。她当然也拍过不少爱司本的照片，其中一张叫"汽车旅馆的房间"，她在镜中自拍，前景是打电话的爱司本。这也成为《镜中女孩》的海报。卡萝尔三十岁时死于一种怪病。她对镜拍下自己走向死亡的过程。

那么爱司本是谁？他是年轻时已经得过澳大利亚电影奖的影视片导演、编剧和演员。我认识他时，他已经有很美满的家庭，妻子丽莎是影视服装设计师，一儿一女，都在读中学。

那是在2005年圣诞前夕，我接到一个他打来的电话。爱司本自我介绍说，他从报上读到我为玛丽王妃画像的报道以及我生活经历的故事，很想拍一部纪录片。因为他少年时便随父母从丹麦移民澳大利亚，所以对移民故事特别有兴趣。我自己为了参加阿基鲍尔肖像比赛，常常去请不认识的人来为我做模特，所以对这样反向的请求也格外同情，立即答应配合。我们甚至来不及先见上一面，因为他明日便要带全家去上海度假。我立即将老朋友们——上海的李斌、嘉兴的陈家骥和范笑我都介绍给他，让他可以立即开工。

接下来便是我俩的缘分了。悉尼市中心的老牌精英中学——悉尼男子文法学校邀请我去做2006年上半年的驻校画家。澳大利亚有点钱的院校常有这样的项目。我立即同意了。校方还为我提供了位于悉尼文化区帕丁顿的一所房屋临时居住。不几天，知道爱司本的儿子拔司打考入了这所学校。开学那天我和拔司打同时入校报到，爱司本则一路跟拍。拔司打是丹麦男孩名字，放在英语里很特别，指特别有破坏力的人和物。有部电影叫"捉鬼敢死队"，原文里这帮敢死队员便被称为"拔司打"。老师们传诵道："多奇怪的名字！'拔司打'！"爱司本却很自豪："拔司打！多够劲！拔司打！"

文法学校在海德公园对面，它有一个角划了出去，由一幢老式公寓楼所占据。我在1989年初到悉尼读英语时，便与五六个中国同行挤住第五层的一个单元房里。爱司本觉得很有意义，便从我画室

◁ 卡萝尔拍摄的《汽车旅馆的房间》1977年

▷ 卡萝尔拍摄的《克罗纳拉》，前景是爱司本 1977年

阳台上拍下那幢楼房。

爱司本实际上面临困境。澳大利亚——也可能所有西方国家也同样，影视导演们面临极端不确定的生存环境。他们捉到了有前景的题材便要去找公、私各方面的财政资助。没有钱就一切免谈。关于我的题材，他一方面向主要面向多元文化社区的官方电视台 SBS 申请资助，另一方面他手头有一个电视连续剧的故事题材，正在申请私人公司资助，后者成功的话可以贴补拍我的这一部。

在拿到钱之前，他只能用自己家用的一架掌上摄像机来抢拍发生在我身上的新闻。比如我在这一年3月，意外获得澳大利亚画家梦寐以求的主题绘画大奖"约翰·舍尔曼爵士奖"，他拍下了现场。也因为我得了此奖的一万澳元奖金，一高兴便向他宣布，我要去丹麦，也邀他同去。这是因为，澳大利亚国家肖像馆正要请我随肖像馆藏品展去哥本哈根展出，开幕式定在4月初。我拿不定主意，去还是不去出席开幕式。有了这笔钱，立即决定：去！爱司本一听高兴极了！他已经有许多年没有回故乡，当然很高兴与我同去。他安排了所有事宜，不过不要我为他出钱。

一路同行。在曼谷转机时，有职员举牌让我俩去柜台，原来爱司本向澳航做广告说，一旦纪录片拍成了，将把澳航放入赞助商名单。这个空头支票立即为我们俩换来了头等舱待遇。

每到一个机场转机，爱司本都要去挑选领带，因为他从来不穿正装，没有领带，可是万一见到丹麦玛丽王妃呢？他挑了一路，却从来不买。到最终也没有买。我不知道这是不是他自导自演的一部荒诞剧。

哥本哈根的开幕式第一主角并不是我，因为丹麦王室也请了另一位澳大利亚画家拉尔夫·海曼斯画一幅玛丽王妃的肖像挂在丹麦肖像馆。这个开幕式是为拉尔夫的画像揭幕，然后放到展厅与我的玛丽王妃像一同展出。开幕式在丹麦国家历史博物馆所在的故宫弗雷德利克斯堡的正厅举行。爱司本没有挤在城堡入口的两排记者行

丹麦，安徒生的王国

列里，而是趁人不备到正厅侧门拍下我正襟危坐的模样。在揭幕式完成时，他加入了澳大利亚画家的行列，紧随王妃和王子，步下转圈的楼梯，进入一个会客厅。在那里大家可以放松吃喝聊天，但严禁拍照。玛丽王妃被想要与她说话的人团团围住，我也就不去凑热闹了。直到后来，因为同行的女画家裘想要与王妃讲话，我便上去帮助介绍。此时，负责活动的澳方领队达令夫人一再催促会见时间已过，我们便不得不撤离。我后来一直后悔，我最应该向王妃介绍的其实是爱司本！他可是纯丹麦种的澳大利亚人呀！爱司本自己倒仍然笑呵呵的，一副事不关己的模样，还仍身穿没有领带的西装。

那天晚上，我们去了一家小酒馆吃晚饭，见到菜单上有丹麦式烤猪肉，爱司本说那是他从小就爱吃的妈妈的保留菜，可是侍者说今天不供应，要后天才供应。

第二天，爱司本开了他租来的小汽车，载了我和一位塔州女画家，一路西行，横跨了一道海峡，到了芬岛，又拐向海边，过了一道地峡大堤，直抵一个小教堂。在那里停了车，他便径直到墓地，找到了他的父母的墓碑。父母移居澳大利亚，去世后再迁葬回来的。从那儿开车走不远，是他度过了童年的一个农场，现在的主人是他

◁ 和报道王室新闻的丹麦记者安娜与汉娜用家乡话聊天

▽ 父母的墓碑

△ 交谈

◁ 故地重返幼时利克斯堡

▽ 为祖国站岗，永远不系领带的爱司本，背景是即将会见王妃的弗雷德利克斯堡

的堂兄弟。在那里我们受到了最热情的款待。

结束丹麦的几天活动后，我们到了伦敦逗留三日。爱司本在那里要去游说一家公司赞助他的电视连续剧。一位他的同行老朋友自己去非洲出差，将她在伦敦西区一个豪华的公寓套间留给我们暂住。第二天又来了一位约好的澳大利亚朋友奈德带了他的女儿来落脚。奈德也是爱司本的同行，后来我才知道奈德在十多年前拍过一部得奖纪录片《五十年的沉默》，讲述了他女儿的外祖母的故事。外祖母是世居印度尼西亚的荷兰人，在她还是个年轻女孩时被日本占领军抓去，强迫当慰安妇。她在五十年后打破沉默出版了回忆录，拍了这部震惊世界的纪录片。

在公寓里，我们有过很放松的聊天。奈德明知故问地问我："你是红卫兵出身，又为丹麦王妃画像，你是保皇派还是造反派？"

我一安顿下来便直奔伦敦的国家肖像馆和国家美术馆。在国家美术馆展厅里我见到了等身大的丹麦克里斯蒂娜公主全身像，是由御用画师小汉斯·荷尔拜因在1538年奉亨利八世之命绘制的。说明牌上写道："公主为此做了三小时模特。"玛丽王妃为我做模特，也是三个小时！当然荷尔拜因远比我厉害，他没有照相机啊！

我们还在伦敦与刚刚在哥本哈根分手的澳大利亚肖像馆馆长安德鲁相逢，一同吃了晚饭。十年以后，这两位比我年轻的朋友都已经不在人世了。

我还圆了一个梦：去欣赏音乐剧《悲惨世界》。2003年，我在

△ 伦敦与奈德及其女儿相遇

▽ 伦敦晚餐，爱司本和安德鲁如今都已离世

故乡嘉兴创作《槜李之战》时，只买了这套音乐光盘，天天听，已经可以背下来了。这是我一生中最爱的两部歌剧之一，另一部是《卡门》。我买了两张票，请爱司本一同去。"为什么请我？"他瞪大了双眼，"怎么，你不喜欢吗？"，他欣然前往。

在伦敦的筹款成功。爱司本消失了八个月，在墨尔本拍这套故事片连续剧《踢》。讲一个希腊移民家庭及街坊们的日常故事。后来在SBS播出了。爱司本在拿到资助后，立即摇身一变，成了暂时的阔佬，可以雇请全套的拍摄班子，从演员到剪辑人员。一时间，一帮人马靠这套片子吃饭。

与他同时，我也接到一个很大的委托，创作一件巨大的壁画式史诗作品《默德卡》（马来语"独立"的意思），为此也忙了一两年。在2007年年中时，爱司本告诉我，SBS为拍我的纪录片拨款十八万澳元，因此可以正式上马了。他立即鸟枪换炮，买了一架正规摄像机和三脚架等全套设备。我将他介绍给中国驻悉尼大使馆文化参赞，帮助他取得去中国的签证。北京广电总局的文件也下来了，批准我们一行去国内拍摄。爱司本的计划是访问所有在我生命旅途中居停工作学习过的城市和农庄，包括：嘉兴、湖州、上海、杭州、沈阳、北大荒、佳木斯、哈尔滨、北京等等。实际行程是倒过来的。在一个月里我做梦般的故地重游一圈。从小学、中学同学，到兵团战友、各地画友，走马灯似的一一见到，只是大家都上了年纪。

爱司本人见人爱。在嘉兴的同学聚会上，女同胞们轮流上去摸摸他头顶那撮软软的毛发。嘉兴的餐桌上他闻到一股令他难忘的怪味，我们告诉他这叫作臭豆腐香。他发现中国人庆祝相聚的唯一方法便是宴席，每逢此时他便把机子架上。一个月下来他统计了，共有四十五次宴席！一百几十个小时的录像里起码有一半时间在吃饭。

美食没有丝毫影响他的敬业精神。在上海他倒行拍摄我和李斌一帮朋友在小区散步，结果一屁股栽进了路尽头的大花盆里。在北京的中国美术馆，面对我的十一米长《红星照耀中国》时他想要拍

拍下佳木斯兵团美术班的回忆

夕阳

摄一个不停顿的横移长镜头。他屏住呼吸，失败了两次，大大叹息了一声，又从头开始。

在完成播出的五十二分钟长度的纪录片里，这个横移镜头成为全片的高潮，配着摇滚乐《南泥湾》的节奏，经过成功剪辑的时快时慢的特写，完美地诠释了《红星照耀中国》的史诗风格，在此时这幅静止的绘画忽然获得了动态生命。

纪录片在北京奥运会开幕五天前由SBS向全澳大利亚观众播出。后来又重播了数次。它的影响力令我吃惊，那年9月，我在华盛顿的国家美术馆看展览，一位澳大利亚老太太过来跟我招呼，问我是不是那位画丹麦王妃的画家。她刚看过爱司本的纪录片。

爱司本姓斯东，在英文里这个词的意思是暴风雨。爱司本的制片工作室，自然叫斯东工作室。所以在片尾，当观众以为字幕结束，全片告终时，却听到一声闷雷，屏幕画面随之晃动了一秒。每逢此时，我仿佛见到爱司本向我诡秘一笑，为自己的诡计得意。

爱司本在2011年3月28日心肌梗死，忽然倒地而逝。时年六十岁，比卡萝尔多活了一倍时间，但也还是英年早逝。死讯传来，我忽然想到我欠了他一个债却再也还不了了。临到要在丹麦吃那道烤肉那日，我却一心想吃我的家乡菜，便拉了爱司本去我发现的一家开在哥本哈根市中心的"上海饭店"。爱司本哀叹一声："我妈妈的烤肉啊！"便还是跟我去了。结果那家饭店的菜一点也不上海，甚至不中国。

我以为爱司本还有机会去丹麦，还会吃他妈妈那道菜。他一去世，再也没有可能了。

迷失在江南水乡

南湖烟雨楼，身后石碑上的烟雨二字成为我画爱司本肖像的背景

《向爱司本致敬》
2001
油画 183cm×153cm
澳大利亚私人收藏

大学校长们

墨尔本女子文法学校校长布利格斯夫人

我曾为墨尔本大学三一学院院长画了一幅正式肖像。在揭幕式上,有一位优雅的女士前来与我打招呼,问我是否愿意为她也画一幅正式肖像。

原来,这位布利格斯夫人是墨尔本女子文法学校的校长,面临退休。这是一所精英私校,所以有给校长画肖像的传统。我同意后不久,校方便为我安排行程。

那所学校就在出城不远的植物园后面。布利格斯夫人带我参观全校。这是我第一次走进一所女子中学。学生身着校服,在校长面前也不拘束。校长看到地上有一点垃圾,立即弯腰捡起放进附近的垃圾箱。我相信每一个看见这个动作的孩子,一生都会养成好习惯。

茶歇时校长带我去与全体教师见面,并请我讲几句话,我于是对教师们说:"我的母亲一生都是中学教师,所以我自然感受到与你们都是一家人。"

《墨尔本女校长布利格斯》
2007
油画 122cm × 84cm
墨尔本女子文法学校藏

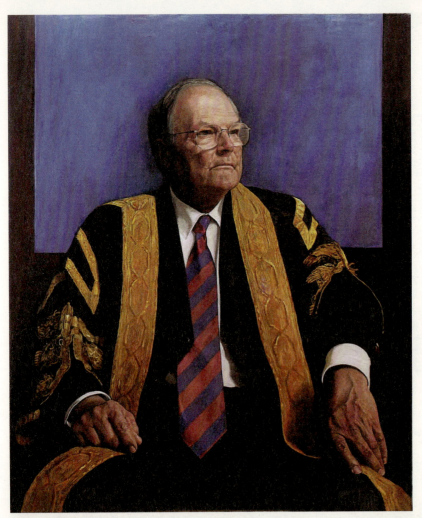

《查尔斯德特大学校长
劳伦斯·威列特》
2009
油画 122cm×102cm
查尔斯德特大学藏

查尔斯德特大学校长劳伦斯·威列特

  查尔斯德特大学是新南威尔士州政府运作的公立大学,校园分布在新州几个中小城市。总部在蓝山西麓的小城巴瑟斯特。

  澳大利亚各所大学的校长,英文读音为"强舍勒",大体相当于名誉校长,但还是要承担很多工作,因此并非挂名就可以,而是实实在在要做事的,特别是为大学建设筹集资金。他们一般没有教授背景。比如这一位威列特先生便一直是政府公务员，在海关、卫生乃至退休金基金部门一路做过来，获得了澳大利亚五级勋衔中第三级 AO 勋章。2002 年，他开始出任这所大学的校长，一做十二年。退休时被授予名誉博士学位。

巴瑟斯特城不大，在十九世纪是淘金地之一。我们一家应邀出席画像揭幕式，住在学校招待客房里，早晨起来，看到不远的山坡上，大大小小的袋鼠蹲在那里，看到我们拍照也不害怕。也难怪，那是它们的领地，而不是我们的。澳大利亚是动物的乐园。威列特校长在任期间的主要成就，便是创建了大学的兽医学科，成为地区级大学可以提供的最大型的兽医教学基地。

悉尼大学校长玛丽·白希尔总督

玛丽·白希尔以新南威尔士州总督之尊，出任悉尼大学校长一职，实在是罕见的例子，也是悉尼大学的光荣。不过，话说回来她当年就毕业于这所大学，成为药物和精神病方面的专家。她来自黎巴嫩移民家庭，这一家人早在十九世纪便迁来澳大利亚。她的父亲毕业于贝鲁特的美国大学，也学医。因此在为她画像时，她一再对我说起她与马海德大夫的友谊。马海德便是与斯诺一同进入苏区并从此参加中国革命的黎巴嫩籍美国大夫，与她父亲是同学。玛丽·白希尔总督还见过宋庆龄等中国领导人。

玛丽·白希尔获得过无数奖项和荣誉称号，包括来自黎巴嫩甚至法国的。在澳大利亚，她得到了国家的最高荣誉：女爵士（Dame）。

在所有我画过的校长里，玛丽爵士是与我交往最多的。她在 2008 年、2012 年和 2014 年三次主持了我的画展开幕，这还不算她为自己画像揭幕的那一次。在我为她画像那一年，她已是八十二岁高龄，却毫无老气横秋之态。小小的身躯里，像安装着一台强力发动机，

▷ 2014 年新州总督玛丽·白希尔为我主持开幕式

▷ 拍照写生前为白希尔校长调整姿势

《玛丽·白希尔校长》
2012
油画 122cm×102cm
悉尼大学藏

但她待人接物,却是温和安详,从不居高临下。我还曾想为她画一幅肖像参加阿基鲍尔展,但从网上看到另一幅她的肖像后,便放弃了这个想法。那是悉尼大学一位女教授画的,作者是科学家,但画得好极了!真是处处有高人啊!

昆士兰大学校长约翰·司道雷

昆士兰大学有一座不大但挺正规的美术馆，因此它与别的所有大学不同，历任校长的画像是美术馆藏品，挂在它的授学位的大厅里的是这些原作的照相复制品。美术馆新上任的馆长还年轻，一同吃饭时，我说起在二十多年前刚来悉尼时，常有两人一组的美国摩门教传教士上门传教，都是年轻小伙，身着西装，彬彬有礼，馆长接口便说：说不定就是我呀！这才知道他的信仰。美术馆多年前收藏了我的一件代表作，即《刹那间回到1900年》，那画虽被2000年阿基鲍尔展拒绝，却立即被筹备澳大利亚联邦一百周年全国美术大展的强·麦克唐诺如获至宝地选入这个大展，全国巡回。到了2006年，它还随我的《玛丽王妃》一同送往哥本哈根展出了数月。

昆士兰大学校长司道雷不是学术圈人士，他参加政府法律方面的委员会，担任过一系列商业大公司的总裁，得过第三等级澳大利亚 AO 勋章。他在学院里很低调，要求任何人直呼其名"约翰"。"约翰"是中文翻译的败笔，但是约定俗成，其实，准确的英文发音就是"姜"。他在昆士兰大学有一个显赫的背景，他的祖父约翰·道格拉斯·司道雷曾是该大学的校长，而且是实权的"副"校长。学校的一座大楼便以"司道雷"命名。不仅如此，布里斯班市最有名的大桥也以他的名字命名，就叫司道雷桥。当地人

《约翰·司道雷校长》
2015
油画 122cm×84cm
昆士兰大学美术馆藏

人皆知。

司道雷校长是唯一一位坚持不要我画穿校长袍子的校长。他只穿一套西服。但他要我以他热爱的砂岩拱廊为背景。衣领上那个手指甲大的金色圆形襟章可不能小看了，那是 AO 勋章的简章。

澳大利亚天主教大学校长彼得·考斯格罗夫将军

退役将军出任天主教大学校长，这不是常有的事。自然，他必须是天主教徒，我想。不过当我开始应校方之邀为他画像时，他已经成为澳大利亚的国家元首——联邦总督了，而且被授予爵士称号。凡有此爵士称号英文便用"舍"（Sir）加其名字而非姓氏来称呼他，即"舍彼得"——彼得爵士。但他又是将军，所以变得复杂了。我想就叫他"总督将军"吧。

我其实很崇拜这位年长我一岁的将军。他的军事生涯最高峰是出任 1999 年澳军出兵东帝汶平息暴乱的总司令。他早年参加越战时，便是出色的尉级军官。我与王兰两次开车造访他在堪培拉的总督府，第一次去写生和拍照，第二次带油画去作最后润色，每次都受到他热情款待。第二次，有一个身着海军礼服的女上尉过来看画，金碧辉煌、英气逼人。我想到总督将军说起他在东帝汶时有个女护卫（Boddy Guard），脱口而出："你是他的护卫吗？"女上尉一脸不高兴地说："No！"我才想到应该用"卢太能特"这个词，是"副官"的意思。

第二次去时，总督将军刚刚会见过中国国家主席习近平夫妇，他对我们说，习夫人对澳大利亚的小动物温白特（树袋熊）爱不释手。后来我查了报纸，那只只有十个月大的温白特名叫沃纳。

◁ 在总督办公桌后

澳大利亚总督观看《兄弟阋于墙》▷ 2014 年

《彼得·考斯格罗夫将军》
2014
油画 153cm×102cm
澳大利亚天主教大学藏

澳大利亚天主教大学董事会主席乔治·佩尔大主教

我在动身去罗马出席赠画仪式之前,已经获天主教大学校方告知,将安排我在罗马为乔治·佩尔大主教画写生与拍照,好回来为该校绘制大主教的正式肖像。因为佩尔主教刚卸任该校校董会主席一职,理应有他的画像。而他在那时候受教皇方济各之邀,刚刚飞去罗马,出任教皇财务秘书,总揽教廷财政。此前教廷财政一团糟。不久便有报载:他为教皇找到了几百万资金,原先迷失在各种文件里。

乔治·佩尔临时住在澳大利亚教会设在罗马古城内的一个据点里。我和王兰也住进那里。那是他任职悉尼红衣主教期间的政绩:他将一座旧教堂及相邻庭院买下来改建成带教堂的宾馆,就叫"澳大利亚之家"。那是四星级标准的宾馆,小巧玲珑。中间有个小小庭院,有一个不大的餐厅。我们可以享用早餐与晚餐。每天早餐都会与佩尔大主教相遇。他的躯体有常人的几乎两倍,因此,我和王兰背后称他"大熊"。大熊待人温和至极,有一点愁眉苦脸。他的处境实际上一直不好。因为澳大利亚的天主教会有一批神父被揭发有性犯罪行为,媒体便一直指控他包庇。

我在庭院里为他照相写生,但找不到感觉。第二天早饭时,他突然建议我们去参观他的办公室。说那是一座有名的古塔叫圣约翰塔。我们立即答应。那天上午是教皇在圣彼得广场颁布教谕,我们应邀出席。中午1点时,我们到梵蒂冈大门口由主教的助手开车来接入。汽车在里面绕了半圈,到了后面外城墙与内城墙之间停下,那里有一座圆柱状的塔形堡垒。我们进入后直接进了一个电梯。电梯门开处,大熊已经在他办公室门口等待。走进圆形的办公室,赫然看见窗外那著名的圣彼得大教堂拱顶,米开朗基罗的杰作!这个角度外人看不到,是它的背面。

大熊又邀我们从办公室边门出去,到开放的回廊上观景。这塔是典型的罗马古建,涂着厚厚的土黄色浆。墙上甚至有一个教皇约

《从圣约翰塔顶眺望梵蒂冈》
（乔治·佩尔大主教）
2014
油画 183cm×137cm
罗马澳大利亚天主教会藏

翰二十三世的徽章图样。我立即来了灵感：就将他画在这回廊上！我问他能否给我十分钟拍照，他答应了。还提醒我注意回廊护墙上的尘土。我随口说，那是"圣尘"（Holly dust），他说："尘土就是尘土，没有什么圣不圣的。"极为平实的回应。

这幅画我画了两幅。因为给大学的尺寸有限，画不到塔顶美丽的屋檐，所以随心所欲地另画一幅，但是送去参加三个肖像画评奖全部退回，包括一个宗教奖。看来澳大利亚文化界对这位大主教实在是不喜欢。不过我在私人相处里，对他颇有好感，也十分同情他的处境。

澳大利亚天主教大学副校长格雷格·克列文

克列文校长是天主教大学真正握有实权的校长，虽然英文里有一个"副"（Vice）。这个职务通常由杰出的学者担任。克列文校长是宪法方面的专家，还是一个共和主义者。澳大利亚的大学制度，校长（Chancellor）实际上是名誉校长，负责交际、筹集资金、颁发毕业证书等，真正有实权的是副校长（Vice-Chancellor），他有整套行政班子和一栋楼，校长只在楼里占有一个套间和一个秘书。不过礼堂挂的多数只是校长的画像。所以这位克列文副校长很开心可以挂上他的画像。

他问我，可以把我的狗也画上吗？我说，只要你愿意，我比你更愿意。于是写生拍照那天，他的狗也登堂入室。这是一条爱尔兰梗犬，就是那种长长的毛发如果不剪便会盖住双眼的家伙。据校长

▷ 天主教大学克列文校长（右一）视察教皇肖像
2014年2月

《格雷格·克列文校长》
2015
油画 122cm × 122cm
澳大利亚天主教大学藏

说,这狗全澳大利亚也才四只,是稀罕品种。稀有狗在沙发上很老实。我画得也开心。于是一幅身穿大袍子的校长官式肖像画上出现了一张似乎在沉思哲学的比较严肃的狗脸。于是专程来揭幕致辞的总督将军,也把稀有狗拿来调侃一番,全场哄堂大乐。

稀有狗名叫"大稀"。

两位美术馆馆长

新南威尔士美术馆馆长爱德蒙·凯朋

爱德蒙当了三十三年的新南威尔士美术馆馆长,其在任时间长度大约超过了世界上所有美术馆的馆长。当初该馆满世界招聘而终有斩获时,悉尼还有不少人等着看他的笑话:一个英国佬,博士学位是研究中国汉唐雕塑得来的,他能胜任这个澳大利亚美术馆馆长的角色吗?

在我 1989 年抵达悉尼时,他已经在任十一年,在悉尼牢牢地扎下了根。而且因为澳大利亚最惹人争议的阿基鲍尔肖像奖的评奖权就在该馆董事会手里,他被舆论认定是旋涡中心的关键人物。就在那一年,有一个落选画家向法庭起诉他。因为听说他对那位画家的参赛作品有恶评,说"鸦克"!英语口语"鸦克"的意思是"太差了"!画家认为他此评影响到评委投票。那场官司打了两年,最终法官判画家赢了,爱德蒙要向画家赔偿一百澳币,几万官司费由政府买单。

我又在悉尼的华文报上读到，他应邀出席唐人街的一个华商招待会，在那里宣布他曾经是英国共产党党员，不过后来他退了党，原因是他认为那个党"太右了"。我掐指算来这事还真可能发生过。因为"文革"年代他二三十岁，又是学汉学的，可能与我一样是个红卫兵。

1989年，他刚刚做了一个重要的展览："唐代中国，黄金时代的梦幻与辉煌"。据说，他到黄河沿线各博物馆去挑选展品，库房里有哪些东西他都知道。

我从1993年首次入围阿基鲍尔展便引起了他的注意。没过多久就与我勾肩搭背开玩笑。他从北京聘来了一对夫妇——孙宇和丽丽。孙宇是年轻一代里的装裱古画专家，他们的到来弥补了美术馆修复部门东方书画装裱的空白。爱德蒙十分器重这对夫妇，更是成为了忘年交。

我认识他时，他年已五十出头，一张脸上沟壑纵横，整个儿一个白种的永贵大叔。二十多年过去，这张脸还是那样，既不见老，也从未年轻过。看到这样的脸，哪个画家的手不痒痒？不过，我注意到有过两张他的肖像入围阿基鲍尔展，作者都是已得过阿基鲍尔奖的名画家。我为了避嫌，从不提画他，直到2002年，他自己来跟我说："听盖累讲，你要画我？"盖累·西特是我们村里的名画家，得过阿基鲍尔奖，我刚画过他，可没有说我想画爱德蒙呀！总之也不知是不是爱德蒙编的，这一问，我也下了决心了：画！

于是约了爱德蒙在他办公室为我做模特。那时他刚给我在4A画廊的回顾展主持过开幕式。我想抓他评说我作品时的表情，于是要求他看着我身后墙上一幅画做评说状。不料此公真的进入了角色，眼盯着那画，嘴里便叽里咕噜乱说一气，把我逗得差点儿画不下去了。

爱德蒙在伦敦拍卖市场上为美术馆搬回来一个两米高的隋朝石像，石像头部早已失去，两只手也不见了，只剩了躯体，但衣纹还是极美，成为镇馆之宝。我便将馆长安排在这尊石像前，一手插在

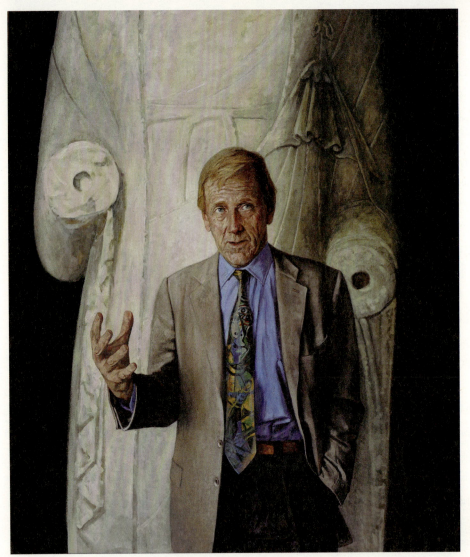

《爱德蒙·凯朋》
2003
油画 213cm×167cm
画家自藏
获澳大利亚 2003 年侯丁·瑞蒂奇
观众票选奖

裤兜里，一手在做手势帮助加强语气。靠透视，我夸张了那仅有的一只手。他的领带是用两幅毕加索作品叠加画成的，以取得东、西方艺术的平衡。

这幅画完成后参加了 2003 年阿基鲍尔奖评选，但是听可以进入展厅观看的丽丽告诉我，这画本来已经入选，但在最后一分钟搬出

▷ 爱德蒙调侃自己
2015 年 7 月

去了。

开幕式上爱德蒙看见我,只说了一句:"他们认为那只手画得太大了。"他一副失落沮丧的模样。

当然这是一句玩笑。真正的原因我猜还是避嫌吧。因为我没有得过阿基鲍尔奖,是否有讨好之嫌?

结果年年举办阿基鲍尔落选展的S.H.厄文美术馆把这幅画选去挂在落选展里。落选展是模仿一百多年前印象派画家对抗官方沙龙展的先例,而且每年也评一个奖,由观众投票决定。爱德蒙的肖像受到热烈欢迎,得了这个奖。

过了十几年,2015年中国文化部设在悉尼的中国文化中心赵立主任请我作为策展人,做一个入围阿基鲍尔展的中国出生的画家的阿基鲍尔展作品回顾展。我认为,爱德蒙是中国画家群体锲而不舍地参与阿基鲍尔展,并且创造了二十五年里有五十八幅作品入围的优秀记录的最好证人,所以请他为目录画册撰文,请他来主持画展开幕。当然,他的这幅肖像也成为展览第一幅入选作品。

澳大利亚白兔美术馆馆长裘蒂丝·尼尔森

白兔美术馆是世界上独一无二的私立美术馆,专门收藏中国从2000年以来的当代美术作品。它的创始人和馆长是一位南非移居悉尼的女士裘蒂丝·尼尔森。裘蒂丝自己画抽象画。她的丈夫科尔·尼尔森从南非移民过来后,成为澳大利亚最富有的企业家之一,因此他们有足够的财力来开创裘蒂丝的宏图大业。在我的老友王智远的鼎力协助下,短短几年白兔艺术基金便建立起可观的一流收藏。王智远是中央美术学院版画系1984届毕业生,我在中央美术学院进修两年,与他的教室对门。他在1990年也来了澳大利亚,在这里的当代艺术圈脱胎换骨,风格大变。在悉尼大学美术学院拿了硕士学位

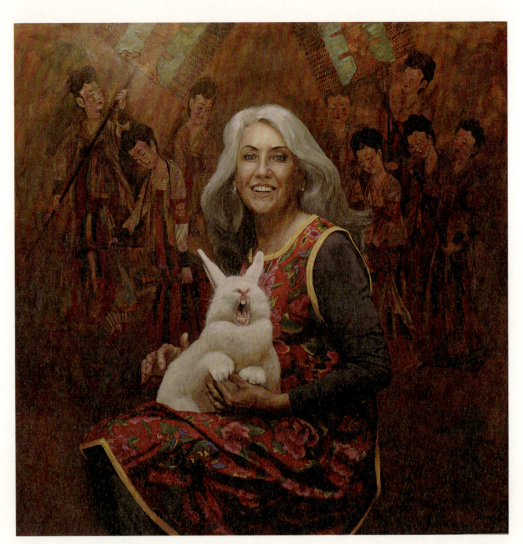

《如何向一只白兔解释艺术》
2015
油画 183cm×183cm
澳大利亚白兔艺术基金藏

后，他回京定居，扎营"798"。裘蒂丝在二十一世纪初找他当家教。2006年，尼尔森夫妇因为收藏过我的三件重要代表作而请我去他们在悉尼北边的豪宅吃午饭，在那里见到智远不少的作品与我的画作并列，平分他家的墙面。白兔美术馆收藏的起步大约就在那随后的一两年。尼尔森夫妇后来离婚了,但是对白兔美术馆不仅没有影响,而且裘蒂丝还在拓展白兔美术馆的疆界,第二座更大面积的展览馆又要开张了。

2015年初,为欢迎从悉尼4A画廊走出去,当上了美国最重要的美术馆之一——华盛顿赫希洪博物馆馆长的招颖思回悉尼探友,退休的新南威尔士美术馆馆长爱德蒙在家里开了一个盛大派对。在那里,裘蒂丝找到我,以不可抗拒的口吻(一派女强人作风!)对我"下命令":"画一幅我的肖像,参加今年的阿基鲍尔奖比赛!"接着补上一句:"是我的委托,我付钱给你!"

裘蒂丝的"命令"不可以不服从。我还真没有奉命作画送展阿基鲍尔过。不过这难不倒我。不是"白兔"吗?十分钟后我立即抓住了一个灵感,深信这个构思对头。因为我想到了现代美术史上的一件里程碑作品:德国艺术家博伊斯的表演艺术:他头涂金粉,怀抱一只死了的野兔在画廊里走来走去喃喃自语。所以我会画裘蒂丝怀抱一只白兔。博伊斯的作品名为"如何向一只死兔子解释艺术",我的作品将会叫作"如何向一只白兔解释艺术"。后来一查记载,博伊斯的表演发生在1965年,2015年正好是五十周年呢!

当代艺术观念在先,制作不重要。我也就不谈画画的经过了。只有一事不可不说,我在"谷歌"上找到一只大白兔打呵欠的照片,嘴巴大张,两眼都不见了。结果是画中的裘蒂丝也开口大乐。此画挂入展厅后,强·麦尔唐诺讥评道:得给找个牙医来查查。这次我也没有得奖。得奖的是一幅力度逼人的巨幅肖像,画一个以作风古怪闻名的大律师。作者是一位因吸毒抢劫入狱的囚犯,而这名大律师刚刚为他脱了罪,即将开释。作者其实刚从美术学院毕业,才气横溢,这是他在四年里第三次拿到国家级大奖。颁奖次日,美术馆在展厅里摆三排长桌大宴贵宾。得奖画家坐在我对面,是唯一不西装革履的家伙。他有特权,而且很可能是直接从牢房打了出租车过来的。

◁ 在爱德蒙家的派对上,裘蒂丝请作者画像

2015年1月

家庭就是方舟

杰妮·塞杰斯

  1989年初我甫抵悉尼,便迫不及待地跑到美术馆去一饱眼福。那时恰正在举办阿基鲍尔展,在温尼奖的风景画部分我被一幅巨大的山石风景吸引,那画色泽强烈,笔触粗犷。我猜想作者一定身强力壮,虽然是一位女士,因为名字叫杰妮。过了一年有一个她的个展开幕,我跑去观看,更是觉得她的画路,甚合我的口味。我拿了一份她的简历,发现她竟然出生在上海!

  当我也入围阿基鲍尔奖时,我与她终于相遇而相识。她原来如此之娇小,真不知如何画出那么大的画。她告诉我,她的犹太人父母早在十月革命之前便从俄国移居上海。他们开了好几家店铺,都在如今的淮海路上,近陕西南路。我熟悉那一段淮海路。因为小时候从外婆家出来,穿过短短的东湖路便到了那一段淮海路。路边商店飘出浓浓的奶油蛋糕香味曾让我馋涎欲滴。杰妮说,她家就在法

《来自上海的女士》
2002
油画 203cm×152cm
画家自藏

杰妮和丈夫贾克
2008年

杰妮在她的自画像前
2015年

国公园对面。1948年,她们全家离开上海来了澳大利亚,那年她十四岁。我告诉她,我就是在那一年出生在上海。

杰妮听了说:"你见到我太晚了。早几年我爸爸还在时,他可以用上海话和你聊天。"我说,你也一定会说几句吧。她说,都忘了。忽然,耳边飘来一句只有老派上海人才能说的那种腔调的问候:"侬夜饭吃过了伐?"

杰妮和她钟爱的丈夫贾克在悉尼的双湾住了有半个世纪。在楼上大画室里我看到她的老相册。照片上她的父亲穿着中国长衫,她的母亲坐在黄包车里。后来我把这些照片都画进了画里。

在我给她画的肖像里,杰妮的形象大于真人,尤其镜片后面的双眼更大。我指望透过它们,观众可能会遇见杰妮艺术家的灵魂。她的双手一看就是劳碌命的手,这解释了为何她的作品如此孔武有力。

我完成此画时,恰好从一本二十世纪年鉴中的1948年篇目里看到一张海报,是好莱坞在这一年发行的一部电影,叫"来自上海的女士"。真巧!不正好做我这幅画的标题吗?

2002年,这幅画与杰妮自己的一幅画一同入围阿基鲍尔奖,挂在一起。杰妮跟我开玩笑说:"人们都跟我说'我喜欢你的画',我刚要说谢谢,才明白过来,他们说的是你画的我的像!"

杨威廉

1989年的阿基鲍尔展有一幅乔其·盖托斯画的杨威廉的肖像。我刚来澳大利亚没几天,心想,原来澳大利亚也有华人艺术家!因为画里的威廉是在一个画室里。

七年以后在乔其的家里认识了威廉。他们两人是老朋友。威廉独身,所以经常来邦定纳串门。威廉其实是摄影家,而且是半个社

杰妮的父亲

杰妮的母亲

杰妮(左一)和弟弟(右一)

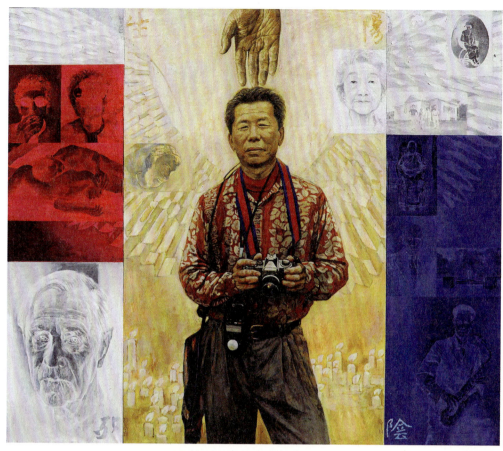

《杨威廉》
1999
油画 183cm×213cm
画家自藏

会学家。因为他用照相机做工具,几十年来记录了澳大利亚地上地下两个社会的百态。地上好理解,地下指亚文化圈,主要是同性恋社会。在澳大利亚这个圈子的影响力很大,尤其在文化界,包括诺贝尔文学奖得主,都是同性恋。直至最近一二十年,它才成为地上的社会。

威廉来自一个三代前移居澳大利亚的广东人家庭,根子扎在昆士兰北部。他的成名作便是用照片记录与诠释了他的家族史。后来,他又遍访世界上与他有血缘关系的半华人家庭,做成了一部又一部作品。所谓的作品也别具特色。

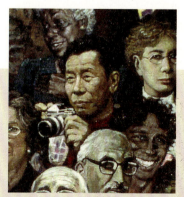

《九十年代人》
(局部 杨威廉)

◁ 威廉记录了三十年来澳大利亚文化界的社交活动

他是用双屏幕放映幻灯,自己躲在暗处用一面小镜子看着屏幕,娓娓地讲述他的故事,常常是用平淡而似乎无动于衷的语气来讲或是幽默或是悲伤的人情世事。名声越出了澳大利亚国境。

我画他的肖像便是受了这些作品的影响。画面右边是他的双亲及其家庭,左边是他死去的同性恋朋友以及他拍摄的画家勃莱特·怀特利和作家派屈利克·怀特,在他背后是同性恋大游行里的翅膀、蜡烛以及一只佛手,均表达他对生与死的思索。

尼克·格林纳

尼克·格林纳在我刚到澳大利亚的头几年里是新南威尔士州的州长。这是澳大利亚头一个出生在海外的州长。他于1947年出生在布达佩斯。二十世纪五十年代随匈牙利父母移民来到悉尼。家族做木材生意。他本人在大学毕业后,一边参加家族生意,一边开始他的从政生涯。1988年,领导新南威尔士州的自由党选举上台,当时被舆论普遍认为是年轻有为的政治家。他在第一任期结束时很受欢迎,但在第二任期内遭遇了滑铁卢,因为那时他的政府已经摇摇欲坠。为了保住足够的席位,他试图安排让一位独立议员辞职改选,条件是安排那位议员一个很好的职位。这一个举措被反对党认为是腐败,于是廉政公署下令调查。在一连串的来回拉锯后,最终导致了格林纳的辞职下台,虽然他本人并无任何贪污腐败行为,而且法院最终认定廉政公署超越了管辖权。这一幕戏剧上演时,我正租了红坊摄政街一个旧厂房过画室瘾,突然发现隔了一条马路天天有记者架了摄像机蹲守,这才意识到著名的廉政公署就设在这里!对格林纳最具讽刺意味的是,廉政公署正是他在第一个任期内力排众议创立的。它在诞生之后有力地打击了贪污腐败行为,所以这是他最有价值的政治遗产。

▷ 写生 2011年

《尼克·格林纳》
2011
油画 122cm×84cm
尼克·格林纳收藏

他请我绘制这幅官式肖像。我在他的办公室里看到了澳大利亚最杰出的肖像画前辈裘蒂·卡萨勃画的他的父亲的肖像。裘蒂本人也是匈牙利移民,而且在她移民澳大利亚前已经在欧洲有了知名度。后来我在格林纳肖像画里的顶端,画上了裘蒂作品的下部,呈现了老格林纳的一双手和裘蒂的签名。我想,没有老格林纳的移民,澳大利亚便少了这位曾经的州长。

这幅画一度也被悬挂在堪培拉的国家肖像馆。

雅尔达·赫克姆

雅尔达才几个月大的时候被放在马背上,随父母兄姐趁夜逃离了阿富汗。三年后这个家庭来到澳大利亚,在悉尼扎下了根。她的父亲曾在斯洛伐克学了七年建筑,母亲是助产士。苏军入侵,父亲接到亲苏政府的征兵通知后决定逃离。在澳大利亚,她父母都成功地继续了自己的专业生涯。雅尔达生活在一个开放自由的家庭里,早早地展现出她的语言天分和记者才华,大学期间便开始为澳大利亚国家电视台 SBS 工作。二十五岁时她被 SBS 派回喀布尔报道阿富汗战争。在那里,她被祖国的惨状和同胞的无助所震撼,心想,如果当年没有被父母带到了澳大利亚,她就是这些蒙了罩袍的街头女文盲中的一员。

作为杰出的战地记者,会说五种语言,通晓国际政治,雅尔达被伦敦的 BBC 高薪聘去,主持世界新闻里的一个名为"冲击"的节目。我因为是个夜猫子,在半夜 1 点钟播出的这个节目里注意到她,便设法联系到她,邀请她做我的阿基鲍尔肖像画主角。我趁她回悉尼的机会访问了她与她父母的家,将她与父母画在一起。

我在作画时意识到,对于每一个被移民家庭带到澳大利亚来的孩子而言,家庭便是方舟。方舟载着全家逃离各种灾难,最终在澳大利亚找到了和平的港湾。

▷ 雅尔达在阿富汗战场

《雅尔达我们的女儿》
2017
油画 183cm×167cm
画家自藏

塔斯曼海上的云

我接到一位叫贾奎琳女士的来信,她是在堪培拉政府机关工作的普通职员。她说,她的女儿西萌今年十八岁了。她作为母亲,很想请我为她的女儿画一幅肖像,可以将她女儿的青春在画布上留作永恒。当时我画的丹麦王妃玛丽的肖像挂在国家肖像馆,已经成为一个景点。贾奎琳要的,便是这样一幅大画,全身像。我被这位母亲对女儿的真情所感动。说实在的,母亲掏二十元钱让我为儿女画速写头像,这样的事当年在达林港画店里每天都在发生。但是像这样的普通办公室职员,要为女儿画这么一幅油画还真是罕见。我回信给了她半价的优惠,那大概已经是她年薪的四分之一了。她回信欣然接受,而且特地在网上订购了一件设计师提供的长裙。

约好的日子,母女俩来到我的工作室。我带她们步行一刻钟,来到国家公园的东海岸峭壁上。浅色的砂岩被阳光覆盖,深蓝色的海水一望无际。我请西萌在崖顶砂岩上随便走动,就用三百毫米长焦镜头拍了许多照片。回来放入电脑,居然有两百多幅!我选出了十幅,再请她们与王兰一起来遴选。最终一致选定了一幅体态最自然的照片作为样本。

之后,我在画室里为西萌画了一幅几个小时的油画头像写生。我请她坐在梯子的高处。累得她在休息时一下躺倒在画室地板上。

在油画结束前,又请她们来了一次,在外光下做最后调整。

她们对这幅画喜欢得不得了。我自己也比较满意。

《习作》
2009
油画 45cm×30cm
画家自藏

◁ 母亲贾奎琳和女儿西萌
▷ 西萌在嘉蔚回顾展 2010年

《塔斯曼海上的云》
2009
油画 213cm×112cm
澳大利亚私人收藏

东海岸面临西太平洋，近海称作塔斯曼海。我给这幅画取名为"塔斯曼海上的云"。

科隆一家人

我在黄金海岸为德国移民汉斯画了他全家。我们交上了朋友。几年后，他想给他在科隆老家与他合伙的生意搭档一个礼物，便是由我为搭档全家画一幅肖像。那个时期我的画作价格很低。他除了付我画酬，还买了机票订了旅馆，安排我飞去科隆十天来准备素材。他的大儿子杨正在学习大学的影视摄制课程，一听这好机会，立即要求老爹给他也买一张机票，他可以一路跟踪拍摄，回来做一个短片参加纪录片比赛。老爹一想儿子可以当翻译，于是便把他加入了我的行程。

汉斯的搭档叫马克，只有三十多岁，一个英俊的德国小伙子。他的太太伊薇也很美，家庭来自东普鲁士，那儿在"二战"后归了苏联。太太已经生了三个孩子，都是儿子。

我在科隆的十天过得十分充实。我和杨在那个小小的四星宾馆里早晨猛吃肉卷，中午都可以不吃了，晚饭常在马克家里吃。我们去了北边的杜塞尔多夫、南边的波恩，最后，我一个人去了阿姆斯特丹，十天里看遍了那一带的美术馆。

有一次我对马克说，你们的上一代赶走了犹太人，现在又有了三百万土耳其人。马克一脸严肃地回答我："他们是我们请来的。"星期日，马克和伊薇带了三个都不足十岁的儿子去足球场。儿子们都属于正规的儿童足球队。在赛场上，他们像大人一样鏖战，跌倒了不哭不叫，顽强地爬起来再战。观战的家长们，有很多是土耳其人，与马克这样的纯德国人一同为场上的子女喝彩打气。我想，这可真是从娃娃抓起。中国的足球要想走向世界，恐怕也得这么来。

我的这幅油画是回来后在画室里完成的,画得又顺利又开心。背景上那幢楼房朝左边这一半是他们的房产,他们在那里生活得非常幸福。

画送去了,汉斯说他们非常喜欢。

过了七八年,汉斯见到我说,伊薇又生了一个儿子。儿子会说话了,指着油画问:"我在哪儿呢?"

汉斯又接了说,却把我震惊了:"他们离婚了。"

我没有问一离婚,孩子怎么办,画又归了谁。

对于这四个孩子而言,家拆散了,方舟也就不存在了。他们必须熬到成年,再打造各自的方舟。

《科隆一家人》
2002
油画 122cm×183cm
德国私人收藏

永远的狮抱

"乖狮克里斯蒂安",这是较为广泛的一个中文翻译。那段几分钟录像:一头雄狮扑上去和两个男人拥抱,自从在2004年上了"Youtube"以来,全球已经有上亿的人观看过这一感人的瞬间,不少人为之落泪。

其实这事发生在四十几年前。录像是当时一部纪录片的结尾。网络和电脑的普及,使得新的一代人把它当作了新闻。

因此,录像里那两个男人,现在不再年轻,已经七十上下。其中首先承受雄狮热情一扑的那位男人名叫爱司,他现在成了我在邦定纳村的邻居。

爱司在晚年觅到了邦定纳这个世外桃源,一个人定居下来,只有两只爱猫——不再是那种巨型大猫陪伴着他。他极度低调。"狮抱"举世闻名时,他已经在此隐居数年。我从报道里看到他居住的村子就是邦定纳后,向所有我认识的村民打听,居然无人认识他!

《永远的狮抱》所依据的照片

风行世界的书《乖狮克里斯蒂安》

假托克里斯蒂安自述的儿童读物

其实他一直是艺术圈里的人,做过画廊,至今有一个私人艺术收藏。在 2012 年我们的地区美术馆专为他的收藏做了一个展览时,我才有缘认识了他,并马上征得他同意,创作他与克里斯蒂安的肖像参加阿基鲍尔展。

爱司与他的朋友约翰在 1969 年是两位留着嬉皮士长发在伦敦打工游历的澳大利亚青年。那时著名的哈罗德百货公司(后来差点成为戴安娜王妃的公公的埃及人是它的老板)还有动物出售。克里斯蒂安是数代动物园狮子的后代,在它数周大时标价二百个几尼金币。爱司和约翰买下了它,带回国王街一家家具店,他们在那里工作,住在楼上。在那个嬉皮士年代里,国王街一带什么样的宠物都有,所以老板见一头大猫似的幼狮也不以为忤,而且欢迎它在家具之间游荡。店堂的生意可能更兴旺了。因为克里斯蒂安出了名,有一位电影制片人开始跟拍纪录片。

克里斯蒂安迅速长大,每天吃掉好大一堆肉食。爱司和约翰开始考虑它的将来。老天有眼,世界上唯一应该出现的救星降临家具店。一对演员夫妇比尔和弗吉尼亚来买桌子,看见了幼狮——对他们而言,狮子可不是陌生的动物。他们刚刚在非洲主演了一部放生狮子爱尔莎的电影《生而自由》,那个电影故事依据的真实生活里的主角,是一对在肯尼亚专门从事训练狮子回归自然的白人夫妇乔治和乔伊·亚当森夫妇。比尔和弗吉尼亚立即介绍爱司和约翰给亚当森夫妇。在克里斯蒂安一岁大的 1970 年,它坐上了飞机,飞到了肯尼亚。爱司和约翰一路护送,还陪它在那里住了好些日子,才依依不舍地与它告别。

与"养父母"兜风伦敦街头

移居非洲

克里斯蒂安最初的新居

调皮捣蛋

《永远的狮抱》
2013
油画 213cm × 167cm
画家自藏

一年后（现在网上流传的四年后是误传），1971年，这两位年轻人再度飞往肯尼亚，就发生了录像里那一幕。

又过了一年，他们再去看它，它已成为群狮之王，但仍然出现在他俩的面前，陪他们睡了一个晚上，并且如同它幼小时那样，睡在两人之间，把一只脚掌放在它当作妈妈的爱司的胸口。

第二天早上克里斯蒂安与他们告别了。永远。

爱司后来回到澳大利亚。约翰留在了英国。他们一生都致力于动物保护事业。爱司姓伯克，他母亲姓 King——这个发音普通话里没有，就是"国王"的意思。有时勉强译作"金"或"京"。这两个姓在澳大利亚都是街名，因为这两位爱司的曾祖父先后出任过十九世纪英国殖民地新南威尔士的总督。爱司现在在撰写他的家族回忆录。

我利用爱司当年与克里斯蒂安相拥的旧照，保留了狮子原状，把爱司画成了现在的模样。所以标题叫"永远的狮抱"。爱司非常喜欢这幅画。可是大约它的超现实主义越出了传统肖像画范畴，这幅画先后被阿基鲍尔奖和道格·莫兰奖拒绝，因此只能在别的展览上展出。

不过这没有什么关系。我被这个真实的童话故事深深地感动了，并把这份感动留在了画布上，它将比人和狮子的寿命长得多。

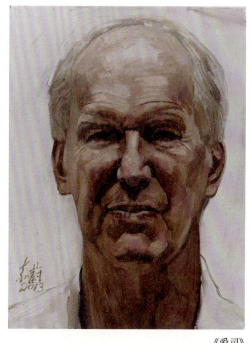

《爱司》
2013
油画 50cm × 40cm
爱司·伯克收藏

第二次握手

爱司在嘉蔚画室
2013年

戏仿埃尔·格列柯

《拉奥孔：戏仿埃尔·格列柯之一》

发生在 2001 年 9 月 11 日针对纽约世贸大厦以及五角大楼的恐怖袭击，由于新闻传媒技术的高度发达，几乎就发生在全世界公众的眼前。我至今记得当时所感受的震惊。我立即认定：二十一世纪实在是从这一刻开始的。对于刚开始的第三个千年，这实在是一个坏兆头。

极端主义势力这次作恶激起了全世界有良知的人们的公愤。我记得不少与美国素有争端的国家领导人都纷纷强烈谴责；我还记得阿拉伯世界领袖们的反应。记得阿拉法特的愤怒，甚至连卡扎菲也站到了反对的一边。事实上就连本·拉登也不敢承认他是知情者，更不用说是策划者了。

但在这个世界上也有人视袭击者为烈士。有一位住在美国的中国画家描绘了这一刻，在画上书以"鱼死网破"四字。

《拉奥孔：戏仿埃尔·格列柯之一》
2012
油画 267cm×336cm
画家自藏

在冷静下来以后的专家分析中,有批评者认为美国的长期外交政策是导致这种仇恨与袭击的原因。智利人都知道还有一个"9·11",是在1973年,据说也是星期二。那一天,中央情报局策动了智利法西斯军人政变,开始了皮诺切特长达十八年的专政。此前八年,印度尼西亚的右派军人政变开始了苏哈托更长的专制统治,被屠杀的印度尼西亚人有数十万之多,这场政变也与美国中央情报局有关。

被称为"冷战"的近半个世纪里其实热战不断。与极端主义最有关联的是二十世纪八十年代初开始的阿富汗战争。在这场战争中,美国是伊斯兰抗苏势力的后台。后来成为美国死敌的"基地"组织,正是在美国庇护下成气候的。

仇恨也罢,宣战也好,但是以毫无防备且与政府行为毫不相干的平民为攻击目标,这是闻所未闻的野蛮行径,是恶魔对人类的攻击,是不可饶恕的疯狂罪行。

作为一个艺术家,我立即在自己的作品里做出了反应。"9·11"发生时,我正在创作一幅汇集几十位"第三世界"领导人形象的大画《第三世界》。"9·11"抬升了本·拉登的地位。我立即将他与双子塔被飞机撞击的场景画入此画正中最上方。

三年以后我以埃尔·格列柯的两件大型代表作为蓝本,开始这一件作品及其姐妹篇《揭开第五印》的创作。由于其他计划的插入,使这两件作品直至2012年初才告完成。

格列柯的《拉奥孔》原作,讲述的是希腊传说中的古老故事。

◁ 《拉奥孔》原作 美国华盛顿国家美术馆藏

◁ 柯耶尼格(Fritz Koenig)为世贸大厦制作的铜雕《地球》被摧毁后,又重新屹立在残躯之上

当希腊军队对特洛伊城久攻不下后，他们施用了著名的"木马计"，诱使特洛伊人将藏有突击队的木马当成战利品运回城堡。其时，特洛伊人的祭司拉奥孔看穿了希腊人的阴谋，但是希腊人的保护神阿波罗与狄安娜出手阻止拉奥孔泄密，放出两条毒蛇咬死了拉奥孔以及他的两个儿子。之后，希腊突击队跳出木马，攻陷了特洛伊城。

埃尔·格列柯于十七世纪初，他生命最后几年里创作的这幅名作，描绘了拉奥孔及其二子的痛苦挣扎、毒蛇的肆无忌惮、神祇的冷漠旁观以及背景上的木马与特洛伊城。原作现藏于美国华盛顿特区的国家美术馆。我于 2005 年和 2008 年两度前往仔细观看了原作。

我在"9·11"发生四年后首次到了世贸遗址，见到德国艺术家柯耶尼格（Fritz Koenig）的铜雕《地球》被摧毁后，又重新屹立在残躯之上，不禁潸然泪下。

我的这件作品比埃尔·格列柯的原作放大了三四倍。除了改动背景之外，一切临摹原作，保持格列柯的画风。改动的是，以曼哈顿城取代特洛伊城，上面的双子塔正在燃烧与爆炸。这构成了新主题的基本符号，告诉观众这件作品画的已经不是特洛伊古老的故事了，而是发生在 2001 年 9 月 11 日的当代悲剧。

这样，画面大部分面积仍保留原作描绘的一切，却随之改变了原来的故事元素。其中的所有角色的身份全部被转换，他们变成了象征性的符号。以我的本意，毒蛇自然代表了恐怖主义分子，而拉奥孔及其二子，代表的不仅仅是"9·11"直接受难者，也包括了他们的亲人与朋友。又由于"9·11"受难者其实有许多国家的公民而且种族与宗教信仰也是多元化的，其中也包括了阿拉伯人，所以推而广之，拉奥孔三人代表的是全人类的主体。

由于这件当代主义的作品本身具有的多义性，我不想将本意强加给所有的观众。观看这件作品的人可以作任意的联想与解读。

《揭开第五印：戏仿埃尔·格列柯之二》

《揭开第五印》的故事出自《新约全书》的《启示录》，书中叙述圣约翰所见到的情景。他见证了预言世界末日场景的书卷，上面有七个大印封住。当每一个大印被一只羔羊揭开时，都会呈现出一幕惊心动魄的景象。

与《拉奥孔》一样，埃尔·格列柯是在十七世纪初，他生命最后几年里完成这幅《揭开第五印》的。原作现藏纽约大都会博物馆。我在 2005 年和 2008 年两度在那里仔细观看了这幅原作。

我将这件戏仿之作列为《拉奥孔：戏仿埃尔·格列柯之一》的姊妹作，因此副题是"戏仿埃尔·格列柯之二"。这两幅画在当代化了之后，分别展现二十一世纪之初人类社会的两件历史性大事：恐袭与战争。《拉奥孔》关于恐袭，《揭开第五印》关于战争。

我完全临摹了埃尔·格列柯的原作，只是在天空背景即画面最上方添加了一架 B-2 隐形轰炸机。它立即改变了原作的主题，成为讨论当今时事的作品。

在"9·11"后发生的战争，是两场而非一场。先是阿富汗战争，在它根本没有任何结束征兆之时，美军掉转炮口攻打伊拉克，推翻了萨达姆政权。这两场战争发生在 2001 年与 2003 年。我的这幅画开始于 2004 年。八年以后我结束了这幅画，但两场战争，一场远远没有结束，一场也并未真正告终。

在我的《揭开第五印：戏仿埃尔·格列柯之二》里所讨论的战争，同时指涉它的正义性与非正义性。在画面里原作描绘的哭泣的被杀之人的灵魂，在这里同时代表"9·11"受难者的等待正义实施的灵魂，又代表了继而在两场战争中被夺去生命的无辜阿富汗、伊拉克平民。圣约翰则代表了作者本人的悲叹。

◁《第三世界》（局部）
2002
油画 259cm × 356cm
马来西亚私人藏

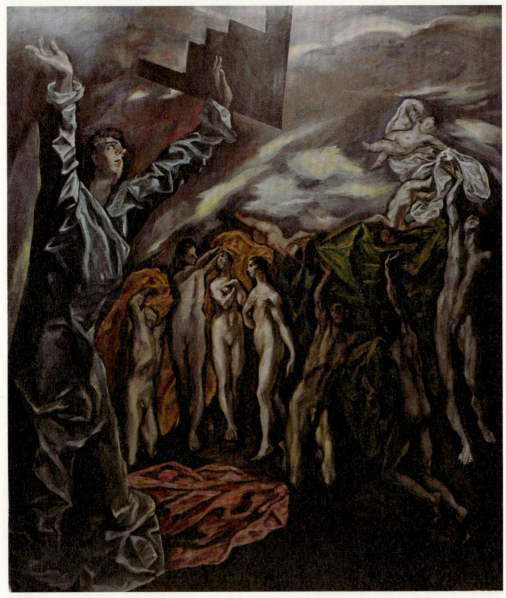

《揭开第五印:戏仿埃尔·格列柯之二》
2012
油画 300cm×260cm
画家自藏

▷ 《揭开第五印》原作
美国纽约大都会博物馆藏

《俄罗斯1917》
2013
油画 213cm×213cm
画家自藏

自说自画：
从黑龙江兵团到澳大利亚

纪最伟大的革命家列宁。不过，观众看不见他们记忆里的那个秃顶留胡子的列宁。列宁在该年7月化了妆，剃去了胡子，戴上了假发，从人间消失。直到该年10月下旬，才出现在斯莫尔尼宫的全俄苏维埃代表大会上。所以他是神不知鬼不觉地坐上了司机的座位。我是按照历史档案里列宁化装后的照片一丝不苟地绘制出列宁肖像的。如果有人说"不像"，那不是我画得不像，而是列宁同志化装得太不像他自己了。不过若仔细观看，可以看得见那著名的锐利目光。

司机副座上的女士叫斯皮里多诺娃，左派社会革命党的主席，老牌民意党人，十七岁时因刺杀沙皇官员被判死刑。但真正执行死刑的却是三十五年以后的"格伯乌"，这是后话了。由于布尔什维克在1917年时力量弱小，所以左派社会革命党是十月革命的主要合作党派，直至1918年7月两党关系破裂。

站在斯皮里多诺娃女士背后振臂高呼的是托洛茨基。对于十月革命十周年以前的苏联人而言，托洛茨基是列宁的战友和十月革命的第二号领袖。他与列宁的照片并列悬挂。

实际上，托洛茨基直到十月革命才正式加入布尔什维克。俄国社会民主工党在1903年时就分裂为布尔什维克与孟什维克两派。托洛茨基的立场在二者中间，他一直试图调和。但是二者水火不容。这种分歧直到十月革命后，孟什维克被击败，前孟什维克党人改过自新加入俄共（布）为止。比如1937年充当斯大林审判"反党集团"

《俄罗斯1917》
（初稿）
2011

▷ 二月革命照片

俄罗斯的红轮

《临摹苏联油画》
1969
油画
画家自藏
我在临摹时把列宁右侧的人物改成了斯大林

《临摹科尔热夫的〈国际歌〉》
1969
油画
画家自藏

《宣传画原稿》
1975
水粉 | 纸本 78cm×160cm
《美术文献》收藏

我这代以及上代的中国画家,是在苏俄绘画的浸淫中开始自己的习画之途的。苏俄画家笔下的十月革命,更是以无数幅画面的视觉形象刻入我们,尤其是我这个读盖达尔儿童小说长大的人的记忆中。即便到了今日回望,由于看遍了世界美术史的名作,艺术品位乃至对历史的解读力已经大为提升,意识中仍然似大浪淘沙般的留下许多苏俄作品,无法忘怀。在我步入创作生涯的后期,越发觉得我也要进入这个题材来一试我的功力。

《俄罗斯1917》是我近二十年来以汽车为载体表现二十世纪历史的系列油画《轮上的世纪》里的一幅,完成于2013年。

与我在这个系列中其他作品如《西班牙1937》(2012年完成)一样,这是一幅超现实主义气息浓厚的大杂烩构图。人物与汽车的关系是符合生活逻辑的,虽然车子明显超载,几乎如一位澳大利亚评论家说的,像一个"杂技戏班"。然而人物的组成则完全是超越时空的。当然也并非天马行空,因为在我一一点明他们的关系之后,观众自会明白他们不是无缘无故地坐到这辆汽车里的。事实上首先要明白,这车并非真实意义上的汽车,而是俄国革命的象征物。

我在构成此画的起始阶段,是找到了一帧俄国二月革命初起时的珍贵照片。我切去了车子的上半部连同里面的人物,但保留了车子的下半部乃至卧在车身甲板上的三位起义士兵以及攀在后甲板上的大学生赤卫队员。这个架子搭起来之后,开始往这辆已经敞篷的汽车里安插司机与乘客。

司机是毫无疑问的,就是将这辆从1917年2月启动的红色汽车开到了该年10月的那位二十世

《俄罗斯1917》
(局部·列宁)

◁ 化装的列宁,1917年7月在拉兹利夫

的大法官维辛斯基,就是前孟什维克。经他的朱笔判决,将绝大多数列宁时代中央委员会的老布尔什维克送上了刑场。

坐在列宁背后听一个水兵说话的大胡子,就是孟什维克的首领普列汉诺夫。他是俄国社会民主工党的创始人,列宁曾经的导师。他当然反对列宁的十月革命,不过列宁仍然尊重他。他在第二年就病故了。

后座前方交臂而坐的当然就是高尔基,人们很熟悉他的相貌。这位大文豪用他在欧洲上演剧作挣来的稿费,资助曾经穷困潦倒的布尔什维克——高尔基本人就是老资格社会民主党人。所以尽管他反对十月革命,而且在革命后不停地批评列宁,列宁对他一直客客气气,最后劝他去意大利疗养,回避他们的分歧。

站在高尔基后面的"小平头"是临时政府首脑,从前的律师克伦斯基。他把自己想象成拿破仑,喜欢身穿无军衔标志的弗伦奇式军上衣和马裤长靴。但结果他只成了昙花一现的历史过客。他是十月革命的死敌,但也是一位社会主义者,属于一个叫"劳动社"的派别。他还是列宁的小同乡与老相识。

那位拉手风琴的士兵,是我从一张战场附近拍下的照片里拉进来的。二月革命之后前线士兵普遍厌战,自动返回家乡,这便是其中的一个快活的逃兵。过了一年,托洛茨基把这些昔日散兵游勇重组成为红军,创造出一支新的军队。

画里最后一位历史人物不是以她的真实面目示人的。她就是"红色的罗莎",罗莎·卢森堡,德国共产党创始人、列宁的战友。她在十月革命后不久就被右派军人杀害,成了烈士。列宁没有因为与她有思想上的分歧而责难她,却以这样一段名言流传于世:"罗莎是一只鹰,而第二国际的领袖们是一群鸡。鹰有时飞得比鸡还低,而鸡永远飞不到鹰那么高。"因此车头前方有一只低飞的鹰。

背景是由苏俄在1917年前后的三幅名画组成的:灿烂的星球是

《革命》
(局部·托洛茨基)
2012

芬兰车站
2008年1月

柴可夫斯基墓前
2008年1月

尤恩的油画《新星》；骷髅是出自库斯陀基耶夫的漫画《革命与死神》；俄罗斯村庄与上空飘浮的男女是夏加尔的油画《在村庄之上》。三画叠加，展示了世界大战血腥的第三年——1917年，笼罩在俄罗斯大地上空的不祥和壮丽。

汽车车身上综合了彼得格勒广告柱的功能。上面的广告表达出时间的积淀：最底层是革命前夕，皇后与公主们身穿护士服为伤兵服务；迎接立宪会议的竞选党派传单；十月革命成功后的苏维埃布告。红色的招贴画是前卫画家马列维奇的名作《割草人》，车屁股露出的一张战争宣传画也是他的作品。

这个马列维奇与夏加尔有过一段恩怨。革命政府的教育人民委员卢那察尔斯基委任夏加尔当他家乡维捷布斯克美术学校的校长，马列维奇却赶走了夏加尔取而代之。

我确信，我的这幅十月革命题材的画作是独一无二的。

① 康斯坦丁·尤恩：《新星》，1921年，莫斯科，特列佳可夫美术馆
② 鲍利斯·库斯陀基耶夫：《革命与死神》，1905年
③ 马克·夏加尔：《在村庄之上》，1914—1918年，莫斯科，特列佳可夫美术馆
④ 卡日米尔·马列维奇：《割草人》，1912年，尼日尼·诺夫哥罗得国立美术馆

西班牙 1937

2007年底，装在一个被称为"墨西哥手提箱"的箱子里的三个塞满一百二十七卷照相底片以及文件的盒子被送到国际摄影中心（ICP）纽约总部。拍摄这批纪录西班牙内战现场的三位战地摄影家，都已在半个多世纪以前先后殉职于不同战场。他们是罗伯特·卡帕、格尔达·塔罗与秦（即大卫·西蒙）。"墨西哥手提箱"失踪于1940年巴黎陷落于纳粹之时。当时，一位墨西哥驻法使馆的武官受托保管它，于是它横渡大西洋并在日后辗转人手。ICP由卡帕的弟弟康乃尔创立，手提箱在六十七年后归还到ICP，也就可以说是回家了。围绕这一个新闻摄影史上的戏剧性事件，一个又一个回顾展开幕，一本又一本专著出版。七十年前的烽火西班牙内战，随了这批新近才出土的黑白照片，重新回到二十一

◁ 格尔达拍摄的卡帕在西班牙 1937年

世纪时人的视野。

对我个人而言，西班牙内战一直没有远离过自己的关注领域。因为国际共运、第二次世界大战之间的欧陆风云，乃至现代主义艺术的史话，向来都是我几十年里的关注和阅读重点。就近几年而言，乔治·奥威尔的著作及其传记，安德烈·马尔罗的自传与传记，乃至两位同胞女作家：林达的《西班牙旅行笔记》与虹影的小说《K》，等等，也都频频将我带回到那个战场。澳大利亚 SBS 电视台，也反复播出过好几部相关的故事影片，有的拍得真好，如《萨拉米的士兵》。直至 2008 年我亲临巴塞罗那，想象奥威尔身涉其中的那场内战中的内战：保安部队与 POUM 民兵的火并。又在因埃尔·格列柯而成为我心目中的麦加的古色古香的小城托莱多，仰望那幢雄踞山顶的阿尔卡扎堡垒，当年的政府军始终未能攻克这个叛军要塞。当然，最激动的时刻，是我在马德里的现代美术馆楼上展厅里，面对《格尔尼卡》真迹之际。对于我个人体验而言，毕加索艺术的顶峰，便是这件泣血之作。

《默德卡》
（局部）
马来亚共产党总书记陈平说他们的西班牙式敬礼来自东江纵队的中国同志

2006 年因创作马来西亚独立史诗壁画《默德卡》，我在曼谷会见了传奇人物、马来亚共产党总书记陈平。马来亚共产党人民军的军礼是西班牙式敬礼，把右拳举至眉头。陈平回忆这是一位中国东江纵队的同志带过来的礼节。中国内陆的红军从无这种敬礼，因此这必是一个西班牙内战的遥远的回声。

1936 年至 1939 年的三年西班牙内战，与斯大林的大清洗时段完全重叠，因之而有"内战中的内战"之称。由于佛朗哥叛军有纳粹德国的空军支援与法西斯意大利坦克步兵的直接参战，而英美法大国却刻意中立，使得共和政府只有仰仗苏联的军火支援与共产国际组织的国际纵队参战。苏联的"格伯乌"指导了对政府军方面的劲旅 POUM 民兵组织的清剿，杀害了其领袖、托洛茨基的前秘书安德列斯·宁，解除了民兵的武装。然而接下来，大部分苏联军事顾问，包括其首脑、十月革命的功臣安东诺夫·奥夫谢延科也都被枪毙。"格伯乌"的将军奥尔洛夫按照斯大林的命令，将西班牙国库的六百吨黄金储备运往苏联后，自己面临同样的下场，因而逃至美国。

乔治·奥威尔两度死里逃生：先是被佛朗哥军队的子弹洞穿脖子，大难不死后，又被共和政府以"托洛茨基分子"罪名通缉。在最危险的关头，他竟不得不在巴塞罗那一处废墟的洞里躲藏。西班牙的经历，使他写出了不朽的著作《动物农庄》和《1984》。

西班牙内战的复杂性，还在于佛朗哥在借助德意法西斯之力击败共和政府确立起独裁统治之后，并没有加入随后的世界大战。而且他让小国王受到良好的教育后，在1975年离世时将政权交还王室。而国王胡安·卡洛斯一世将西班牙带入了一个新时代。这是一个奇妙的悖论：粉碎了的民主共和之梦经由独裁者佛朗哥而由一个国王实现了。而1937年在西班牙大地上两头势不两立的怪兽开始搏斗，到了1990年之后，两头怪兽也都不复存在了。

回过头来看1937年，那批天真的理想主义者，他们真的什么也没有为我们后人留下吗？

我想，至少他们为我们留下了一幅《格尔尼卡》，留下了反乌托邦的名著、那帧《倒下的士兵》的照片，还有白求恩大夫的战场输血理论及实践。

其实远远不止这些。这是人类第一批用身躯阻挡法西斯战车的人，他们值得我们后人尊敬与仿效。

我是在近几年才了解到世界上第一个以身殉职的女战地记者格尔达·塔罗的故事的。她的后继者迄今已经不计其数，最近的一个死在叙利亚内战的阿勒颇街头。

格尔达是波兰裔德国犹太女孩，二十四岁因为参加左派政治活动被捕。从纳粹警察局监狱出来后她逃至巴黎避难，在蒙帕纳斯的咖啡馆遇见了小她三岁的匈牙利犹太青年安德列·弗里德曼。她跟安德列学会了摄影记者的工作,而且天才地为安德列取了一个美国式的姓名罗伯特·卡帕(也为自己改姓塔罗)。二人结伴去西班牙为通讯社拍摄照片,他们记录共和政府军与国际纵队战士并肩浴血奋战的照片很快享誉世界。但格尔达在一次撤退中被己方坦克撞死。她的遗体运回巴黎,法国共产党隆重葬她于巴黎公社社员长眠的拉雪兹神父墓地,著名雕塑家贾珂梅蒂为她制作了墓碑。她死于二十七岁生日五天之前。她虽拍了无数的新闻照片,但朋友们拍她的照片留下来的并不多。在那些照片里呈现的格尔达娇小玲珑、生气勃勃,有漂亮的瓜子脸,据说给自己染了红色的短发,抽烟,对着镜头做鬼脸,哄一头倔毛驴儿开步走,躲在大个子士兵身后仰望敌机来空袭;还有,穿了一件男人的衬衣睡得很香很甜,像一个未成年的男孩儿。死前最后一句话:"我的相机呢?它还是新的……"

十七年后卡帕在越南战场被地雷炸死。又过了两年,他们的伙伴秦在1956年的苏伊士运河战争中被士兵枪杀。

我第一次读到关于西班牙战争的书是一本白求恩传记《外科解剖刀就是剑》,那年我二十岁。那本书的作者之一叫泰德·阿兰。阿兰在1937年时才十九岁,个头高高的英俊小伙,任白求恩大夫的西班牙战场输血救护站的协理员。他同时也做记者的工作。最近我才读到,格尔达·塔罗这个被称为"小红狐"的战场精灵,也是这位比她年轻八岁的小弟弟的梦中情人。他陪塔罗上前线采访,成了塔罗牺牲的见证人。他自己当时也被坦克撞成重伤,送回加拿大由白求恩大夫精心治疗才得以康复,并一直活到了高龄。

2005年有加拿大学者从共产国际档案中查证到,白求恩大夫在西班牙高度的敬业精神,竟引致共和政府保卫部门的怀疑。因为他要贴近前线抢救伤员,所以要求得到战线地图与瞬息万变的军事战报。与他相好的一位瑞典女记者也被怀疑是他的间谍同伙。因此,白求恩大夫被调回加拿大,名为募款,实际上不再允许他回西班牙。

格尔达·塔罗

PC是西班牙共产党的缩写

开步走

这是他为什么改道来中国的真实原因。

法国作家安德列·马尔罗是位不安分的冒险家。他在内战开始后立即募款买飞机，组织了一支志愿飞行队去西班牙为共和政府作战。据不少回忆可以证实他担任这个空军中队的指挥官是称职的，尽管他并不会开飞机。苏联作家爱伦堡回忆道："在瓦伦西亚，他只谈论轰炸法西斯的事，当我谈起文学时，他表示不满，一言不发。"马尔罗在几年后参加了法国地下军抗击德国军队的组织工作，曾负伤被俘，以"贝尔热上校"著名。

同样热爱冒险的美国作家海明威，此时也在西班牙效力。他不扮演军人角色，而是带了荷兰电影导演伊文思在拍一部名为"西班牙的土地"的纪录片。目击者记述："显然，他（海明威）'不再听'马尔罗说话，他无可奈何地等着后者结束他上气不接下气的即兴发挥，以便自己能'插上一句'。这两个人都很尊重对方，但并不怎么喜欢对方。"七年后，他们俩又在刚刚解放的巴黎会面。据说"贝尔热上校"炫耀道："我有两千人马，你有多少人？"海明威懒懒地回答："十几个吧。"

海明威后来获得了诺贝尔文学奖。另一位当时也在西班牙，后来也获得诺贝尔奖的人，是智利的诗人聂鲁达。当时他是智利派驻西班牙的领事馆官员。他的好友，西班牙著名诗人加西亚·洛尔迦在内战刚起时即被叛军枪杀，使他痛惜不已。因此以爱情诗人著称于世的他以诗篇为武器，为共和政府效力。他成了共产党员。

聂鲁达活到了1973年，目击了他自己祖国的"佛朗哥"——皮诺切特将军在那年9月11日发动的政变。他死于政变第十天，有人怀疑他是被叛军谋杀的。他在一生中两度遭遇了法西斯。2016年智利共产党隆重地重新安葬了他的遗骸。

写到这里，我已经介绍了几乎所有被我画进这幅作品里的人物。由于画面结构所限，我不能画上更多的人。如

▷ 格尔达拍摄的第二届文化防卫国际作家大会。左一是安德烈·马尔罗 1937年7月

◁ 法共隆重安葬了格尔达，著名雕塑家贾珂梅蒂为其设计了墓碑

△ 聂鲁达　▷ 奥威尔

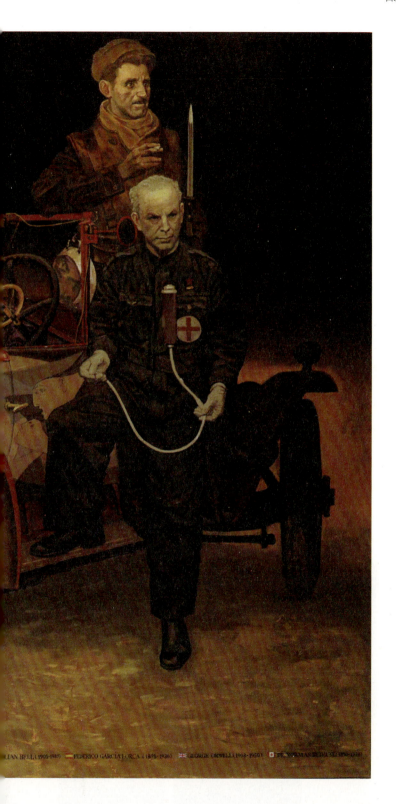

《西班牙 1937》
2012
油画 220cm × 300cm
画家自藏
2015 年应邀在第六届
北京国际双年展展出

匈牙利作家凯斯特勒,与乔治·奥威尔齐名的反乌托邦小说《正午的黑暗》的作者,曾被叛军捕获险被处死,后定居英国。他与秦一样,由他的杰出同行所代表。

但还有一个人必须画入画内。我在这幅画里是用一辆超现实主义的汽车代表了西班牙。它用西班牙国旗、共和国旗与加泰罗尼亚旗的红色、黄色与紫色装饰,车身上有《格尔尼卡》,挡风玻璃上贴有加西亚·洛尔迦的照片。那么司机呢?这个角色派给了朱利安·贝尔。他是国际纵队的救护车司机,死于纳粹飞机的空袭。朱利安是英国女作家弗吉尼亚·伍尔夫的侄儿,画家弗妮莎·贝尔的儿子,剑桥诗人,布卢姆斯伯里文化圈里的宠儿,活了二十九岁。

有朋友奇怪我画了一幅与中国没有关系的画。真的没有关系吗?

白求恩就不必多说了。与白求恩同时于1938年来中国拍摄抗日战场台儿庄大战的,正是罗伯特·卡帕(可惜塔罗已死,不然少不了她)与伊文思。伊文思在离开中国时把他那架电影摄影机送给了中国同行吴印咸,口中反复念叨:"延安!延安!"吴印咸带着机子到了延安,拍出了纪录片《延安与八路军》,其中还包括了白求恩大夫抢救八路军伤员的情景。可惜这部片子送往苏联冲洗后下落不明。伊文思活到高龄,多次来中国,拍了许多纪录片。他被称为"飞翔的荷兰人"。

和伊文思一样在二十世纪五十年代来中国访问的还有聂鲁达。他与诗人艾青交上了朋友,但是他一离开中国,艾青就被打成了"右派", 发配新疆。聂鲁达在回忆录里念念不忘艾青。

马尔罗是所有这些人里最早来到中国的。他与奥威尔一样,都是在二十岁左右时分别远赴各自国家的殖民地。后者去了缅甸,他去了印度支那。有传说他那时去过广州。在1931年他的确访问了中国,而且在第二年写出了他的成名作《人类的命运》,描写了中国的大革命以及1927

△ 卡帕的代表作:《倒下的士兵》

◁ 卡帕拍摄的毕加索在巴黎解放的日子里 1944年

▷ 卡帕拍摄的著名的中国士兵头像

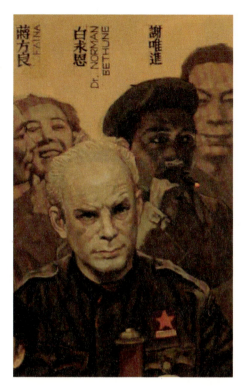

《革命》
（局部·白求恩和西班牙国际纵队中国支队政委谢唯进）
2012

《启蒙》
（局部·右上朱利安·贝尔）
2014

年的"四·一二政变"。马尔罗在中法建交后又作为戴高乐政府的文化部长于1965年正式访华，见到了毛泽东、周恩来和陈毅等人。

最后是朱利安·贝尔，他在武汉大学任教两年后刚刚离开中国，就来到西班牙战场，几个月后便牺牲了，恰好只比塔罗的牺牲早了七天。朱利安临终前，据史料载，喃喃自语："我一生想两件事——有个美丽的情妇；上战场。现在我都做到了。"

前一件事指的是他在武汉大学任客座教授时，与一位才女作家长达两年的地下情。这一段故事，美国学者帕特丽卡·劳伦斯在她的学术著作《丽莉·布瑞斯珂的中国眼睛》里根据当事人的信札文件考证得一清二楚。此书的中文版由上海书店于2008年出版，有兴趣的读者可以找来此书一读。

俱往矣！我在画里把天空画得一团漆黑。这一群天真的理想主义者，登上这架红色战车，一去而不复返，消失在历史的黑洞深处。

左一伊文斯，左二海明威，在西班牙前线
1937年

东来贤哲

《东来贤哲》的灵感来自一次阅读《新约》。马太福音第二章记载:"当希律王的时候,耶稣生在犹太的伯利恒。有几个博士从东方来到耶路撒冷,说,那生下来做犹太人之王的在那里。我们在东方看见他的星,特来拜他。"[1]

我熟悉美术史上的名作,他们的标题统一称为"博士来拜"(*The Adoration*)。在英文里,博士"wise men"变成了"the Magi"。查了字典,"Magus/Magi(复)"指古波斯的教士僧侣;"the Magi"则专指《圣经》上所说的由东方来的三贤人。

于是我有个疑问,"东方"为什么一定是波斯呢?为什么不可以是更远的东方呢?此外,那些名作里,"the Magi"都是非富即贵,并不是纯粹的"wise men"的模样。

我就想到要与美术史开一个玩笑。查耶稣降生时,真正够最高级别的东方贤人分别应该是中国的老子、孔子和印度的佛陀。他们

---

[1] 英文原文:"Now when Jesus was born in Bethlehem of Judaea in the days of Herod the king, behold, there came wise men from the east to Jerusalem..."

当时应该都是五六百岁的年龄。是这三位博学贤士风尘仆仆地前来拜会新降生的犹太人之王，未来的基督教创立者。

这个灵感鼓舞着我，并且居然找到了两幅名作作为底本。一幅是达·芬奇的《博士来拜》（1482年），另一幅是丁云鹏的《三教图轴》。后者无创作年份。丁云鹏是明朝人，生于1547年，而达·芬奇生于1452年，因此两人恰好只相隔一个世纪。

由于达·芬奇的画是一幅未完成稿子，因此有很统一的色调和大量的线，使它与用线来造型的中国画很容易互相融合。丁云鹏的画是三位分别创立了道教、儒教和佛教的贤人一同坐在一棵大树下论道。而达·芬奇的画上有一棵近似的树。我将丁云鹏的三个人物插入列奥纳多的构图，取原来的"Magi"而代之。

这件作品完成后，在我的2002年4A画廊个人画展《再见革命》中第一次展示。2003年它应邀在北京国际艺术双年展上展出。

丁云鹏（1547—1628）
《三教图轴》
明代

达·芬奇（Leonardo da Vinci, 1452—1519）
《博士来拜》
1482

无疑，这是一件讨论人类几大文明融合的作品。不过，我的一位学者朋友指出，它有"西方中心主义"的倾向。这种批评很容易成立：你看，三位亚洲文明的代表簇拥一位西方的圣婴并为之道贺。

但是我也很轻易地反驳：这画明明在说，西方文明比东方文明年轻了五六百岁，不是吗？

于是两说互相抵消。不过这只发生在我与这位朋友友好的交谈中。我倒希望有评论文章来讨论，可惜没有。

哥佐利（Benozzo Gozzoli, 1420—1497)
《博士来拜》
1459—1461
（局部）
这里的博士画成了国王

波提切利（Sandro Botticelli, 1445—1510)
《博士来拜》
1475—1476
与达·芬奇的同名作一样，画家将自己画在了最右侧

《东来贤哲》
2001
油画 224cm×229cm
画家自藏

为教皇画像

一切的源头都起因于我在1994年创作的油画《澳大利亚的玛丽·麦格洛普》。那幅画获大奖，玛丽嬷嬷在2010年正式封圣，这是澳大利亚唯一的天主教圣徒。因此我那幅画又加印了不少。其中一幅，就被挂在了澳大利亚驻梵蒂冈的大使约翰·麦卡锡写字台对面的墙上。2013年3月新任教皇方济各登基。这一年是澳梵建交四十周年，大使一直在琢磨送什么样的礼物。此时他看见写字台对面挂着的画，就有了一个主意：应该请这位画家给新教皇画一幅肖像！恰在此时，有一位从澳大利亚来罗马旅游的老相识拜伦·赫斯特和他的夫人杰妮伐登门求见。大使知道拜伦是画家，立即询问他嘉蔚沈知道不？拜伦一听乐了，说我和他都是同一个美术馆的董事会成员，两家相隔一个小海湾，相识二十年了。大使当即让拜伦在他的电脑上发了一个电邮给我，说如此这般，但是没有报酬，代之以请我们夫妇来罗马。

我一见电邮，立即答应。因为这几个月我从报道得知新教皇与前教皇很不一样，是那种关怀穷人的第三世界教士。比方说，前教皇有一双出名的红色皮鞋，是请名师高价定制的，而新教皇穿一双工人的大皮靴就登基了。这位新教皇还复原了耶稣的行为，为最低贱的穷人洗脚。所以我认为这位教皇值得画。

其实我本来也有机会结识前教皇的。2008年他来悉尼主持天主教青年文化节，节前澳大利亚教会来信请我为红衣主教驻节的圣玛丽大教堂绘制一幅圣母子巨幅祭坛画，我考虑之后谢绝了。我的理由是，我是个无神论者，倘画了此画，教徒们在画前顶礼膜拜，若知道了画家不信神，岂不荒唐！教会的秘书回信劝我回心转意，说，可是你也画过玛丽嬷嬷呀！我说玛丽是教师，是历史人物。秘书又回信说，圣母玛丽亚和耶稣也是历史人物呀。我说那可不一样。总之，我拒绝了。

在教皇从巴西回罗马的飞机上，他批准了这个计划。后来大使告诉拜伦说，其实教皇一登基，好几个画家要给他画像，主要是美国的画家。但是他们都要钱，教皇在知道这个澳大利亚画家不为钱后，便立即答应了，拒绝了所有别的要求。教皇有两个要求：第一，不方便为我当模特，所以开放教廷照片库让我任选；第二，他希望与普罗大众画在一起。

由于大使原计划在9月的某日举行庆祝，所以肖像应在8月底完成，而教皇批准时已在7月底。我立即进入紧张的构思与构图，等确定上画布之日，只剩三个星期的绘制时间。

我按丰富的创作经验确保每一步都不犯错，只做加法不做减法，

草图之一

《民众的教皇》
2013
绘制途中

真是"苟日新,日日新,又日新"。拜伦来观看了几次,每次都惊讶于它的变化。背景上的人群是我从"谷歌"上搜集来的向教皇欢呼的各国各人种的普通百姓,我用带粉的灰蓝色晕染了几次才将他们的空间传达出来。我最终画上了四只鸟,一对普通鸽子,一只真实的曾停在方济各手上的白鸽——天主教徒往往认为这种白鸽象征了圣灵。第四只鸟是澳大利亚的彩色小鹦鹉,我直接用了我女儿和肩上停留的小鹦鹉的一张照片,这只鹦鹉是老朋友冷眉救活的,她曾是中国的电影演员,我把她也画入了背景。

◁ 教廷提供御用图片库,由画家选定的照片

这幅画完成后,图像传输过去,获得一致称赞。然而澳大利亚政局变化,工党政府下台,自由党政府上台,庆典被一再推迟,油画长期保存于圣玛丽大教堂里的天主教会总部。直到转过年来,拜伦告诉我,澳大利亚天主教大学接手了我与王兰的访问罗马之行,承担我们的机票开支。澳大利亚政府马上派出代表团出席庆典,由新上任的总督考斯格罗夫将军带领,而考斯格罗夫将军直到那时还任职天主教大学校长。天主教大学的董事会主席乔治·佩尔大主教刚刚奉诏去罗马出任教皇的财政秘书,大主教也主导这幅画的赠送安排,包括我和王兰的行程安排。因此,拜伦夫妇安排我和王兰去玛丽大教堂最后视察这件作品,并与考斯格罗夫将军和大学校长克列文会面,见面时确定4月25日晚飞往罗马。

有意思的是,天主教大学为我们订的航班是中国国航,要在北京换机,在京有七个小时停留时间。我们乘机去北京航空航天大学看望了时年九十九岁的王兰的父亲,给他一个惊喜。

但是祸福相倚,到罗马后发现,王兰的衣箱被航班落在了北京,要隔一整天才能运来。头等舱乘客看来也得不到头等待遇。要命的是,第二天是星期日,罗马机场行李部门关门。而我们被正式告知,教皇接见的时间定在周一早晨。王兰的行头全在那箱子里。没有办法,星期日上午王兰去宾馆附近的火车总站广场的服装摊,只花了三十欧元买了上衣、长裙和披肩,倒也像回事。结果,这身衣服就此定

◁ 拜伦夫妇来画室观看
2013年8月

▷ 天主教大学校长、澳大利亚总督考斯格罗夫将军观看画像

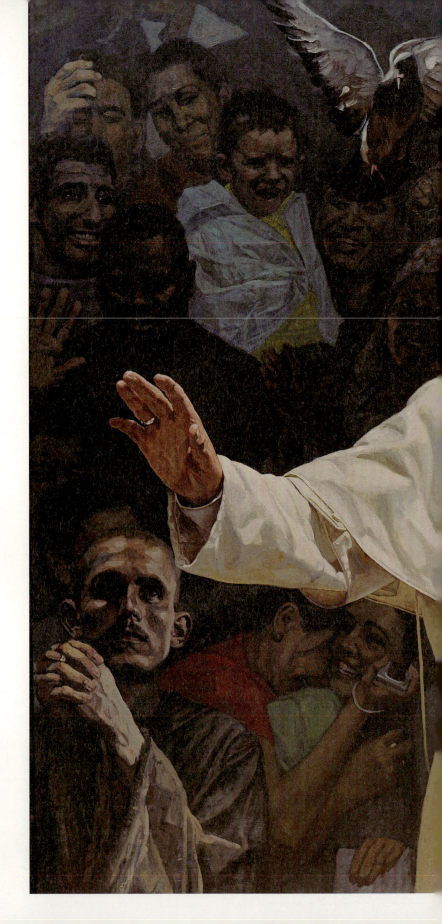

《民众的教皇》
2013
油画 137cm×167cm
澳大利亚政府定制国礼
梵蒂冈教廷藏

格在历史的镜头上。那只衣箱直到见了教皇回到宾馆的下午才送到。

到达罗马后的 4 月 27 日是两位前教皇被封圣的大日子，圣彼得广场上人山人海。我们在宾馆房间看电视，只见人们将各种纪念品扔进教皇的敞篷吉普车里——他移走了前任留下的防弹罩。最出格的礼物是一只篮球，有人抛给教皇，教皇出手敏捷，一把接住就往车后厢里一抛，还不忘招手感谢。

大使夫妇从广场直接来宾馆为我们接风，一同吃午饭，拜伦夫妇也应邀出席。我们两对夫妇都被列入澳大利亚政府代表团的行列。我有一位老朋友卓立在罗马居住多年，大使邀请她作为意大利语翻译也随同出席教皇接见。

4 月 28 日清晨早饭后，我们分乘几辆车绕了半圈梵蒂冈城墙，才从一个大门驶入，停在教皇接见厅的楼前。门口有身穿中世纪制服的瑞士卫兵把守。我们鱼贯而入二楼大厅，大厅一角临时立了一个画架，我的作品已安放在上。大约 10 点半光景，教皇抵达。我已经将他从头部到腰部一平方厘米一平方厘米地研究透彻，所以感到十分熟悉。他虽然头一次见到我，但一定早已了解我的情况，所以我们如老朋友重逢一般紧紧握了手。然后他一一与王兰和卓立握手。教皇立定了看画，见到了那只白鸽十分开心，说了一个单词："柯隆巴！"后来卓立告诉我，这是意大利语白鸽的意思。教皇对画的评价也是一个意大利文单词："拷贝呀！"这我都听得懂，意即与他本人如同复制品一般。他随即肃立举手到胸前喃喃数语，显然是在给画祝福。

我们曾事先被关照不许拍照，由教廷的摄影师拍。但是拜伦临时偷拍了几张，王兰一看对面的他犯规，手一痒也抢拍了一张。受益的是我，因为我正处在他俩的交叉镜头的视角之下。

教皇大约在十分钟后离去，那天下午是到梵蒂冈城里圣彼得大教堂背后的一个小巧玲珑的圣玛丽教堂出席庆典弥撒。教堂以白色与金色装潢，合唱队处在看不见的地方。祭坛前边左、右两列座椅，左边全是教廷的教士，右边前方是澳大利亚代表团。除了我与王兰、卓立以外，其余全部也都是天主教徒。我们随了他们的礼仪而起立或坐下。最后是众人列队领受圣餐。我们幸得拜伦事先指教，届时双手交叉抚肩，表示是异教徒不受圣餐。我只见面前的大主教十分惊讶地睁大了双眼。

后来拜伦告诉我，教皇那天因为接见众人，没顾上好好欣赏自己的肖像，所以在下午又一个人悄悄回到接见厅想独自看一阵，不料因为准备晚上的庆典，画像已经连画架一同移走。教皇扑了一个空，极为失望。

最终这幅画被悬挂在梵蒂冈花园里的科学院的前厅。教皇钟爱这个科学院。

大使一直张罗想让这幅画来澳大利亚巡回展出，但没等实现，他的任职就结束了。

△ 教皇与澳大利亚官方代表团合影，右一代表团团长澳大利亚参议院院长约翰·豪格，左一教廷财长、原澳大利亚红衣大主教乔治·佩尔、澳大利亚驻梵大使约翰·麦卡锡

▷ 2014年4月28日拜会教皇梵蒂冈教廷提供的官方照片

▷ 教皇为画像祝福 2014年
二澳大利亚驻梵大使约翰·麦卡锡 梵蒂冈教廷提供的官方照片

不止七幅自画像

我在澳大利亚参加历年阿基鲍尔肖像奖的成绩单上,最接近于成功的记录是1997年的"Runner up"。这个英文词的意思是第二名,仅次于冠军。但是奖只有一个,所以也不好说是亚军。总之是载入了它的历史记录。

那件作品,因为是由七幅自画像组合的,所以就叫《七幅自画像》,还有一个副标题:"前生·今生·来生"。借用佛教轮回说,我拿现世的我的三段人生经历说事,给它们找到了历史对应物,而且惊异于它在整个民族历史里的普遍性。这三段经历分别是,青年时代的红卫兵,对应于历史上的义和团,都是激进、暴力、排外;中年时代的留学生,对应于历史上的留学生,都是渐进、温和、向西方学习;后半生的海外生涯,对应于澳大利亚历史上的淘金华人,都是艰苦开拓与奋斗。而来生,我开了一个玩笑。因为自己属鼠,想到澳大利亚的大袋鼠,便宣布自己的来生是一只大袋鼠。这个幽默深得澳大利亚人的欣赏,"第二名"便因此而得。

《七幅自画像》
1996
油画 213cm × 279cm
香港梁洁华艺术基金会藏

（左页）
① 《自画像》
1986
油画 102cm×72cm
② 《自画像》
1966
油画｜纸本 38cm×28cm
③ 《素描 2》
1986
碳铅｜纸本 26cm×23cm
④ 《素描》
1985
碳铅｜纸本 25cm×19cm
⑤ 《速写》
1976
碳铅｜纸本 21cm×21cm
⑥ 《素描 5》
1986
碳铅｜纸本 26cm×25cm
⑦ 《素描 3》
1986
碳铅｜纸本 26cm×25cm
⑧ 《素描 4》
1986
碳铅｜纸本 26cm×25cm
⑨ 《素描 1》
1986
碳铅｜纸本 26cm×32cm
①—⑨画家自藏

《中国的莫理循与我》
（局部）
1995

  我在澳大利亚画了好几幅自画像，按时间排列，1995 年是第一幅，实际想画莫理循，但要参加阿基鲍尔展必须画活人，所以拉自己进去垫背。1999 年画了一幅《刹那间回到 1900 年》，是假设千年虫成为现实，那么我回到了梅光达时代。那幅画经历丰富，我在另一篇文章里介绍过。2006 年画了一巨幅，画了两个我，一个头戴苏联红军的布琼尼尖顶帽，一个头戴澳大利亚牛仔帽，中间墙上是维米尔自画像里那个由模特扮演的缪斯，掌管历史。她呈现在

《刹那间回到 1900》
2000
油画 183cm × 122cm
昆士兰大学美术馆藏

《三重自我》
2006
油画 213cm×198cm
画家自藏
获2007年澳大利亚
侯丁·瑞迪奇众观众票选奖

扬·凡·爱克的《阿尔诺菲尼的婚礼》那幅画里的那面凸面镜里，不过我把那个镜框用澳大利亚土著图样给装饰了一番。那面墙则是阿瑟港监狱的残墙。画完后我觉得将自己吹捧得太过分，所以加上一只匆匆过街的老鼠。所以这幅画叫作《三重自我》。《三重自我》在2007年的阿基鲍尔展上被莫名其妙地拒绝，连苛刻的批评家都为我叫屈。好在它被落选展选去，在那里得了一个大奖。获奖当晚，我在画前偶遇前总理霍克夫妇，与他合了一个影。

◁《三重自我》获奖，见到前总理霍克 2007年

《在澳大利亚的自画像》
(局部)
2010

过了三年，我又画了一幅戏仿苏格兰摄影先驱约翰·汤姆森的1872年名作《香港画家》的自画像——《在澳大利亚的自画像》，在2010年的回顾展上首展。关于它，本书有专文介绍。后来我为建画室筹款，将这幅画在中国拍卖掉了。想起来真是心痛，我应该留着它的。

我在1986年画的自画像是最早的正式油画自画像，保留至今。澳大利亚人喜欢它，说它像伦勃朗的风格。其实那时我还没有见过一张伦勃朗的真迹呢！

伦勃朗一年至少画一幅油画自画像，与他相比，我是懒到家了。我现在已经活过了他的寿命，不过镜中的模样已经令我自己生厌。这一阵子已经失去任何揽镜自画的热情了。如果我能够侥幸活到八十岁，那时恐怕又会画一幅，因为太老的时候会有另一种风景，起码不必为如何画头发而操心了。

绘制《在澳大利亚的自画像》
2010年
画自画像
2006年
对镜自画
1999年

附录一

沈嘉蔚艺术简历

1948 年 9 月 16 日 生于上海。祖籍浙江海宁。三岁时全家移居嘉兴。
1955—1966 年 小学与中学，浙江省嘉兴市。学生。
1968 年 开始从事美术活动并自学创作历史画。红卫兵。
1970—1976 年 黑龙江生产建设兵团四师四十二团宣传股美工。知青。参加师和兵团美术创作学习班，成为业余画家。
1976—1981 年 解放军沈阳军区前进歌剧团舞美设计。军人。
1981—1988 年 辽宁画院专职画家。
1982—1984 年 中央美术学院首届油画系研修班。学生。
1982 年 加入中国美术家协会。
1989 年至今 移居澳大利亚，职业画家。定居悉尼郊区。
2012 年至今 海瑟赫斯特地区美术馆董事会成员。

个人画展

1984 年 辽宁画院个人画展，沈阳，中国。
1987 年 辽宁画院个人画展，沈阳，中国。
1995 年 会意轩画廊个展，悉尼，澳大利亚。
1996 年 Quadrivium 画廊，悉尼，澳大利亚。
1997 年 Quadrivium 画廊，悉尼，澳大利亚。
2002 年 《再见革命》画展，4A 画廊，悉尼，澳大利亚。
2006 年 《一个回顾》画展，悉尼男子文法学校，澳大利亚。

2008 年 《默德卡》马来西亚史诗画展，悉尼大学，澳大利亚。
2008 年 《墙景》画展，国家石油公司美术馆，吉隆坡，马来西亚。
2010 年 《沈嘉蔚绘画生涯 50 年》回顾展，海瑟赫斯特地区美术馆，澳大利亚。
2012 年 《革命》画展，悉尼大学，澳大利亚。
2014 年 《兄弟阋于墙》画展，悉尼大学，澳大利亚。
2001 年至今 每月第一个星期日向公众开放画室，作为个人画展的另类方式。

重要参展　1974—1987 年 历次全国美术展览：1974 年、1975 年、1977 年、1979 年、1980 年、1981 年、1984 年、1987 年，中国美术馆，北京，中国。
1982 年 法国春季沙龙，巴黎，法国。
1986 年 第三届亚洲国际美术展览，达卡，孟加拉国。
1989 年 中国当代油画展，东京，日本。
1991 年 十二位中国当代艺术家联展，悉尼大学，澳大利亚。
1993 年至今 阿基鲍尔肖像奖展览：1993 年、1994 年、1995 年、1996 年、1997 年、1998 年、1999 年、2002 年、2004 年、2005 年、2006 年、2011 年、2012 年、2015 年，新南威尔士美术馆，澳大利亚。
1994 年至今 道格莫兰肖像奖展览：1994 年、1995 年、1996 年、2006 年、2007 年，悉尼，澳大利亚。
1995 年 赞颂玛丽·麦格洛普，动力博物馆，悉尼，澳大利亚。
1998 年 中华艺术 5000 年，古根海姆博物馆，纽约，美国；毕尔巴鄂，西班牙。
1998 年 异域怀乡：出生海外的澳大利亚艺术家六十年回顾展，菲尔费尔德地区遗产中心，悉尼，澳大利亚。
1998 年 远离中国，坎贝尔堂市美术馆，悉尼，澳大利亚。
1999 年 猜猜谁来吃晚餐，伍龙岗市美术馆；当代艺术节目中心；4A 画廊；海瑟赫斯特地区美术馆，新南威尔士，澳大利亚。
2000 年 二十世纪中国油画，中国美术馆，北京，中国。
2001 年 联邦 100 年：澳大利亚社会，国家美术馆，堪培拉，澳大利亚。
2001 年 肖像 2001，一个澳大利亚人的探寻，特威德河地区美术馆，澳大利亚。
2002 年 有一点像中国波普，雷修斯画廊，悉尼，澳大利亚。
2003 年、2005 年、2015 年 北京国际艺术双年展，中国美术馆，北京，中国。
2005 年 麦夸里国际澳大利亚肖像画展，华盛顿，美国。
2006 年 真实与肖似，国家肖像馆，堪培拉，澳大利亚。
2006 年 澳大利亚人的访问，国家历史博物馆，哥本哈根，丹麦。
2007 年 自画像大奖展，昆士兰大学美术馆，布里斯本，澳大利亚。
2008 年 艺术和中国革命，亚洲协会博物馆，纽约，美国。
2008 年 青春叙事·知青油画邀请展，上海美术馆，上海，中国。
2009 年 庆祝建国六十周年优秀作品回顾展，中国美术馆，北京，中国。

2010 年 中国和革命，悉尼大学，墨尔本皇家理工学院，澳大利亚。
2011 年 新境界，中国美术馆藏品展，国家博物馆，堪培拉，澳大利亚。
2011 年 视觉记忆，上海美术馆，中国。
2011 年 庆祝建党九十周年油画展，中国美术馆，北京，中国。
2011 年 纪念辛亥革命一百周年美术作品展，中国美术馆，北京，中国。
2012 年 庆祝中国人民解放军八十五周年全国美术作品展，中国美术馆，北京，中国。
2013 年 艺术和金融，艺术寻踪画家联展，墨尔本，澳大利亚。
2014 年 中国梦，澳洲情，布里斯本，澳大利亚。
2015 年 中国画家入围阿基鲍尔奖作品回顾展，中国文化中心，悉尼，澳大利亚。
2015 年 纪念中国人民抗日战争胜利七十周年美术作品展，东方艺术馆，上海，中国。
2016 年 写实油画邀请展，山东美术馆，中国油画院，中国。
2016 年 加里波利艺术展，加里波利纪念俱乐部，悉尼，澳大利亚。
2016 年 中华史诗美术大展，国家博物馆，北京，中国。
2016 年 纪念中国工农红军长征胜利八十周年主题展，革命军事博物馆，北京，中国。
2016 年 宠物画展，国家肖像馆，堪培拉，澳大利亚。

获奖
次要奖项不计

1979 年 中国全国美展二等奖
1983 年 中国全国连环画评奖，最佳绘画奖和封面设计奖
1984 年 中国全国美展铜牌奖
1987 年 中国全国美展最佳作品奖
1993 年 澳大利亚悉尼皇家博览会艺术展肖像三等奖
1993 年 澳大利亚悉尼皇家博览会艺术展风景三等奖
1994 年 澳大利亚悉尼皇家博览会艺术展肖像二等奖
1995 年 澳大利亚玛丽·麦格洛普艺术奖第一名
2003 年 澳大利亚肖像画协会展览一等奖
2006 年 澳大利亚雪莉·汉南肖像奖第二名
2006 年 澳大利亚约翰·舍尔曼奖
2003 年、2007 年 澳大利亚侯丁·瑞迪奇观众票选奖
2016 年 澳大利亚加里波利艺术奖

委托作品
私人委托不计，仅计公共委托作品

1988 年 中国革命博物馆委托创作《同盟会成立》
1997 年 马来西亚怡保公司委托为悉尼历史性建筑维多利亚女王大厦创作三联油画《世纪更迭时》
2000 年 中国人民革命军事博物馆委托创作《百团大战》
2003 年 中国浙江省嘉兴市博物馆委托创作《槜李之战》

2003 年 澳大利亚墨尔本市政厅委托创作苏震西市长肖像

2003 年 澳大利亚国家肖像馆委托创作汤姆·休斯大律师肖像

2004 年 澳大利亚悉尼市政府委托创作露西·特恩布尔市长肖像

2005 年 澳大利亚悉尼大学委托创作理查德·威尔胥博士肖像

2005 年 澳大利亚悉尼大学委托创作巴瑞·培克博士肖像

2005 年 澳大利亚国家肖像馆委托创作丹麦王妃玛丽肖像

2006 年 澳大利亚墨尔本大学委托创作三一学院院长董·马克威尔肖像

2006 年 澳大利亚国家肖像馆委托创作高登·达令前主席肖像

2006 年 马来西亚怡保公司委托创作马来西亚独立史诗《默德卡》

2007 年 澳大利亚联邦国会大厦委托创作国会议长戴维·豪克肖像

2007 年 澳大利亚墨尔本女子文法学校委托创作校长克莉斯汀·布里格斯肖像

2008 年 澳大利亚查尔斯德特大学委托创作校长劳瑞·威列特肖像

2008 年 澳大利亚墨尔本长老会女子学院委托创作院长爱琳·考林肖像

2009 年 澳大利亚联邦国会大厦委托创作霍华德前总理肖像

2010 年 澳大利亚查尔斯德特大学委托创作副校长伊恩·高尔特肖像

2011 年 澳大利亚新南威尔斯律师协会委托创作前高法院长凯斯·梅森肖像

2011 年 中国人民革命军事博物馆委托创作《彭德怀签署朝鲜停战协议》

2012 年 澳大利亚悉尼大学委托创作校长玛丽·巴希尔肖像

2013 年 澳大利亚政府委托创作梵蒂冈罗马教皇方济各肖像

2013 年 中国文联委托创作古代历史画《曹氏父子与建安文学》

2014 年 澳大利亚天主教大学委托创作前主席乔治·佩尔大主教肖像

2014 年 澳大利亚天主教大学委托创作前校长考斯格罗夫将军肖像

2015 年 澳大利亚天主教大学委托创作副校长格雷格·克列文肖像

2015 年 澳大利亚昆士兰大学委托创作校长约翰·史道雷肖像

2015 年 澳大利亚白兔美术馆委托创作馆长裘蒂斯·尼尔森肖像

2016 年 澳大利亚联邦议会大厦委托创作前议长勃朗温·毕肖普肖像

2016 年 澳大利亚天主教大学委托创作大学创始人安勃罗斯·潘恩肖像

2016 年 中国人民解放军事博物馆委托创作《两河口会议》

2017 年 澳大利亚悉尼大学委托创作校长贝林达·赫钦森肖像

收藏机构

私人收藏不计

中国：中国美术馆 / 中国国家博物馆 / 中国人民革命军事博物馆 / 辽宁省美术馆 / 嘉兴市博物馆 / 上海市龙美术馆 / 广州孙中山纪念馆

澳大利亚：联邦国会大厦 / 国家肖像馆 / 新南威尔士美术馆 / 悉尼动力博物馆 / 悉尼白兔美术馆 / 特威德河地区美术馆 / 悉尼大学 / 墨尔本大学 / 昆士兰大学美术馆 / 新南威尔士律师协会 / 澳大利亚天主教大学 / 查尔斯德特大学 / 悉尼男子文法学校 / 墨尔本女子文法学校 / 墨尔本长老会女子学院 / 阿瑟·罗宾森和海德威克公司 / 澳斯特考普公司 / 墨尔本市政厅 / 悉尼市政厅

梵蒂冈：罗马天主教教廷艺术收藏
美国：奥勃伦学院阿伦纪念美术馆
香港：王梁洁华艺术基金会
马来西亚：怡保公司

策展　《入围阿基鲍尔奖的中国出生的画家》，2015 年，悉尼中国文化中心

拍卖　画作多次在北京嘉德、保利和翰海拍卖公司拍卖，包括 2009 年嘉德春拍，以 795 万元人民币拍出《为我们伟大祖国站岗》（1974）

出版　《西安事变》，辽宁美术出版社，1982 年、1983 年；黑龙江美术出版社，2008 年
《沈嘉蔚肖像作品》，四川美术出版社，1999 年
《沈嘉蔚油画作品》，天津杨柳青出版社，2002 年
《再见革命》画展目录画册，悉尼 4A 画廊，2002 年
《刘宇廉画集》《黄河梦》，沈嘉蔚主编并撰导论，黑龙江美术出版社，2005 年
《刘宇廉文集》，沈嘉蔚编，黑龙江美术出版社，2005 年
《莫理循眼里的近代中国》，沈嘉蔚编撰，福建教育出版社，2005 年
《墙景》画展目录画册，国家石油公司美术馆，吉隆坡，马来西亚，2008 年
《王兰》沈嘉蔚编撰，澳大利亚 Wild Peony 出版社，2010 年
《沈嘉蔚艺术生涯五十年》画展目录画册，海瑟赫斯特地区美术馆，2010 年
《入围阿基鲍尔奖的中国出生的画家》画展目录画册，悉尼中国文化中心，2015 年

影视　《再见革命》，52 分钟纪录片，导演、制片：爱司本·斯东，澳大利亚 SBS 电视台于 2008 年 8 月 5 日首播

附录二

本书主要画作目录

007	初尝完达雪 · 1972 · 油画 130cm×160cm　画家自藏
012	《北大荒人》素描稿 · 1972 · 碳条｜纸本 110cm×230cm　画家自藏
015	班长王树甲 · 1974 · 碳铅｜纸本 39cm×27cm　上海龙美术馆藏
019	为我们伟大祖国站岗 · 1974 · 油画 189cm×158cm　上海龙美术馆藏
028	爬雪山 · 1977 · 油画 148cm×120cm　美国奥勃伦学院阿伦纪念美术馆藏
029	自传（局部）· 2002 · 油画 101cm×61cm　澳大利亚白兔艺术基金会藏
031	红岩 · 1979 · 油画 208cm×200cm　获1979年全国美展二等奖，中国美术馆藏
034	《西安事变》50开本连环画册　1982年辽宁美术出版社出版；1984年第六届全国美展获铜奖后，中国美术馆收藏了数幅原稿
034	先驱 · 1981 · 油画 170cm×340cm　中国国家博物馆藏
043	《白求恩》创作稿 · 1975 · 水粉｜纸本 39cm×56cm　画家自藏
045	《创伤》等大素描稿 · 1984 · 油画 198cm×186cm　中国国家博物馆藏
047	《革命》（局部）· 2012 · 油画 198cm×959cm　画家自藏，
049	红星照耀中国 · 1987 · 油画 198cm×1098cm　获1987年全国美展优秀作品奖，中国美术馆藏
067	兼容并包 · 1988 · 油画 198cm×179cm　中国国家博物馆藏
069	启蒙 · 2014 · 油画 198cm×1096cm　画家自藏
072	槜李之战 · 2003 · 油画 250cm×700cm　嘉兴市博物馆藏
078	曹氏父子与建安文学 · 2016 · 油画 508cm×381cm　中国国家博物馆藏
083	辛丑条约二号 · 2006 · 油画 183cm×459cm　获澳大利亚2006年约翰·舍尔曼爵士大奖，画家自藏
083	辛丑条约三号 · 2011 · 油画 167cm×411cm　中国美术馆藏

085	辛丑条约一号	2005	油画	183cm×459cm	中国美术馆藏
086	紫禁城1922（局部）	1996	油画	71cm×274cm	香港私人收藏
087	两位老太太	1996	油画	122cm×142cm	澳大利亚私人收藏
087	溥仪拳戏图	1996	油画	112cm×305cm	澳大利亚私人收藏
088	1908 福特 T 型车	2009	油画	183cm×411cm	中国美术馆藏
088	1911 福特 T 型车	2009	油画	183cm×411cm	中国美术馆藏
090	孙文见袁世凯	1995	油画	170cm×170cm	广州孙中山纪念馆藏
094	中国的莫理循与我	1995	油画	167cm×305cm	澳大利亚阿瑟罗宾森和海德威克艺术收藏
098	比尔·佛列斯特	1998	油画	153cm×167cm	澳大利亚私人收藏
100	海达的相机	1993	油画	167cm×91cm	澳大利亚私人收藏
109	陈平	2006	碳铅｜色粉｜纸本	42cm×29cm	画家自藏
113	救亡	2013	油画	198cm×1096cm	画家自藏
123	张爱玲	2017	油画	92cm×77cm	画家自藏
127	爱玲世家	2017	油画	137cm×411cm	画家自藏
130	两位总督	1996	油画	122cm×142cm	香港私人收藏
133	苗子、郁风像	1995	油画	213cm×167cm	中国美术馆藏
143	汉斯一家人	1999	油画	183cm×213cm	澳大利亚私人收藏
149	《百团大战》（小稿）	2000	油画	60cm×100cm	中国私人收藏
152	百团大战（底稿）	2000	油画	300cm×500cm	中国人民革命军事博物馆藏
159	陈赓	2011	油画	213cm×167cm	中国私人收藏
171	一百岁	2015	油画	137cm×107cm	画家自藏
175	满姑	2012	油画	152 cm×152cm	画家自藏
178	满姑的孙子（写生小稿）	1993	油画	102cm×76cm	澳大利亚私人收藏
178	大伯制作的躺椅	1993	油画	102cm×76cm	澳大利亚私人收藏
182	母亲的双手扶曦妮入浴	1989	色粉｜碳铅｜纸本	65cm×53cm	画家自藏
186	天井	1993	油画	91cm×182cm	香港私人收藏
186	乌镇废门	1993	油画	112cm×122cm	香港私人收藏
188	租界	1985	油画	150cm×150cm	画家自藏
191	双亲	1995—2012	油画	122cm×153cm	画家自藏
199	1958	2010	油画	102cm×71cm	私人收藏
206	王兰	1975	油画｜纸本	55cm×39cm	画家自藏
207	我的朋友们	1980	油画	153cm×51cm	画家自藏
208	青苹果	1986	油画	100cm×81cm	美国私人收藏
213	我们的太阳	1991	油画	112cm×112cm	画家自藏
217	曦妮	2005	油画	183cm×112cm	画家自藏
217	曦妮和比利	2006	油画	167cm×91cm	画家自藏
222	马克和克莱尔	2001	油画	110cm×80cm	澳大利亚私人收藏
222	坦姆莘	1999	油画	91cm×91cm	澳大利亚私人收藏
223	盖累·西特	2001	油画	198cm×213cm	澳大利亚私人收藏

223	村展开幕 · 2009 · 色粉｜碳铅｜纸本 53cm×76cm 澳大利亚私人收藏
225	默德卡（独立）· 2008 · 油画 244cm×1464cm 马来西亚怡保公司藏
241	下午茶之二 · 2005 · 油画 153cm×137cm 澳大利亚私人收藏
243	目击者 · 1998 · 油画 198cm×213cm 画家自藏
246	麦克斯大叔 · 1999 · 色粉｜碳铅｜纸本 42cm×29cm 画家自藏
248	下午茶之一 · 2001 · 油画 91cm×183cm 澳大利亚私人收藏
252	梅柏尔 · 1991 · 油画 137cm×137cm 画家自藏
254	霍伊 · 1992 · 油画 183cm×145cm 澳大利亚特维特河谷地区美术馆
255	穿和服的姜苦乐博士 · 1992 · 油画 198cm×112cm 中国私人收藏
256	对位 · 1995 · 油画 213cm×137cm 画家自藏
260	当吉利安为她的肖像摆姿势时，劳德里克在调教小狗 · 2011 · 油画 167cm×153cm 新西兰迪恩夫妇收藏
264	格布 · 1999 · 油画 198cm×213cm 澳大利亚新金山图书馆藏
271	苏震西市长 · 2003 · 油画 198cm×122cm 墨尔本市政厅藏
273	《其乐融融》· 2009 · 油画 112cm×122cm 私人收藏
275	高登 达令 · 2006 · 油画 167cm×137cm 澳大利亚国家肖像馆藏
277	大律师汤姆 · 休斯 · 2003 · 油画 122cm×91cm 澳大利亚国家肖像馆藏
278	汤姆 · 休斯 · 2004 · 油画 167cm×167cm 新南威尔士律师协会藏
279	露西 · 特恩布尔 · 2004 · 油画 167cm×91cm 悉尼市政厅藏
280	霍华德总理 · 2009 · 油画 122cm×96cm 澳大利亚联邦议会大厦藏
282	玛丽王妃 · 2005 · 碳铅｜色粉｜纸本 42cm×29cm 丹麦王室藏
287	安德鲁 · 塞耶斯 · 2016 · 油画 183cm×137cm 画家自藏
289	在澳大利亚的自画像 · 2010 · 油画 213×167cm 私人收藏
291	这不是照片 · 2005 · 油画 167cm×305cm 画家自藏
294	世纪更迭时之一 · 1998 · 油画 213cm×183cm 画家自藏
294	世纪更迭时之二 · 1998 · 油画 213cm×183cm 画家自藏
294	世纪更迭时之三 · 1998 · 油画 213cm×183cm 画家自藏
295	梅光达 · 2003 · 油画 183cm×122cm 澳大利亚科技文化博物馆藏
298	玛丽 · 麦格洛普 · 1994 · 油画 153cm×122cm 香港私人收藏
300	丹麦王妃玛丽 · 2005 · 油画 213cm×137cm 澳大利亚国家肖像馆藏
309	向爱司本致敬 · 2011 · 油画 183cm×153cm 澳大利亚私人收藏
311	墨尔本女校长布利格斯 · 2007 · 油画 122cm×84cm 墨尔本女子文法学校藏
312	查尔斯德特大学校长劳伦斯 · 威列特 · 2009 · 油画 122cm×102cm 查尔斯德特大学藏
314	玛丽 · 白希尔校长 · 2012 · 油画 122cm×102cm 悉尼大学藏
315	约翰 · 司道雷校长 · 2015 · 油画 122cm×84cm 昆士兰大学美术馆藏
317	彼得 · 考斯格罗夫将军 · 2014 · 油画 153cm×102cm 澳大利亚天主教大学藏
319	从圣约翰塔顶眺望梵蒂冈（乔治佩尔大主教）· 2014 · 油画 183cm×137cm 罗马澳大利亚天主教会藏
321	格雷格 · 克列文校长 · 2015 · 油画 122cm×122cm 澳大利亚天主教大学藏

324	埃德蒙·凯朋 · 2003 · 油画 213cm×167cm 获澳大利亚2003年侯丁·瑞蒂奇观众票选奖，画家自藏	
326	如何向一只白兔解释艺术 · 2015 · 油画 183cm×183cm 澳大利亚白兔艺术基金藏	
329	来自上海的女士 · 2002 · 油画 203cm×152cm 画家自藏	
331	杨威廉 · 1999 · 油画 183cm×213cm 画家自藏	
333	尼克·格林纳 · 2011 · 油画 122cm×84cm 尼克·格林纳收藏	
335	雅尔达我们的女儿 · 2017 · 油画 183cm×167cm 画家自藏	
337	塔斯曼海上的云 · 2009 · 油画 213cm×112cm 澳大利亚私人收藏	
339	科隆一家人 · 2002 · 油画 122cm×183cm 德国私人收藏	
342	永远的狮抱 · 2013 · 油画 213cm×167cm 画家自藏	
343	爱司 · 2013 · 油画 50cm×40cm 爱司·伯克收藏	
345	拉奥孔：戏仿埃尔·格列柯之一 · 2012 · 油画 267cm×336cm 画家自藏	
348	《第三世界》（局部）· 2002 · 油画 259cm×356cm 马来西亚私人藏	
350	揭开第五印：戏仿埃尔·格列柯之二 · 2012 · 油画 300cm×260cm 画家自藏	
352	宣传画原稿 · 1975 · 水粉｜纸本 78cm×160cm 《美术文献》收藏	
353	俄罗斯 1917 · 2013 · 油画 213cm×213cm 画家自藏	
363	西班牙 1937 · 2012 · 油画 220cm×300cm 画家自藏	
369	东来贤哲 · 2001 · 油画 224cm×229cm 画家自藏	
374	民众的教皇 · 2013 · 油画 137cm×167cm 澳大利亚政府定制国礼，梵蒂冈教廷藏	
379	七幅自画像 · 1996 · 油画 213cm×279cm 香港梁洁华艺术基金会藏	
382	刹那间回到1900 · 2000 · 油画 183cm×122cm 昆士兰大学美术馆藏	
383	三重自我 · 2006 · 油画 213cm×198cm 获2007年澳大利亚侯丁·瑞迪奇观众票选奖，画家自藏	

Copyright © 2020 by SDX Joint Publishing Company
All Rights Reserved.

本作品版权由生活·读书·新知三联书店所有。
未经许可,不得翻印。

图书在版编目(CIP)数据

自说自画:从黑龙江兵团到澳大利亚 / 沈嘉蔚
著. —北京:生活·读书·新知三联书店,2020.5
ISBN 978-7-108-06646-6

Ⅰ.①自… Ⅱ.①沈… Ⅲ.①随笔-作品集-中国-当代 Ⅳ.①I267.1

中国版本图书馆CIP数据核字(2019)第167979号

特邀编辑	吴 彬
责任编辑	王 竞
书籍设计	敬人书籍设计 吕旻
责任校对	张 睿
责任印制	卢 岳 张雅丽
出版发行	生活·讀書·新知三联书店
	(北京市东城区美术馆东街22号 100010)
网 址	www.sdxjpc.com
经 销	新华书店
印 刷	北京图文天地制版印刷有限公司
版 次	2020年5月北京第1版
印 次	2020年5月北京第1次印刷
开 本	720mm×1020mm 1/16 印张 26
字 数	180千字 图116幅
印 数	0,001-4,000册
定 价	118.00元

(印装查询:01064002715;邮购查询:01084010542)